मृत्युंजयी

[महाकाव्य]

मृत्युंजयी

भागवत झा आज़ाद

राजकमल प्रकाशन

ISBN : 978-93-95737-22-7

मूल्य : ₹995

पहला संस्करण : 2022

प्रकाशक : राजकमल प्रकाशन प्रा.लि.
1-बी, नेताजी सुभाष मार्ग, दरियागंज
नई दिल्ली-110 002

शाखाएँ : अशोक राजपथ, साइंस कॉलेज के सामने, पटना-800 006
पहली मंजिल, दरबारी बिल्डिंग, महात्मा गांधी मार्ग, प्रयागराज-211 001

वेबसाइट : www.rajkamalprakashan.com
ई-मेल : info@rajkamalprakashan.com

मुद्रक : बी.के. ऑफसेट
नवीन शाहदरा, दिल्ली-110 032

MRITYUNJAYEE
Epic by Bhagwat Jha Azad

हमारी माँ श्रीमती इन्दिरा झा आज़ाद

एवं

हमारे पिताजी श्री भागवत झा आज़ाद

के युगल चरण कमल में

सादर समर्पित

- शीला झा आज़ाद
- राजवर्धन आज़ाद

क्रम

भूमिका

1922 में उत्तर बिहार के एक छोटे-से गाँव में जन्मा बच्चा—जो गांधी के आह्वान पर बहुत छोटी उमर से ही सक्रिय राजनीति में चला गया—सारी हलचलों और ऊहापोहों से समय चुराकर चुपके-चुपके एक महाकाव्य लिख रहा होगा तो आखिर किस प्रेरणा से? बहुत देर तक मेरे मन में यह बात घुमड़ती रही कि महादेवी वर्मा का स्नेहपात्र होना इतना आसान तो नहीं था। कितने उपक्रम किए होंगे इस किशोर ने कि महादेवी समझ सकें कि किस नैतिक अन्तर्द्वन्द्व से वह गुजर रहा है कि मुक्तकों में वह महाद्वन्द्व की तरह आत्मसात् हो नहीं पा रहा—कथाश्रण चाहिए और एक ऐसा महत् चरित जिसके पीछे किशोर कवि स्वयं अपनी तमाम प्रश्नाकुलता के साथ छिप सके, एक ऐसे महानायक के क्रमिक प्रस्फुटन की कथा है यह महात्मा बुद्ध के अन्तर्विकास कि कहाँ-कहाँ किन प्रतिपक्षी समकालीनों से उनका विवाद हुआ, कितने समानधर्माओं से संवाद आत्म-संघर्ष के कौन से विकट क्षण उन्होंने झेले और किस धीरोदात्त विनय के साथ!

पहला सवाल तो रोल मॉडल या आदर्श चरित के चुनाव का ही रहा होगा! राम नहीं, कृष्ण नहीं, भीष्म नहीं, कर्ण नहीं, बुद्ध और नचिकेता—कवि को दो नायक मिले जिनसे उसका तादात्म्य बैठा! जिन बौद्ध विहारों की प्रचुरता पूरे राज्य को 'विहार' के रूप में रेखांकित होने की गरिमा दे गई, कवि के युवावस्था तक आते-आते अंगुलिमालों का गढ़ गया था! एक नए बुद्ध का अवतरण शेष था जो यह नए सिरे से समझा सके कि बिना आत्मक्रान्ति के हर क्रान्ति निरर्थक बनकर रह जाती है—फ्रांसीसी क्रान्ति हो, रूसी क्रान्ति या सम्पूर्ण क्रान्ति! बुद्धत्व के बीज सबमें हैं, पर जब तक ये आत्मप्रेरणा से चटकेंगे नहीं या बौद्ध चिन्तक इकेदा के शब्दों में, जब तक आत्म-क्रान्ति (हलमन रेवोल्यूशन) नहीं घटेंगी, हममें से हरेक अपने ट्रैजिक फ़्लॉ, अपने मूल तात्त्विक दोष का निराकरण, उसकी निर्जरा नहीं करेगा—कोई भी व्यवस्थागत परिवर्तन अस्थायी ही हो जाएगी, उसकी नींव तुरन्त हिल जाएगी! ज्यादातर लोगों का ट्रैजिक फ़्लॉ होता है उनका अहंकार जो दूसरों पर हावी हो जाने में, उनके हिस्से के अवसर और संसाधन छीन लेने में विश्वास करता है और आवश्यक है बुद्ध की यह आधारभूत संस्थापना आत्मसात् करने की—

अत्ता हि अत्तनो नाथो, कोहि नाथो परो सिया
अत्तना हि सुदन्तेन, नाथं लभति दुल्लभं।

(अत्तवग्ग, धम्मपद)

"मनुष्य स्वयं अपना स्वामी है, उसका दूसरा कोई स्वामी नहीं है। जो स्वयं पर स्वामित्व रखता है (अतिरेकों से बचता है), दुर्लभ स्वामित्व को प्राप्त होता है।"

पर इस मूल स्थापना तक पहुँचने के पहले बुद्ध आत्मसंघर्ष के किन चरणों से गुजरे, रूढ़िग्रस्त ब्राह्मणवादी व्यवस्था और दूसरे मतावलम्बियों ने कैसे-कैसे उनकी जड़ें खोदनी चाहीं, इतिहास के उस विकट मोड़ पर किन-किन दिग्गजों से वे मिले, उनसे उनका क्या संवाद हुआ, उस समय का जनजीवन कैसा था, घास काटनेवाले, छाता बनानेवाले सामान्य लोगों के सत्संग से बुद्ध की प्रज्ञा कैसे सम्पुष्ट हुई—इस महाकाव्य के अलग-अलग अध्यायों में आपको इसकी प्राणपोषक झलक मिलेगी!

छन्दों की शास्त्रीयता बरते बिना, एक महाकाव्य छन्दाभास शैली में रचा गया—यह कुछ ऐसा ही है जैसे राजपथ छोड़कर पगडंडियों पर चलने का संकल्प लिया जाए! बुद्ध के समय की पगडंडियाँ जैसी रही होंगी, वैसे ही छन्द हैं यहाँ और ऐसा जान पड़ता है कि बुद्ध के पाँवों की आहट उनमें बाकी है! सायास राजपथ छोड़कर बुद्ध चले थे—

बंकिम पगडंडियाँ खुद की गढ़ी थीं—उनकी छाँव में सुस्ताए भी थे वे, वहीं आँख बन्द कर समय और फिर समयातीत के गर्भ में उतरे थे। अन्त:चेतना की आँख से तरह-तरह के अबूझ दृश्य देखने के भी संकेत पूरे पाठ में समाए हैं जिनकी व्याप्तियाँ गहरी हैं—

प्रकृति रूप में जो स्वरूप अव्यक्त, व्यक्त है
मनुष्य दृष्टि से दूर किन्तु जो स्पष्ट तथ्य हैं—
मानव-मन जो जगत् हृदय की प्रतिच्छाया है
भूल आदि को और अनादि को
सुख-दु:ख में व्यंजित करता है
महागर्भ में है भविष्य के
छिपा हुआ जो बीज तुच्छतम
समय-साधना का रस पीकर
और अंकुरित होकर देता
जन्म धरा पर महावृक्ष को
जिसके डाल, फलों, पुष्पों में

है निवास, भोजन, सुख, उत्सव
खग-खग के सहस्र झुंडों का।

जातिस्मरण का सिद्धान्त वैसे तो तब तीर्थंकर परम्परा का हिस्सा था, पर कालान्तर में धर्म की सब नदियाँ तो एक-दूसरे की गलबहियाँ डाले ही बढ़ती जाती हैं, सो बहुत-कुछ सीमाबद्ध नहीं रहता! इस महाकाव्य में एक सुन्दर प्रयोग है कि आत्मवीक्षण के लिए बुद्ध जातक बनते हैं और जातक कथाओं में वर्णित अपने सब जन्मों के साक्षी भी। इस बहाने इतिहास की पिछली सदियाँ भी सजग गवेषणा का विषय बनती हैं—

अपने पूर्वजन्म को देखा
वर्ष सहस्र, शत वर्षों में
महाकाल के आवर्तन में
भिन्न-भिन्न परिवेश बीच अद्भुत रूपों में
कारण-कर्म, मरण-जीवन के
अविच्छन्न जगह के प्रवाह में
कर्मनिष्ठ, लक्ष्य से प्रेरित,
एक-एक कर, कष्टसाध्य सोपान पार कर
बोधिसत्व बन, आज बुद्ध बनने के क्रम में
तरु के नीचे गहन तपस्यालीन हुए थे।

(द्वादश सोपान)

कवि जन्मों के कष्ट को सोपान कहते हैं और अपने अध्यायों को भी! जागरण एक प्रक्रिया है, निर्वाण भी! कोई भी प्रस्फुटन एक कष्टसाध्य प्रक्रिया है! कोई भी बीज अचानक नहीं चटक जाता :

धीरे-धीरे रे मना, धीरे सब कुछ होय,
माली सींचे सौ घड़ा, ऋतु आए फल होय!

पूरे धीरज से लम्बी प्रतीक्षा करनी होती है! प्रतीक्षा भी साधना का हिस्सा है, जैसा कि 'ऑन हिज ब्लाइंडनेस' में मिल्टन ने लिखा—

दे ऑल्सो सर्व हू ओनली स्टैंड एंड वेट

यहाँ सहसा हमें सत्रहवीं शताब्दी के मेटाफ़िज़िकल कवि जॉन डन के सॉनेट का तेवर याद आ जाता है—'डेथ दाउ शैल डाई', कवि कहता है क्योंकि निरपेक्ष सेवा की अक्षय कीर्ति से मृत्यु को भी जीत लेने की अन्तर्भुक्त की सम्भावना में उसकी आस्था है।

आचार्य श्यामनन्दन किशोर 'महाकाव्यों का शिल्प विधान नामक' अपने ग्रंथ में आधुनिक महाकाव्यों की विसंरचना करते हुए ये स्पष्ट दिखाते हैं कि 'साकेत' और 'कामायनी' से लेकर 'एकलव्य' तक हिन्दी के सारे महाकाव्य (महाकाव्य-सम्बन्धी) संस्कृत आचार्यों के मतों से अभिज्ञ होते हुए भी लकीर का फकीर होने से बचे हैं! इसी श्रेणी का महाकाव्य यह भी है, एक महत् चरित के मननशील पक्षों का सजग रेखांकन जो हमारे उत्तप्त मन पर छाँह कर सके! कविता एक हीलिंग एजेंट तो है ही और बुद्ध महाभिषग थे (महावैद्य, आत्मा का चिकित्सक)—यह कौन नहीं जानता।

आचार्य हजारीप्रसाद द्विवेदी ने 'बाणभट्ट की आत्मकथा' में और दूसरी-तीसरी शताब्दी के शूद्रक ने अपने प्रसिद्ध नाटक 'मृच्छकटिकम्' में जन-मन के गहनतम कोनों में बुद्धत्व के कदमों की आहट कुशलतापूर्वक दर्ज की थी! आज़ाद ने इतनी शताब्दियों के पार से चली आती यही आहट 'मृत्युंजयी' में उकेरी है :

सर्वसमावेशी बुद्धत्व की यह आहट उनके 'विहार' में सम्यक् दृष्टि फिर उकेर सके—शायद यही उम्मीद उनसे तमाम राजनीतिक हलचलों के बीच यह महाकाव्य लिखवा गई!

—अनामिका
सत्यवती कॉलेज,
दिल्ली विश्वविद्यालय, दिल्ली।

मृत्युंजयी : शून्य से पूर्ण की यात्रा

भागवत झा 'आज़ाद' रचित महाकाव्य (मृत्युंजयी) की भूमिका मैं लिखूँ यह मेरे लिए अत्यन्त कठिन कार्य है। इस महान विभूति की कृति के समक्ष मेरी लेखनी ठहरी हुई है। मेरे शब्द मौन हैं। मेरे मस्तिष्क में तरंगें उठ रही हैं। मेरे पिताजी भागवत झा आज़ाद, हिन्दुस्तान की राजनैतिक तथा सामाजिक आकाश के चमकते सितारे थे। उन्होंने बादल भरे आसमान में अपनी जगह एवं स्थान को सुरक्षित किया। छोटी उम्र में पिता के देहान्त के बाद माँ और मामा के सहयोग से स्कूली शिक्षा ग्रहण की। फिर भागलपुर के हाईस्कूल में पढ़ते समय स्वतंत्रता संग्राम में कूद पड़े। उन्होंने संघर्षपूर्ण लम्बी यात्रा की। आज़ादी की लड़ाई के समय एक छात्र नेता के रूप में अपनी अलग पहचान बनाई। इसी क्रम में अंग्रेजी हुकूमत से गोली खाई और फिर भागलपुर केन्द्रीय कारावास में सजा भी काटी।

इन सभी कार्यों के पीछे उनका एक ही उद्देश्य था, भारत को स्वतंत्र तथा स्वदेशी राज का स्वरूप देना।

पिताजी जीवन भर राष्ट्र, राज्य और समाज की सेवा में लगे रहे। वे मूल रूप से लोकतांत्रिक थे। विचारों से समाजवादी, कलम के धनी लेखक और हृदय से कवि थे।

उन्होंने इस देश की संसद और बिहार राज्य के विधानसभा तथा विधान परिषद में कई बार जनप्रतिनिधि के रूप में अपनी सेवाएँ दीं। साथ ही केन्द्रीय कैबिनेट मंत्री और बिहार के मुख्यमंत्री के रूप में भी काम किया। सार्वजनिक जीवन में वे ईमानदारी और पारदर्शिता के प्रतीक थे। 2022 उनका जन्म शताब्दी वर्ष है। इस अवसर पर 'मृत्युंजयी' का प्रकाशन मेरे लिए अत्यन्त गौरव का विषय है। मैं अपने पिता की अमूल्य अप्रकाशित महाकाव्य 'मृत्युंजयी' के बारे में अपने चिन्तन को साझा कर रहा हूँ।

भारतीय जीवन में ज्ञान-धारा ही सब कुछ है। साहित्य में श्रीराम, श्रीकृष्ण, बुद्ध और महावीर अधिक देर तक सोचने-समझने का अवसर देते हैं। ज्ञान, मान, ध्यान और गान के कई स्रोत हैं। सबके नियामक हैं 'शिवा'। लेकिन प्रचलित रूप

से साहित्य, विशेषत: कविता की विधा में श्रीराम और श्रीकृष्ण को आधार बनाकर लेखन की परम्परा को अधिक गति प्रदान की गई है। वाल्मीकि-व्यास हों या सूर-तुलसी या ढेर सारे कविगण।

बचपन से ही मेरे पिताजी यह कहते थे कि तुम्हें अपना रास्ता खुद बनाना है। मैं जो कर रहा हूँ वह मेरा रास्ता है। तुम अपनी मंजिल खुद ढूँढ़ो। संसार में तुम्हें स्वयं जीना है। मैं हमेशा तुम्हारे साथ नहीं रहूँगा। उन्होंने हमें कभी राजनीति की ओर आने के लिए प्रेरित नहीं किया। उन्होंने कहा कि "अपनी रोशनी खुद बनो दूसरे की रोशनी से रोशन होंगे तो कभी भी वह समाप्त हो जाएगी।" मुझे लगता है कि आरम्भ से ही वह बुद्ध से प्रभावित थे। भगवान बुद्ध ने कहा है, "अपो दीपो भव" मतलब अपना दीप खुद बनो और यही मेरे पिताजी हमेशा हम भाइयों को कहते थे। हम बोलचाल की भाषा में कहते हैं कि अपनी डफली खुद बजाना पड़ता है क्योंकि यह दुनिया अजीब है और छली है। आप खुश हैं तो उन्हें तकलीफ होती है और आप दुखी हैं तो वो खुश। मेरे पिताजी श्री रवीन्द्रनाथ टैगोर, महात्मा गांधी तथा जवाहरलाल नेहरू से प्रभावित थे। मेरे पिताजी अत्यधिक स्वावलंबी पुरुष थे। अंग्रेजी का शब्द Stoic (सहनशील) उन पर सही जँचता है। जेल गए, यातनाएँ सही, माँ को रोते देखा पर चेहरें पर स्वतंत्र भारत की तस्वीर भूत की तरह सवार थी।

और इसी क्रम में मेरे पिताजी अपनी कविता हम लोगों को यानी हम भाइयों को सुनाते थे—

सहयोग नहीं, बाधाएँ दो
मैं संसार बना लूँगा
मैं नहीं माँगता भीख
मैं नहीं चाहता सीख
मैं गुरुडम की विद्रोही
मैं चाहूँ तुमसे क्यों सीख
मैं पराक्रम पौरुष का हामी
मुझे स्वयं बढ़ने दो
सहयोग नहीं, बाधाएँ दो

इनकी कविताओं में गुरु रवीन्द्रनाथ टैगोर की—

एकला चलो रे
जोदी तोर डाक सुने केउ ना आसे
तुम एकला चलो रे।

की भावना विद्यमान है तो दूसरी ओर महात्मा गांधी की ईमानदारी, सत्य और अहिंसा

के प्रति अटूट आस्था तथा उसे क्रिया के रूप में परिवर्तित करने की कला के मेरे पिताजी कायल थे।

अन्तिम क्षण तक उनके अन्दर समाज सेवा, सत्य के प्रति दृढ़ता कायम रही। अपने क्षेत्र खासकर भागलपुर, गोड्डा के लोगों के प्रति अटूट प्रेम उनके मन में था। अचेतना में भी बोलते रहे—मुझे भागलपुर, कहलगाँव, कस्बा ले चलो।

नेहरू जी की कार्यशैली तथा समाज में समरसता तथा भारत के निर्माण में भूमिका के प्रति मेरे पिताजी समर्पित थे।

पिताजी की साहित्यिक चेतना अत्यन्त प्रखर थी। छायावाद की प्रमुख कवयित्री महादेवी वर्मा जी से उनका संवाद और पत्राचार लगातार होता था। राष्ट्रकवि रामधारी सिंह 'दिनकर' के साथ उनका आत्मीय सम्बन्ध था। भवानी प्रसाद मिश्र, कन्हैया लाल नन्दन, धर्मवीर भारती, योगेन्द्र सिंह और डॉ. रघुवंश जैसे अपने समय के प्रतिष्ठित एवं मान्य साहित्यकारों से पिताजी का संवाद बराबर होता था। कविता में गहराई हो, कविता में फैलाव हो और कविता में जीवन्त विचारों की जाग्रत भावों का उद्दीपन हो तो उसमें समग्रता आ ही जाती है। 'मृत्युंजयी' शून्य से पूर्ण की यात्रा का रचनात्मक महाकाव्य है। यह महाबुद्ध की अन्तःचेतना के नैसर्गिक प्रकाश के सन्धान का महाकाव्य है। जिसकी जड़ में सम्पूर्ण जीवन-मूल्यों की अभिव्यक्ति और समग्र जीवन-बोध की परिणति पर पूरा ध्यान दिया गया है। 'मृत्युंजयी' पढ़ने के क्रम में आप जगह-जगह पर स्वतः इस बात का अनुभव करेंगे। सम्पूर्णता भौतिक सुख-दुःख के विवेक से आता है। जीवन और आत्मा की एकता का ज्ञान ही सत्य का ज्ञान है। तब जीवन के साथ मरण, ज्ञान के साथ अज्ञान, शुभ के साथ अशुभ, सब आनन्द की तरल तरंगों जैसी हो जाती हैं। क्योंकि तब यह भलीभाँति विदित हो जाता है कि सुख का ही एक रूप दुःख है। हानि का ही एक दूसरा नाम लाभ है। पराजय का ही एक क्षणिक मनोरंजन स्वाँग विजय है।

शायद मृत्युंजयी के कवि ने समय और देश की सीमाएँ एक कर देने की अपेक्षा सापेक्ष सम्बन्ध को जीवन के लिए मूल्यवान मान लिया हो—

विद्या है प्रकाश
अविद्या अन्धकार है
पारस्परिक विरोध दोनों में
फल में दोनों का विरोध है
सांसारिक सुख वत्स धरा के
सभी अन्त में दुःख ही देते
इस रहस्य को समझ सके जो
वे विद्वान गुणी कहलाते।

पर इन सब दुःख भोगों को
जो सुख मान लिपटकर रहते
कष्ट भोगते जन्म-जन्म तक
गहन-अविद्या में जाते हैं।

महाबुद्ध का सीधा और सरल अर्थ है महाज्ञानी, प्रबुद्ध, आत्मसन्धानी, निराभिमानी, पर है सरल हृदय वाले व्यक्ति का गुणात्मक बोध।

आत्मज्ञान है सूक्ष्म सूक्ष्मतर
जितना पवन है, गगन है
जो विद्वान शून्य अनुभव से
कभी नहीं कर पाता दर्शन।

'गौतम बुद्ध' चेतना के आलोक शिखर हैं। संसार के इतिहास में शायद एक अकेला पुरुष, जिनसे साधना, केवल साधना का भाव ग्रहण किया जा सकता है। आराधना—राम के लिए, कृष्ण के लिए मार्ग बनाती है। साधना राह है, राह पर चलने और राह को राह में ही छोड़कर वहाँ एक नई राह खोज लेने का संकल्प है जिसके आगे कोई और राह नहीं रह जाती। मृत्यु से मृत्यु और फिर मृत्यु से जीवन की यात्रा और जन्म और मृत्यु को कोई विराम न मानकर केवल मृत्यु का परिणाम जन्म है। जन्म का परिणाम मृत्यु बताने की बात ब्राह्मणिक चिन्तन तक ही सीमित नहीं है। वह लोकायतिक जीवन-दर्शन और श्रमण दर्शन के दुःखवाद, स्यादवाद, अनेकान्तवाद, पंचस्कन्ध या प्रत्युत समुत्पाद तक को स्मरण में खींच लाने की धृष्टता करता है।

सबके लिए बुद्ध की पद्धति साधना की है, जबकि 'मृत्युंजयी' के रचनाकार की पद्धति 'रिमेम्बरिंग' की है। स्मरण करो कि तुम कौन हो। बस मामला पूरा हुआ जाता है। 'जस्ट रिमेम्बर'।

'मृत्युंजयी' का कवि केवल बुद्ध के श्रमण परिसर में ही चेतना के आलोक बिम्बों को ढूँढ़ने में मगन नहीं है। वह विश्व के समसामयिक मानव वेदना और संवेदना में किसी महाबुद्ध की आह और दाह को लोक वेदना और संवेदना का सामाजिक विसंगतियों में देखने और दिखाने का आग्रही है—

भूखी-नंगी प्रजा देश की
भूख-व्याधि पीड़ित होती है
ग्राम-ग्राम में डगर-डगर में
आहें चीत्कारें उठती हैं
यहाँ लगी करती हाटें हैं

खुले भाव में, खुली जगह पर
खुले-खुले बिकता है यौवन
शैशव यहाँ धूलि धूसरित है
आँसू से लिपटा है यौवन
उनके भाग्य लिखा क्रन्दन भर
दुःख से रिसता-बिकता जीवन।

महाकवि 'आज़ाद' की इस कृति का मुख्यराग है 'लोक मुक्ति'। दलित, शोषित, उपेक्षित, प्रताड़ित, पीड़ित, आर्थिक, सामाजिक, नैतिक, सांस्कृतिक दृष्टि से सर्वथा उपेक्षित अज्ञान के अन्धकार में भटकता अज्ञानी लोगों की भटकती-बिलखती चेतना के रेगिस्तानी समुद्र में आस्था और संकल्प की सुगम राह बना डालने की युक्ति।

करो अमृतधारा लोक को,
अपना ज्ञान बाँटकर उनको,
श्रम से मंडित जग जीवन है,
यह रहस्य बतला कर उनको,

जो लोग सजग हैं, वही प्राणवान हैं और जो प्राणवान हैं वही ज्ञानी हैं, धनवान हैं, वही विद्वान हैं।

अपने सत्कर्मों से मानव,
जीवन काल बढ़ा सकता है।
धर्म आचरण से आत्मा को,
वह उदात्त बना सकता है।

कवि ने यहाँ तत्त्व के लिए संघर्ष किया है। अभिव्यक्ति को सक्षम बनाने के लिए संघर्ष किया है और लोक-दृष्टि विकसित करने के लिए जन संघर्ष को अनिवार्य माना है—

मिटा भूत के पदचिह्नों को
भूल-पुरानी व्यथा-व्यंग्य को
नई राह पर कदम बढ़ाकर
नई कहानी लिख डाला है
एक नया संसार बनाकर।

'मृत्युंजयी' पढ़कर आप एक ऐसे फूल की कल्पना कर सकते हैं जो कभी जूही भी हो जाता है तो कभी कमल, कभी मौलश्री, कभी अमलतास तो कभी शेफालिका।

कविता की लम्बी विकास यात्रा में 'मृत्युंजयी' कहाँ खड़ी दिखाई देगी, यह कहना मेरे लिए नितान्त कठिन है। मैं कोई काव्य-मर्मज्ञ नहीं हूँ। और न रचना सिद्ध आलोचक।

'मृत्युंजयी' पढ़ने और उसकी संवेदना के आन्तरिक सतह का स्पर्श करने के पश्चात् आपको अहसास होता रहेगा कि महाकवि भागवत झा 'आज़ाद' कविता के केन्द्र तक जाते हैं। जीवन की परिधि को बनाते हैं। उनकी कविता के केन्द्र के बारे में एक प्रबुद्ध पाठक की राय ही सही मानी जाएगी।

निर्णय आपका होगा! सौभाग्य 'मृत्यंजयी' का!

—डॉ. राजवर्धन आज़ाद

मृत्युंजयी के बारे में महादेवी वर्मा के पत्र एवं टिप्पणियाँ

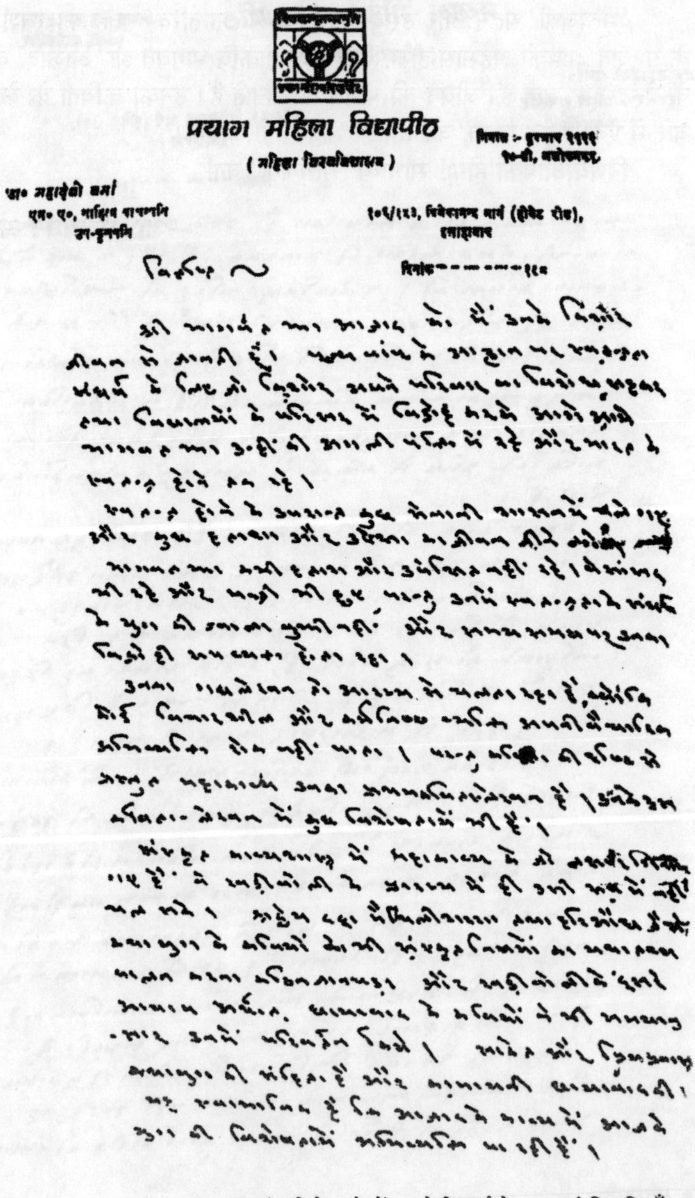

प्रयाग महिला विद्यापीठ

(महिला विश्वविद्यालय)

डा० महादेवी वर्मा
एम० ए०, साहित्य वाचस्पति
उप-कुलपति

१०६/१२३, विवेकानन्द मार्ग (हीवेट रोड),
इलाहाबाद

दिनांक..........१९८

प्रिय बन्धु ~

[illegible]

प्रयाग महिला विद्यापीठ

(महिला विश्वविद्यालय)

निवास :- दूरभाष ३११९
१७-बी, अशोकनगर

डा० महादेवी वर्मा
एम० ए०, साहित्य वाचस्पति
उप-कुलपति

१०६/१२१, विवेकानन्द मार्ग (हीवेट रोड),
इलाहाबाद

दिनांक ------ १९८

आज कविता की जो व्याख्या है उसके अनुसार वह केवल आत्मगत संवेदनात्मकता की अभिव्यक्ति है और वह आज संवेद-नात्मक [illegible] थी। वह [illegible] की [illegible] की सौन्दर्य-[illegible] के संबंध में [illegible] [illegible] की। [illegible] की दृष्टि से भी [illegible] [illegible] [illegible] अभिव्यक्ति [illegible] है। [illegible] युग के [illegible], [illegible] आदि की दृष्टि से कविता में युगानुरूप परिवर्तन [illegible] रहते हैं।

प्रस्तुत काव्य जीवन की कविता है। उसमें [illegible] और [illegible] है। प्रस्तुत: उसमें जीवन और मृत्यु का सार्वकालिक ऐसा समन्वय है, जिसमें [illegible] रूप में [illegible] की [illegible] अंकित है। जिन कविताओं में मृत्यु केन्द्र है, उनमें [illegible] मृत्युंजय रूप में उपस्थित है। जीवन से ममता के लिए मृत्यु के मृत्युओं से साक्षात्कार करना ही पड़ता है।

अतः अनेक मृत्युंजयी कवि-कथाएँ इसमें [illegible] आई हैं। यम, नचिकेता, बुद्ध आदि की मृत्यु-[illegible] के समन्वय में अनेक रूप-परिवर्तन होते रहते हैं; जिनके कारण पाठक को [illegible] का बोध हो जाता है।

भारतीय मनीषा ने मृत्यु के [illegible] को कभी स्वीकार नहीं किया है। उसकी [illegible] को पुनर्जन्म में आस्था है और अविनश्वर [illegible] है। आज हमारे दर्शन, धर्म और संस्कृति में चेतना की [illegible] अभिव्यक्ति, जीवन की [illegible] है। [illegible] मृत्यु से पराजित नहीं होती, वह [illegible] की [illegible] के समान [illegible] [illegible] को [illegible]

प्रयाग महिला विद्यापीठ

(महिला विश्वविद्यालय)

डा० महादेवी वर्मा
एम० ए०, साहित्य वाचस्पति
उप-कुलपति

निवास :- [illegible]
[illegible], अशोकनगर

१०६/१२३, विवेकानन्द मार्ग (ह्वीट रोड),
इलाहाबाद

दिनांक------१९५

[illegible]

महादेवी

प्रयाग महिला विद्यापीठ

(महिला विश्वविद्यालय)

डा० महादेवी वर्मा
एम० ए०, साहित्य वाचस्पति
उप-कुलपति

[illegible]

१०६/१२३, विवेकानन्द मार्ग (क्रीवेट रोड),
इलाहाबाद

दिनांक – [illegible]

[illegible]

[illegible]

तुम्हारा पत्र मिला। [illegible]

मैं ने तुम्हारा [illegible]

मेरा स्वास्थ्य अभी वैसा ही है। [illegible]

[illegible]

[illegible] और [illegible] को आशीर्वाद देना –

शुभेच्छुका

[illegible]

महादेवी

मंतव्य

जीवन जगत् का अलौकिक दर्शन

श्री भागवत झा आज़ाद की कालजयी कृति महाकाव्य 'मृत्युंजयी' के अवलोकन का सौभाग्य प्राप्त हुआ तो उन्हें, पुत्रवत् स्नेह करनेवाली विदुषी, महीयसी, छायावाद काल के अन्तर्गत रहस्यवाद की अवधारणा को एक वाद का रूप देनेवाली महादेवी वर्मा की समीक्षा देखने का सुअवसर प्राप्त हुआ। यह समीक्षा विज्ञप्ति रूप में उनके लेटर पैड पर लिखी हुई मिली जिसके ऊपर प्रयाग महिला विद्यापीठ का प्रतीक चिह्न है। निवास का दूरभाष संख्या-2122 है और पता—17-सी, अशोकनगर, 106/153, विवेकानन्द मार्ग (हीवेट रोड), इलाहाबाद लिखा हुआ है। दिनांक...के स्थान पर...198 शायद वर्ष 1986 है। बाईं ओर डॉ. महादेवी वर्मा एम.ए., साहित्य वाचस्पति उप कुलपति, प्रयाग महिला विद्यापीठ (महिला विश्वविद्यालय) लिखा हुआ है।

मैं चाहता हूँ कि यह छोटी-सी विज्ञप्ति अपनी विवेचना के पहले आपके सामने प्रस्तुत करूँ जिससे आप जान सकें कि हिन्दी साहित्य के छायावाद काल के अत्यन्त महत्त्वपूर्ण और गरिमामयी कवयित्री का श्री भागवत झा आज़ाद पर कितना स्नेह, प्रेम और आत्मीय सरोकार था; तो यह महत्त्वपूर्ण टिप्पणी उन्हीं के शब्दों में जिसे उन्होंने विज्ञप्ति कहा है और जो उनके हाथ की लिखी हुई है। आप पहले यथावत् पढ़ लें—"श्री भागवत झा आज़ाद को मैं उनके किशोर जीवन से जानती हूँ। पूज्य बापू के आह्वान पर स्वतंत्रता संघर्ष के लिए जो किशोर अपने परिवार का विरोध सहकर तथा विद्यालयों के परिसर में विद्रोह करके आगे आए भागवत झा उन्हीं की अगली पंक्ति में रहे और भारत के स्वतंत्र होने तक रहे।"

स्वतंत्र होने के उपरान्त कुछ सेनानी शासन में चले गए और कुछ हताशा और उपेक्षा का जीवन जीने लगे। भागवत झा कभी हताश और उपेक्षित नहीं रहे। वे सांसद भी रहे और मंत्री भी हुए, परन्तु उनमें स्वतंत्रता के संघर्ष के युग की ज्वाला बुझी नहीं और समय पर उनका विद्रोही रूप व्यक्त होता रहा।

उनका गद्य लेखन तो आरम्भ से चलता रहा है, क्योंकि कोई विचारशील और कर्मनिष्ठ व्यक्ति अपनी अभिव्यक्ति रोक नहीं पाता। परन्तु प्रस्तुत महाकाव्य उनका प्रथम कथित लेखन है। उनके इस कविता-लेखन में कुछ विशेषताएँ भी हैं।

संस्कृत काव्य शास्त्र में महाकाव्य के जो लक्षण गिनाए गए हैं ये खड़ी बोली के प्रारम्भ में ही उसी रूप में नहीं चल सके। श्रद्धेय दक्ष मैथिलीशरण गुप्त तथा हरिऔध जैसे कथायुग के कवियों को भी संस्कृत नियमों का यथा तथ्य पालन करना कठिन जान पड़ा और खड़ी बोली के दूसरे आयाम अर्थात् छायावाद के कवियों ने भी समयानुसार उनमें परिवर्तन किए। 'साकेत' और 'प्रियप्रवास' कथायुग की संहिता है और कामायनी छायावाद की। यह स्वाभाविक है कि आज़ाद के काव्य में आज के युग की विशेषताएँ अभिव्यक्ति पा रही हैं।

आज कविता की जो अवधारणा है उसके अनुसार न प्रारम्भ में सम्बन्धी मंगलाचरण की आवश्यकता है और न अन्त में लोक कल्याण कामना थी। न लोक-विद्युत चरित्र की सम्पूर्ण जीवन यात्रा थी और न सज्जन, असज्जन के संघर्ष में सज्जन के सुखद अन्त की शिल्प की दृष्टि से भी अब कवि को न छन्दबद्धता का बन्धन अनिवार्य लगता है, न आलंकारिक चमत्कार का। आधुनिक युग की भाषा, विषय शिल्प आदि की दृष्टि से कविता में युगानुकूल परिवर्तन कर दिये हैं।

प्रस्तुत काव्य बीच की सन्धिका है। उसमें कुछ नवीन और कुछ पुरातन है। वस्तुतः उसमें जीवन और मृत्यु का सार्वकालिक ऐसा संवाद है, जिसमें भावाकुलता के स्थान में चिन्तन की सामग्री अधिक है। जिन व्यक्तियों को मृत्यु ले गई है, उन्हीं के समक्ष वह जिज्ञासु रूप में उपस्थित हैं। जीवन से संवाद के लिए मृत्यु को मनुपुत्रों से साक्षात्कार करना ही पड़ता है।

अतः अनेक मृत्युंजयी व्यक्ति कथाएँ इसमें अनायास आग्रह है। मनु, नचिकेता आदि की मृत्युंजयिता के सम्बन्ध में अनेक परिवर्तन होते रहे हैं, जिनके कारण पाठक को एकरसता का बोध कम होता है।

भारतीय मनुष्य ने मृत्यु के नकारात्मक रूप को कभी स्वीकार नहीं किया है। उसकी इस मान्यता को पुनर्जन्म में आस्था और अधिक प्रामाणिकता दे दी है। आज हमारे दर्शन, धर्म और संस्कृति में चेतना की शाश्वत स्थिति अर्थात् जीवन की मूलाधार है। मानव चेतना मृत्यु से ऊपर नहीं होती, यह केवल वस्त्रों की जीर्णता के समान जीर्ण शरीर को त्याग कर दूसरा धारण कर लेती है। चेतना की उच्चतम स्थिति में इच्छा-मृत्यु भी सम्भव है। अतः जीवन ही जीतता है, पराजय मृत्यु की होती है।

अन्त में कवि इसी दार्शनिक जिज्ञासा के साथ काव्य समाप्त करता है—

जीतता कौन? तुम या जीवन!

उत्तर—प्रश्न में ही चिह्नित है—जीवन।

महादेवी

वसन्त पंचमी

सं.-2042

प्रयाग

इस विवेचना के साथ महादेवी जी ने एक व्यक्तिगत पत्र भी इसके साथ दिया था जिसमें आयुष्मान आज़ाद में 'ज़' में उर्दू वाला नुक्ता भी लगाया था उन्होंने, यानी 'ज़'। यहाँ यह पत्र भी देना आवश्यक है।

आयुष्मान आज़ाद

शुभाशीष

तुम्हारा पत्र मिला। यह जानकर कि तुम कांग्रेस के महामंत्री हो गए प्रसन्नता हुई। तुम बेकार से बैठते नहीं। चाहे कोई मिलता या नहीं, काम उनका करते ही रहते।

मैंने तुम्हारा काव्य पढ़ लिया, इसमें काट-छाँट की आवश्यकता मुझे नहीं जान पड़ी। जिस रूप में है वही अच्छा है। कुछ पंक्तियाँ प्राक्कथन के रूप में लिख दी हैं। तुम आगे लिखोगे तो उसमें कुछ और जोड़ दूँगी।

मेरा स्वास्थ्य अभी वैसा ही है। गले में भी पट्टा बाँधना पड़ता है, पीठ में भी।

दिल्ली डॉक्टर ललित को लिखा है। जब समय देंगे, तब आऊँगी।

बहूरानी और सब बच्चों को आशीर्वाद देना।

शुभेच्छुक मौसी,

महादेवी

दिनांक है शायद 28.2.1986 (अंक हिन्दी में लिखे गए हैं और थोड़े अस्पष्ट हैं)

हिन्दी साहित्य में छायावाद के अन्तर्गत रहस्यवाद की अवधारणा को अपनी कविताओं से शक्ति देनेवाली विदुषी कवयित्री महादेवी जी की करुणा, स्नेह, आशीष और शुभकामनाओं के लिए जिस तरह के उद्‌गार सामने आए हैं उससे प्रमाणित होता है कि राजनेता और कविहृदय श्री भागवत झा के जीवन में मौसी महादेवी का अन्यतम स्थान रहा है। महादेवी जी ने अपने प्राक्कथन में गागर में सागर समा दिया है। संक्षिप्त लेकिन तर्कसम्मत प्राक्कथन के आधार पर ही मैंने इस महाकाव्य के विवेचन का संकल्प लिया है। इस महाकाव्य की बुनावट में मुक्त छन्द की सहायता ली गई है। जैसा कि महादेवी जी के प्राक्कथन में निवेदन किया है कि आधुनिक कवि अपनी भावनाओं की अभिव्यक्ति के लिए छन्द के बन्धक को स्वीकार कर सकता है और नहीं भी जैसा कि छन्द के बन्ध में बँधकर महाप्राण निराला के अप्रतिम कविताएँ थीं लेकिन मुक्त छन्द को आगे कर जो कुछ उन्होंने लिखा उसका भव्य स्वागत हुआ और उस राह पर चलनेवाले आधुनिक कवियों की बहुत बड़ी जमात है जिनके नामों की चर्चा यहाँ आवश्यक है क्योंकि इस सूची में अज्ञेय, मुक्तिबोध से लेकर अति आधुनिक कवि का नाम शामिल है। यहाँ यह स्पष्ट करना चाहता हूँ कि मुक्त छन्द यानी ब्लैंक वर्स की कविताओं में बिना छन्द के जो आन्तरिक प्रवाह होता है, जो लयात्मकता होती है वह अद्वितीय और

मूल्यवान है। इसके दर्शन अज्ञेय से लेकर आज तक के कवियों में आप स्वाभाविक रूप से कर सकते हैं। जहाँ तक कविवर श्री भागवत झा आज़ाद के इस महाकाव्य की बात है तो मुक्त छन्द में होते हुए भी जो अन्तर में काव्य की अग्रदूत धारा है जो लयात्मकता है वह बहुत मूल्यवान है। अन्त में मैं उदाहरण प्रस्तुत करूँगा तब आप इसके दर्शन-मनन कर सकते हैं।

इस महाकाव्य में भारत की भौगोलिक स्थिति के जो चित्र सामने आए हैं वे कविश्री की अलौकिक प्रतिमा का परिचय देते हैं। कुछ पंक्तियों को उद्धृत कर रहा हूँ—

था भूगोल धरा का अद्‌भुत
देश विभाजित था मंडल में,
अन्तर, महा, मध्य थी संज्ञा।
काशी, कोशल, मल्ल, वत्स
थे अषेक, पांचाल देश थे।
सिन्धु, अवन्ति और बल्लभी
क्षुद्रक, पाटज, येट्टिक बंग थे।
गंगा और नर्मदा कलकल
बहती रहती सदा मध्य में।
यह परिधि की, ये परिभाषाएँ
फिर भी थीं भारत सीमा में

आप महसूस कर रहे होंगे इन पंक्तियों में आन्तरिक लयात्मकता को यथार्थ के वर्णन में भी धैर्य को और विवरण की गरिमा में भी मुक्त छन्द की स्वच्छन्दता के भीतर आन्तरिक अनुशासन को। आगे का वर्णन मनोहारी है और सम्पूर्ण आर्यावर्त के सौन्दर्य को चित्रित करता है—

आर्यावर्त स्वतंत्र राष्ट्र था पर
विभक्त था छोटे-छोटे बहुराज्यों में
किन्तु कहीं पर किसी विदेशी सत्ता का
अधिकार नहीं था महादेशों में सार्वभौम था,
शक्तिमान् था भारत पूर्ण स्वतंत्र राष्ट्र था,
कहीं गुलामी के कलंक का चिह्न मात्र
अवशेष नहीं था पश्चिम में यूनान, रोम
थे चीन और ईरान देश थे पर
सुस्त पड़े थे अब तक।

भारत की सीमाएँ रक्षित नहीं
आक्रमणता था विदेश का किन्तु
विडम्बना भी विचित्र यह देश
विखंडित बहु राज्यों में, यदा-कदा
टकरा जाते थे किन्तु बाँधकर
इन्हें ले चले पारस्परिक हितों के
पथ पर कोई स्थान में ऐसा कोई
शक्तिमान सम्राट नहीं था।

यह एक छोटा-सा उदाहरण है कि अपने वर्णन को कितना विस्तार कवि श्री दे सकते हैं और हिन्दी की तत्सम शब्दावली का कितना सुन्दर उपयोग कर सकते हैं।

पाठक मित्रो! मैंने पहले ही निवेदन किया कि महादेवी जी ने हमारे मुक्त छन्द की प्रशंसा की है क्योंकि मुक्तता में भी जो छन्द का प्रवाह दिखलाई पड़ता है वह इस महाकाव्य को मूल्यवान् बनाता है।

महाकाव्य के उस अंश को सामने ला रहा हूँ जिसके कारण यह विशाल काया वाला महाकाव्य को हिन्दी साहित्य में सम्मान मिलेगा और श्री भागवत झा आज़ाद के यश को दुनिया के सामने प्रकट करेगा।

कुछ पंक्तियाँ अब आपके सामने हैं जिनमें मृत्यु को जवाब मिला है कि इस महादेश में मृत्यु को अन्त नहीं माना जाता बल्कि नये जीवन का प्रारम्भ माना जाता है। कविवर श्री भागवत झा ने सम्भवतः श्रीमद्‌भगवद्‌गीता को अपना आदर्श माना है। इसलिए गीता के उस श्लोक को पहले उद्धृत कर रहा हूँ—

वासांसि जीर्णानि यथा विहाय
नवानि गृह्णाति नरोऽपराणि।
तथा शरीराणि विहाय जीर्णा-
न्यन्यानी संयाति नवानि देही॥

अर्थात्—जैसे मनुष्य पुराने वस्त्रों को त्यागकर दूसरे नये वस्त्रों को ग्रहण करता है, वैसे ही जीवात्मा पुराने शरीरों को त्यागकर दूसरे नये शरीरों को प्राप्त होता है। अब इसकी नश्वरता को शाश्वत मानने के लिए योगीश्वर कृष्णा ने यह तर्क दिया—

नैनं छिन्दन्ति शस्त्राणि नैनं दहति पावकः।
न चैनं क्लेदयन्त्यापो न शोषयति मारुतः॥

अर्थात्—इस आत्मा को शस्त्र नहीं काट सकते, इसको आग नहीं जला सकती, इसको जल नहीं गला सकता और वायु नहीं सुखा सकता तो फिर मरता

कौन है? नष्ट कौन होता है? श्मशान में जलाया कौन जाता है? जवाब है देह, शरीर जो जीर्ण-शीर्ण हो चुका है और आत्मा को अब नया वस्त्र चाहिए। कविश्री ने इस भावना को यूँ व्यक्त किया है जिसकी चर्चा महादेवी जी ने अपने प्राक्कथन में उद्धृत किया है—

नव जीवन मिल जाएगा फिर,
नई कहानी पुनः लिखूँगा
नये विजन में पुनः सृजन
के नये बीज बोऊँगा मैं
फिर नव जीवन के।
अंकुर, पल्लव, पुष्प और
मीठे फल नये जगत् में
नये रूप में पुनः लगेंगे।
सृष्टि कभी इस नये रूप में
झूम उठेगी। प्राण अमर है
नये गीत के बोल बजेंगे।
जीवन या मृत्यु
नश्वर है?
इसका उत्तर तभी मिलेगा
यानी जीत जीवन का है।

आपको स्मरण होगा महादेवी जी इन पंक्तियों के साथ प्राक्कथन का समापन किया था—जीता कौन है? तुम या जीवन! उत्तर प्रश्न में ही निहित है—जीवन।

इस महाकाव्य का सारांश यही है, जिस सारांश का मैं विस्तार कर रहा हूँ अपने विवेचन में।

पूरे महाकाव्य को पढ़ते हुए यह मैंने महसूस किया है कि कवि को पुराण, वेद, महाभारत, रामचरितमानस आदि ग्रंथों, संहिताओं और उपनिषदों से भी लगाव रहा है। यानी भारतीय संस्कृति को बहुत नजदीक से देखने की आकांक्षा रही है। इसके साथ आधुनिक विचारधारा को भी उन्होंने आत्मसात् किया है। इस महाकाव्य की कथा में पौराणिक आख्यानों के साथ मध्ययुग और आधुनिक युग की बहुत सारी बातों को समाहित किया गया है। मृत्यु और जीवन को समझाने के लिए उन्होंने आख्यानों का सहारा तो लिया है लेकिन आधुनिक भारत के आधुनिक जीवन और खास तौर से स्वतंत्रता प्राप्ति के बदले जीवन को भी समझाने का यत्न किया है। इस कामना के लिए उन्होंने देश-विदेश के लेखकों के दर्शन और उनकी साहित्यिक कृतियों को समझने का भी प्रयास किया है।

बीसवीं शताब्दी में कुछ दर्शनों ने पूरे विश्व को आन्दोलित किया है जिनमें मार्क्सवाद और अस्तित्ववाद को साहित्यकारों और राजनेताओं ने काफी अपनाया। एक समय में मार्क्सवाद सबसे चर्चित रहा राजनीति और साहित्य में। इसको अपनानेवाले राजनेताओं और साहित्यकारों की जमात काफी लम्बी है। इस दर्शन के बाद सर्वाधिक सुर्खियों में रहा अस्तित्ववाद। प्रथम विश्वयुद्ध और द्वितीय विश्वयुद्ध के बाद युद्ध की विभीषिका में जिस तरह के नरसंहार हुए उसे विश्व बहुत प्रभावित हुआ। खास तौर से हिरोशिमा और नागासाकी में अणु बम से जो बर्बादी हुई उसे देखकर पूरा विश्व दहल उठा, जो पिकासो के चित्र गुएर्निका में दिखलाई पड़ता है। धनवाद का प्रवर्तक पिकासो ने विश्वयुद्ध को अपने क्रश में रंगों के माध्यम से ढालकर अविस्मरणीय चित्र 'गुएर्निका' का निर्माण किया। साथ ही, फ्रांस के ज्यॉ पॉल सार्त्र, अलजीरिया के अल्बैर कामू और विश्व के नायाब कथा लेखक काफ़्का ने भी मौत की विभीषिका को अपनी रचनाओं में उजागर किया। 'नीत्से' जैसे नास्तिकों ने तो ईश्वर के अस्तित्व को ही नकार दिया, वहीं अस्तित्ववादियों ने भी ईश्वर के प्रति अनास्था दिखलाई और उनकी रचनाओं के प्रमुख स्वर थे मृत्यु, विद्रूपता, अनास्था, नौसिया, भय और बेरहम ईश्वर की छाया। इस दर्शन का इतना प्रभाव पड़ा कि 'कामू' को नोबेल पुरस्कार मिला तो 1964 में ज्यॉ पॉल सार्त्र को नोबेल मिला लेकिन सार्त्र ने यह कहकर नोबेल पुरस्कार को ठुकरा दिया कि एक बोरा आलू और 'नोबेल' में कोई अन्तर नहीं। नोबेल पुरस्कार को ठुकराकर ज्यॉ पॉल सार्त्र सिर्फ फ्रांस में ही चर्चित नहीं रहा पूरी दुनिया में नायक बन गया। उसकी बिन ब्याही पत्नी सिमोन द बोउआ भी काफी चर्चित रही 'सेकेंड सेक्स' जैसी पुस्तक के लिए। वास्तव में अस्तित्ववाद का प्रवर्तक 'थी के गार्ड' था लेकिन वह आस्तिक अस्तित्ववादी था। ईश्वर को मानते हुए अपने अस्तित्व की बात करता था लेकिन उपरिलिखित सारे साहित्यकार नास्तिक थे और मृत्यु को ही सत्य मानते थे। अमेरिका के 'गिंसबर्ग' (जो पटना भी आया था) ने 'द हाउल' लिखकर ईश्वर को अपमानित भी किया।

इस महाकाव्य में कवि ने ऐसे भारत की चर्चा की है जो आतंक, भ्रष्टाचार से जुड़ा रहा और ईश्वर के प्रति अनास्था का भाव भी रहा। यही हाल नये युग के साहित्यिकों का भी रहा जिनके लिए अस्तित्ववादी सार्त्र, कामू और काफ़्का ही महान साहित्यकार थे। ऐसे लेखकों की अगुआई की सच्चिदानन्द वात्स्यायन अज्ञेय ने। अस्तित्ववाद को सामने रखकर उन्होंने 'अपने-अपने अजनबी' जैसा उपन्यास लिखा और अपनी कविताओं में 'नदी के द्वीप' जैसे प्रतीकों का प्रयोग कर इनसान को नदी का द्वीप बना डाला। अगर गिरिजाकुमार माथुर की कुछ पंक्तियाँ यहाँ उद्धृत करूँ तो अपनी बात को समझा पाऊँगा—"आत्मोद्धार की बात तो कही जाती है अवश्य लेकिन निरर्थकता (जीवन की) प्रतीति ने हमारे सारे व्यक्तित्व को खोखला

बना दिया है। निरर्थकता की प्रतीति से ही अस्तित्वहीनता, खोखलापन, अकेलेपन की विवशता, मूल्यगत ढाँचे की निस्सारता और मिथ्या प्रमाणित होकर विकृत हो जाने का बोझ उत्पन्न हुआ। दूसरी ओर भय और त्रास की भावना ने आत्मक्षोभ, नपुंसक, आक्रोश, वंध्याखीझ, दिशाहीन, अकुलाहट, ऊब और झुँझलाहट आदि को जन्म दिया।" प्रख्यात साहित्यकार, आलोचक और नोबेल पुरस्कार प्राप्त करनेवाले टी.एस. इलियट ने 'वेस्टलैंड' लिखकर अस्तित्ववादियों को सहारा ही दिया। जब वे इस काव्य में लिखते हैं, जिसका शीर्षक है—दि लव सॉन्ग ऑफ़ जे अल्फ्रेड प्रूफ़ॉक देखिए—

तब चलो हम चलें, तुम और हम
जब आकाश का सहारा लेकर संध्या फैली हुई है
टेबल पर ईथर से बेहोश रोगी के समान।

आधुनिक युग की कविताओं और कवियों-लेखकों में मृत्यु और हताश के लिए हजारों उदाहरण प्रस्तुत किए जा सकते हैं।

प्रस्तुत महाकाव्य के कविश्री ने ऐसे भारत के चित्र भी प्रस्तुत किए हैं जिसमें अनास्था, हताशा, भ्रष्टाचार, शोषण इत्यादि चरम पर है और यह सब कुछ इस महान् प्रजातंत्र में ही हो रहा है। कुछ पंक्तियों को देखें, मृत्यु कहती है—

तुम मुझे ललकारते हो मुक्त मन से
किन्तु वह जो दूसरा है
नाम मेरा सुन भयातुर छटपटाता है

निश्चित तौर से कवि का आशय उन निराशावादी ईश्वर में अनास्था रखनेवाले बुद्धिजीवियों से है जो मृत्यु का नाम सुनकर काँपते हैं, सहाते हैं, डरते हैं और जिनके होंठ काँपते रहते हैं, पैर लड़खड़ाते रहते हैं—

एक है संसार उन संसारिकों का
जो सदा ही मृत्यु भय से काँपते हैं
और अनुमान कर मैं आ रही हूँ
लोग जो कमजोर, निर्जीव हैं
माँगते हैं भीख मुझसे ज़िन्दगी की
और बेहद गिड़गिड़ाते हैं।

अस्तित्ववादियों की मृत्यु चेतना के प्रति एक तीखा प्रहार किया है मृत्यु के बहाने कवि ने। यही नहीं भारत के पूरे परिदृश्य को आप उनकी दृष्टि

से देखेंगे तो आप भी समझेंगे कि हमारे देश के लोग किस प्रकार का जीवन जी रहे हैं—

तुमने दिलाई याद जिन जुलूसों की
उनसे गुजरकर आ रही हूँ।
सब नमूनों को परख कर आ रही हूँ।
चमचमाते रंगों से बनी पोशाक में,
शहर के जो नागरिक चलते, उमड़ते आ रहे थे,
नारे लगाते जा रहे थे जोर से, पुरजोर से।
किन्तु कुछ के भिन्न थे व्यवहार उनमें
कुटिल थी मुस्कान
तिरछी थीं निगाहें
कह रहे थे आँख मीचकर
कौन हैं मैं जानता हूँ
पर समय की माँग है।
कायर, विलासी हैं
पर देश के जनतंत्र में
राजऋषि के मंत्र से
ये बदलकर सूरमा सात्विक कहाते हैं।"

जहाँ ऐसे भारत के चित्र हैं अनास्थाबोध, मृत्यु भय से त्रस्त वहीं मृत्यु ने कुछ ऐसे चित्र भी प्रस्तुत किए हैं जो यह प्रमाणित करता है कि जीवन ऐसे लोगों की भीड़ से नहीं चलता, जीवन चलता है ऐसे पात्रों से—

पर जगत् के दलदल में ही है नीलकमल भी
जैसे शिव के साथ अमृत है और गरल भी
इसी धरा पर हैं मनुष्य बहुतेरे ऐसे
जो कठोर हैं और बहुत ही सहज सरल भी।
ऐसे विरल महामानव कुछ जग में
मेरी सत्ता को ठुकराकर
मुट्ठी जकड़े महाकाल को
मैं कितना भी चाहूँ फिर भी रोक नहीं सकती
कालजयी पुत्रों के ऐसे
मुक्त और स्वच्छन्द चाल को।

कविश्री की लेखनी से ऐसी पंक्तियाँ यूँही नहीं मिलती होंगी। जीवन के प्रति

गहरी आस्था और जीवन की निरन्तरता में ही विश्वास करनेवाले कविश्री स्वयं कालजयी हैं इसीलिए मृत्यु के मुख से उनकी ही लेखनी बोलती है—

देख रही हूँ मैं प्रतिफल ही
ध्वंस, पतन और सर्वनाश में
लिप्त हुआ पश्चिम का मानव
दैहिक भोगवाद में डूबा
पग-पग पर मुझसे डरता है।
लेकिन दैविक शक्ति उपासिका
कर्म-भोग की नत आराधिका
पूर्व सभ्यता मुझे खोजती
अपने चिन्तन और मनन में।

निश्चय ही पश्चिमी सभ्यता की भोगवादी प्रवृत्ति और मृत्यु से डरनेवाले अस्तित्ववादियों के प्रति बहुत ही कठोर रहे हैं कवि, और पूरब की सभ्यता-संस्कृति में जीवन के चिन्तन-मनन को जारी रखते हुए मृत्यु पर जीवन की जीत को रेखांकित करते हैं—

पूरब का अनन्त पथवाही
सिर्फ अमरता का हावी है
उसके लिए मृत्यु तो केवल
जीवन का ही अनुगामी है
यहीं पूर्ण मनु का जीवन है
यहीं पूर्ण है जीवन दर्शन।

और फिर पाश्चात्य जीवन दर्शन को पूर्णतः नकारता हुआ इस महाकाव्य का कवि मृत्यु के मुख से ही हमें कुछ सुना जाता है—

पाश्चात्य सभ्यता के जीवन में
मैं दुष्टा हूँ, क्रूर दानवी
भय-दोहन कर, उन्हें डराकर
प्राणहरण उनका करती हूँ।
किन्तु पूरब की महासभ्यता
मुझको अपना अंग जानती
जग पड़ाव के कार्य पूर्ण कर
नये राह की विफल खोज में

राह-प्रदर्शक मुझे मानती।
मैं सम्पूर्ण लोक सृष्टि में
जीवन का मध्यान्तर केवल।
वह असीम, अक्षय, समग्र जो
चेतन बनकर व्याप्त भुवन में
मात्र एक छाया मैं उसकी
जो प्रतिबिम्बित होता जग के
कण-कण और पाताल गगन में।
यह तो केवल पट परिवर्तन
कर्म-नदी की उत्तरार्द्ध में
शहंशाह, प्रजा, अधिकारी
वस्त्र पुराने फेंक तटों पर
नया वस्त्र धारण करते हैं
अर्जित पुण्य-पाप के फल पर
नई योनि में फिर जाते हैं॥

'मृत्युंजयी' महाकाव्य के बारे में जैसा महादेवी जी ने 'प्राक्कथन' में निवेदित किया श्री भागवत झा ने वैसा ही दर्शन किया। पाश्चात्य संस्कृति और सभ्यता के बीच में अपने देश की महान् सांस्कृतिक परम्परा को इसी प्रकार रखा जैसे वह परम्परा यहाँ हजारों वर्षों से जीवित रही।

अब इस महाकाव्य के स्थापत्य शिल्प, भाव व्यंजना, प्रतीक, बिम्बों पर चर्चा कर रहा हूँ। दूसरे परिच्छेद में कपिलवस्तु के प्रजातंत्र और राजाओं के निर्वाचन की ओर कवि देखता है। यहाँ से यह ज्ञात होता है कि इस महाकाव्य में कपिलवस्तु के राजकुमार और बाद में उस राजकुमार के वैराग्य और इसी सन्दर्भ में उसके द्वारा प्राप्त ज्ञान की चर्चा प्रारम्भ होनी है। बहुत मोहक ढंग से शुद्धोदन की कथा प्रारम्भ होती है। रानी प्रजापति, सचमुच माया थी। रूपवती थीं, आभा से सुशोभित मुखमंडल, सु-अलंकृत, सुरभि से समेकित, कुसुम धारिणि, पटरानी! व्याकुल, बहुत वर्ष से पुत्ररत्न की आस लगाए बैठी थीं। इन्हीं परिस्थितियों के बीच उन्हें सुन्दर लेकिन अनजाने स्वप्न आने लगे, बोधगम्य से परे और अद्भुत अबूझ थे। बौद्ध साहित्य में सिद्धार्थ को लेकर जो आस्थाएँ हैं ऐसे सपनों की उन्हें बहुत खूबी के साथ कवि ने प्रस्तुत किया है—

रजत-माल्य सम उज्ज्वल कमल सूँड़ में लेकर
अनुपम, सुन्दर और पवित्र गजराजा
सामने हुआ उपस्थित क्षण में

नमन किया, त्रयवर प्रदक्षिणा कर देवी के,
हुआ लुप्त अनुपम वितान में।

इस अद्भुत पवित्र और अनमोल स्वप्न की चर्चा हुई और प्रमुख विप्रगण राज्यसभा में आमंत्रित हुए। दशा, दृष्टि, नक्षत्र, ग्रहों का हुआ अधमन और बोले पंडित अगर विप्रगण—

महाराज की जय हो।
चिरवांछित अभिलाषा होगी पूर्ण आपकी।
कपिलवस्तु की प्रजा पाएगी
देव अंश अवतरित कुमार जो सदियों में इष्ट हैं भू पर
धन धाम के मानव के
दुःख, दर्द, कष्ट के निवारणार्थ

वह सब कुछ प्राप्त करने का समय आ गया है। कविश्री ने गौतम बुद्ध की जीवन-यात्रा को खूब गम्भीरता से अध्ययन किया है और काव्य के अनमोल शब्दों से इस महाकाव्य में उन्हें सजाया है। दर्शन की अलौकिक शक्ति श्री भागवत झा को मिली है और उनकी लेखनी अलाप-गति से इस कथा को आगे बढ़ाते चलती है। नैराश्यपूर्ण जीवन में जहाँ क्लेश-ही-क्लेश, दुःख-ही-दुःख हो वहाँ गौतम बुद्ध का अवतरण चन्दन की लेप की तरह पूरी मानवता के दर्द का निवारण करती है। लुम्बिनी के विशाल वन की शोभा का दर्शन हो, चाहे गगन चूमते श्रृंग शिखर हों, नीचे सरिता की धाराएँ, व्योम-धरा की परछाईं हो सभी दृश्य अलौकिक रूप में महाकाव्य में प्रस्तुत होते हैं।

यहाँ यह भी बताना आवश्यक है कि गौतम बुद्ध के जिस दुःखवाद की चर्चा प्रायः उनके सम्बन्ध में होती रही है उसकी चर्चा कवि ने बहुत संक्षिप्त में की है। उन्हें लोक-कल्याण के लिए अवतरित होना चित्रित किया गया है। यह सत्य है कि बौद्ध धर्म में करुणा में मानवता के लिए कुछ कर गुजरने की आकांक्षा होती है, वहीं दुःखवाद सिर्फ दुःख को उजागर करके रह जाता है। इसीलिए गौतम करुणा की पराकाष्ठा है। 'चरियापिटक' में ऐसा उल्लेख है कि भगवान् बुद्ध सर्वज्ञ थे। अतः वे जीवों की दुःखार्तता को जानते थे। इससे उनके हृदय में महाकरुणा उत्पन्न हुई और इस करुणा से प्रेरित होकर उन्होंने जीवों के कल्याण हेतु धर्मोपदेश करना स्वीकार किया। अर्थात्, करुणा सम्यक् ज्ञान की प्राप्ति के उपरान्त पैदा होती है, इसलिए करुणा बोधिसत्व का परवर्ती फल है। मंजुश्री ने कहा था—बोधिसत्वों की चर्चा महाकरुणापुर-सा होती है अतः महाकरुणा ही उसका प्रारम्भ है। दुखित जीवों का आलम्बन करके ही करुणा की प्रवृत्ति होती है। इस महाकाव्य में भी इस कथन को चरितार्थ किया गया है। महादेवी वर्मा के अनुसार, काव्य या कला कवि के

आन्तरिक आवेग अथवा ऊर्णनाभ कल्पनाओं की अभिव्यक्ति नहीं है और न वह आदर्श की उपलब्धि का विश्रब्ध साधन अथवा यथार्थ का वाहन है। काव्य और कला का हेतु मनुष्य की वह सत्यानुसन्धित्सा है जिससे प्रेरित होकर वह हिरण्य पात्र में ढके सत्य के उद्धारन् के लिए प्रवृत्त होता है। चूँकि कवि को देवी जी का आशीर्वाद प्राप्त रहा है इसलिए इस भावना को समझते हुए उन्होंने उसका सतत निर्वाह किया है।

इस महाकाव्य में सतही बिम्ब और सतही प्रतीक नहीं हैं। प्रतीक तो पौराणिक आख्यानों से चुने गए हैं और काव्यात्मक बिम्ब यथार्थ की कसौटी पर कसकर कोमलकान्त पदावली की तरह यत्र-तत्र-सर्वत्र दिखलाई पड़ते हैं। छन्द के बन्धन को कवि ने स्वीकार नहीं किया इसलिए इस महाकाव्य में स्वतंत्र सरिता की तरह भाषा का वेग प्रवाह है जिसमें आन्तरिक लयात्मकता के दर्शन हर पद्यांश में होते हैं—

धरा धाम के प्राणी सारे
लता, वृक्ष, पशु, पक्षी, मनुज सब
जड़ या चेतन सभी धरा के
महापुरुष के ज्ञान रश्मि से
होकर सिक्त अमरवाणी से नये जीवन पाएँगे भू पर।
कुछ निर्वाण प्राप्त कर जग से
हर्षित, मुदित चले जाएँगे।
कुछ आवागमन भँवर में पड़कर
जाएँगे, फिर फिर आएँगे।

यानी पुनर्जन्म के माध्यम से जीवन की निरन्तरता की ओर संकेत किया गया है। मृत्यु अवसान नहीं, प्रारम्भ है नये जीवन का। यह उद्घोष बार-बार महाकाव्य में सुनाई पड़ता है इसलिए बुद्ध का अवतरण विशेष प्रयोजन से हुआ है और कवि ने जग को समझाया है—

इसी सत्य के उद्घोष ने
कपिलवस्तु की पुण्य भूमि पर
उतरे आज, धन्य कल तेरा
धन्य हुए प्राणी सब भू पर।

गौतम बुद्ध का अवतरण अलौकिक घटना है मानव के दुःख को समाप्त करने हेतु। यह सन्देश कवि के द्वारा दिया गया है, क्योंकि महाकरुणा से बुद्ध दुनिया के संताप को हरनेवाले हैं।

शिल्प की दृष्टि से इस महाकाव्य में कवि ने बिम्बों का भरपूर उपयोग किया

है। बिम्ब कल्पनाकृत काव्यात्मक विनियोग है। बिम्बों के बिना कल्पना को न आकार मिल सकता है, न प्रत्यग्रता मिल सकती है और न ग्रस्यता का गुण ही। इसलिए कुशल कवि बिम्बों का निपुण निर्माता होता है। बिम्बों को हम 'कॉपीज ऑफ़ इम्प्रेसन' कह सकते हैं। अत: बिम्ब विधान के लिए स्मृति सर्वाधिक आवश्यक है। स्मृति के सहयोग के बिना बिम्ब-विधान सम्भव नहीं है। स्मृति को हम अतीत की छापों का एक बिखरा हुआ संग्रह कह सकते हैं। इसलिए, वह स्मृति ही बिम्बों की भावना की मंजूषा में सँजोकर रखती है। अनुभवगम्य सूक्ष्म भावों को चाक्षुष बिम्ब विधान के सहारे गोचर प्रत्यक्षीकरण के स्तर पर ला देना कवि-कल्पना की मूर्ति विद्यायिनी शक्ति का सर्वोत्तम मिश्रण है। कवि के अधिकांश बिम्ब प्रकृति से छनकर आए हैं। अत: यह कहना सत्य से अधिक नहीं है कि कवि के बिम्ब-विधान में रसोद्बोधन से अधिक 'कैलिडोस्कोपिक' वैविध्य मिलता है। टी.ई. ह्यूम (Hulme) ने ठीक ही कहा है—"इमेजेज इन वर्स आर नॉट नीयर डिकोरेशन्स, बट द वेरी इंसेन्स ऑफ़ एन इंट्यूटिव लैंग्वेज।" कवि के कुछ बिम्बों में चित्रात्मकता आ गई है। इसलिए शिल्प की दृष्टि से यह महाकाव्य अति मूल्यवान् है। एक सुन्दर बिम्ब जो चित्रात्मक है और जिसमें 'कैलिडोस्कोपिक' वैविध्य मिलता है। देखिए—

सिद्धार्थ प्रभावित
मौसम रंग, कुसुम गन्धों से।
छोड़ महल जाना चाहते थे
कोमल तृष्ण आच्छादित वन में
जहाँ कमल से युक्त सरोवर
आमंत्रित करते सदैव थे
प्रिया और प्रियतम रसिया को;
गुंजन करते भ्रमर दलों को
जो करते टकरार
चूमते, रस पीते, आनन्द लूटते
और छोड़कर, चल देते बनकर निर्मोही
नई प्रेयसी की तलाश में।

इसमें गत्यात्मक बिम्ब के साथ चित्रात्मकता और रसात्मकता भी है। पूरे महाकाव्य में ऐसे बिम्ब भरे पड़े हैं। इसलिए यह महाकाव्य रसात्मक और सौन्दर्यपूर्ण है विविध समस्याओं के साथ।

राजमहल के बाहर निकलकर जब उन्होंने जरा, व्याधियों, मृत्यु को धरा पर देखा तब मुक्ति प्राप्ति के लिए वे आतुर हुए लेकिन इन भावों के साथ प्रथम पौत्र के घर आने की सूचना मिली—

दूत दौड़कर गया जहाँ पर
ये कुमार भाव में डूबे
पुत्ररत्न भू पर आया था
खबर मिली, मुस्करा उठे वे।

कवि ने सिद्धार्थ के जीवन के अनमोल पलों को बहुत ही सावधानी लेकिन सुन्दरता से चिह्नित किया है। वैसे मैथिलीशरण गुप्त की 'यशोधरा' जो चम्पू काव्य है यानी संवाद शैली में लिखा गया काव्य है उसकी चर्चा काफी होती है लेकिन इस महाकाव्य में जिस तरह से जगत-जीवन की समस्याओं को उनके माध्यम से देखा है वह अद्वितीय और प्रथम बार ही है।

जीवन के उत्सव में सिद्धार्थ को मरने का डर बार-बार सताता है—

हे पूज्य पिता!
यदि सम्भव हो
माता किसी दिन चुपके आकर नहीं सुला दें
मुझे गहन निद्रा में जिससे
उठते नहीं धरा के प्राणी
तो न आऊँ परिव्राजक बन
छोड़ सभी संसार सुखों का।

'मृत्यु' से भयंकर डर सिद्धार्थ को है। इसीलिए इस महाकाव्य के अवलोकन के समय मैंने प्रारम्भ में ही 'मृत्यु से साक्षात्कार' और 'मृत्यु के जवान' को पहले ही रख दिया है क्योंकि कवि ने महाकाव्य के अन्त में इसे उपसंहार स्वरूप प्रस्तुत किया है जिसकी चर्चा मैंने प्रारम्भ में करके महाकाव्य के सारतत्त्व को उद्धारित किया है।

इस चौथे परिच्छेद में जिसकी चर्चा इस समय हो रही है, सिद्धार्थ के मन में तरह-तरह की शंकाएँ आती हैं और उनका मन व्याकुल हो जाता है समाधान के लिए। इस परिच्छेद में उनके मन का अन्तर्द्वन्द्व उल्लेखनीय है। मृत्यु से साक्षात्कार और मृत्यु का डर कवीन्द्र रवीन्द्र के विश्व प्रसिद्ध काव्य-संग्रह गीतांजलि में भी दिखलाई पड़ता है। विश्व के सुप्रसिद्ध कवि नोबेल पुरस्कार के विजेता रवीन्द्रनाथ ठाकुर ने मृत्यु का स्वागत कुछ इस प्रकार किया है जो अद्वितीय और अलौकिक है—

जिस दिन संध्या को पहुँचेगा
...तुम्हारे द्वार!
क्या धन उस दिन दोगे उसे सँवार?
भरा लबालब अपना अन्तर
मैं उसके सम्मुख दूँगा घर

छुट्टी नहीं विदाई दूँगा
यह दूँगा उपहार।
आएगा जिस रोज...
संध्या को मेरे द्वार।
कितनी शरत् वसंत शर्वरी
कितनी संध्या प्रात सिन्दूरी
रस बरसाते कितना जीवन घर में
जाने कितने फूल और फल
भर-भर देते मन को पल-पल
दुःख-सुख के छायातप की आहट में।
जो कुछ भी मेरा संचित धन
अब तक का सारा आयोजन
अन्तिम दिन में उसके आगे
दूँगा सभी पसार।
आएगा जिस रोज...
संध्या को मेरे द्वार।

विश्वसाहित्य में गीतांजलि का प्रमुख स्थान है। मृत्यु के प्रति यह सकारात्मक सोच केवल भारत में ही देखा जा सकता है। यह अलौकिक, अद्वितीय महान् देश है जहाँ हर युग में कविता नये परिधान में परिलक्षित होती है। इसलिए जॉन कीट्स का यह कथन मैं भूलता नहीं—

द पोयट्री ऑफ़ अर्थ इज नेवर डेड
(The poetry of earth is never dead.)

इसीलिए मैंने इस महाकाव्य के अवलोकन में उन सारे बिन्दुओं को विस्तार से रखा है जिससे इस महाकाव्य के महत्त्व को अति गम्भीरता से समझा और पहचाना जाए।

अन्य परिच्छेद में सिद्धार्थ का चिन्तन-मनन मृत्यु को लेकर चल रहा है। गौतम तापस संग घूमते हैं, तरह-तरह की विधियों से परिचित होते हैं जिससे मोक्ष की प्राप्ति हो सके। अत्यन्त विस्तार के साथ इन परिच्छेद में इन सभी का दर्शन अत्यन्त कलात्मक ढंग से कवि ने किया है। छठे परिच्छेद में ऋषिदेव प्रवर का दर्शन है जो सांख्य मत के प्रतिपादक रहे हैं। यहाँ भी मृत्यु, मोक्ष की गम्भीर चर्चा है। गौतम को रामपुत्र, महानाम, कौडिन्य, करान और अश्वजीत, क्षत्रिय जैसे ऋषिगण से भी भेंट हुई, उनकी तपस्या भी देखी लेकिन उनके प्रश्नों के उत्तर कहीं नहीं मिले।

नौवें परिच्छेद में गौतम की या पूर्व दर्शन (Flash Back) में चली जाती है जिनमें वे उन स्मृतियों को याद करते हैं जिनमें राजपाट, पत्नी, पुत्र और सभी को छोड़कर निरंजना के तट पर केश को तलवार से काटकर वैराग्य धारण करते हैं। इस परिच्छेद में निरंजना तट से विदा लेकर प्रणाम भी करते हैं—

निरंजना दो विदा
आभारी हूँ तेरा।

दसवें परिच्छेद में इस ऐतिहासिक संध्या का जिक्र है जब गौतम ने संकल्प लिया बुद्धत्व प्राप्ति का। स्वयं संध्या ने कहा पीपल के वृक्ष के नीचे गौतम को पहुँचाकर यहीं से आपको बुद्धत्व की प्राप्ति होगी—

आज एक इतिहास पुरुष के
इस निर्णय से
कि सम्यक् सम्बोधि प्राप्त कर
इसी वृक्ष के मूल बैठकर
बोधिसत्व से बुद्ध बनेंगे।

कवि के दर्शन और शब्दों के सुन्दर चयन से पूरा दृश्य चित्रात्मक हो उठता है। ऐसा लगता है कि हम भी गौतम के साथ पीपल वृक्ष के मूल में बैठकर तपस्या में लगे हैं। अद्भुत दृश्य, अलौकिक दर्शन। इस दर्शन में पुत्र-पुत्रियों को संग लेकर चतुरंगिणी सेना को सजाकर कामदेव उनकी तपस्या को भंग करने के लिए आतुर हो उठा—

विस करें उनको निश्चय से
कि सम्यक् सम्बोधि प्राप्त वे कर न पाएँ
धरा-धाम का त्रास कभी वे मिटा न पाएँ
और बुद्ध वे बोधिसत्व से बन न पाएँ।

लेकिन कामदेव की पुत्रियों ने हर प्रयत्न किया और विफलता को देखकर अपने पिता के साथ चली गईं। गौतम के संकल्प के आगे सारे व्यवधान पराजित हुए—

नहीं टिका सम्मुख कोई भी
घायल और पराजिता होकर।
छोड़ सभी संकल्प, प्रतिज्ञा
चरणों पर प्रख्यात हुए सब
आत्मसमर्पण कर सब कोई
लक्ष्यहीन, पथभ्रष्ट धरा पर

सदा-सदा के लिए हुए वे
वंचित, दंशित और प्रताड़ित।

यही नहीं, इस परिच्छेद में जितनी तरह की भार की परिकल्पना की जा सकती है सभी ने विभिन्न रूपों में गौतम को पथ से डिगाने का प्रयास किया लेकिन किसी को भी सफलता नहीं मिली। इस पूरे दर्शन में कुछ गत्यात्मक और चित्रात्मक बिम्बों ने महाकाव्य की श्रीवृद्धि की है और कवि की प्रतिमा को सामने उजागर किया है। तत्सम शब्दों के सुन्दर प्रयोग से सारे दृश्य सजीव हो उठे हैं और महाकाव्य की गरिमा स्वर्ण आभूषण की तरह चमक उठी है।

ग्यारहवें परिच्छेद में गौतम के भयंकर संघर्ष की गाथा है। अपेक्षाकृत यह बड़ा परिच्छेद है और प्रकृति के उन सारे रूपों को भी समेटे हुए है जो मानव की तपस्या में घनघोर बाधा उत्पन्न करते हैं। पथ-भ्रष्ट करते हैं और फिर से तपस्वी को उसी मार्ग पर ढकेल देते हैं जहाँ से संकल्प लेकर वह मुक्ति के मार्ग पर चला है। अद्‌भुत दर्शन, विस्तार की उदात्तता और अभिव्यक्ति की चकाचौंध में पाठक दृश्यों के भीतर समा जाता है—

बोधिसत्व निश्चल, निर्मल थे
नहीं शिकन की हल्की सी कोई रेखा भी
उभरी उनके मुखमंडल पर।

इच्छा मार के सभी आक्रमण विफल हो गए
छिन्न-भिन्न होकर समाए हुए पराजिता
स्वर्गलोक की प्रभुसत्ता का
धरावासियों पर प्रभुत्व का
प्रहरी 'मार' गिरा अपमानित
देवलोक की ऊँचाई से
महापराजय, अपमानों के गर्त लोक में।

फिर बहुत सारी कथाओं की चर्चा है जिनमें काम के वशीभूत होकर प्रत्येक युग में सम्राटों ने कितनी बड़ी-बड़ी गलतियाँ कीं। सभी युग के अनेक उदाहरण इस महाकाव्य को सघन, गम्भीर और उदात्त की ओर ले जाते हैं। कवि की तपस्या लेखन में परिलक्षित होती है और गौतम के बहाने रामायण, महाभारत काल की अनगिनत कथाएँ सामने आती हैं जहाँ वासना, कामुकता और विलासिता की जीत होती है—

मछुआरा था चतुर, सुजान अनोखा।
माँग लिया था राज्य हस्तिनापुर का उसने

पुत्र मत्स्यगन्धा का बैठे
महाराज के उस आसन पर
जो प्रतीक या बहुत काल से इक्ष्वाकु के विक्रम, विलास का
सत्ता के उस सिंहासन पर।

कवि ने पौराणिक, ऐतिहासिक आख्यानों के विशद अध्ययन के पश्चात् इस महाकाव्य का सृजन किया है। प्रत्येक परिच्छेद में मानव की क्षुद्र लोलुपता, सत्ता-प्राप्ति की इच्छा और कामुकता के कारण जो पतन हुआ है वह आधुनिक सन्दर्भ में भी देखने लायक है। पौराणिक आख्यानों, प्रतीकों, बिम्बों का प्रयोग केवल मनोरंजन या काव्य को सौन्दर्यपरक बनाने के लिए नहीं है बल्कि उनका प्रयोग ऐसा होना चाहिए जिससे उनकी प्रामाणिकता हर युग में बनी रहे।

बारहवाँ परिच्छेद 'मार' के पराजय को कहते हुए गौतम की तपस्या को आगे बढ़ाता है। इस परिच्छेद में एक अनोखी कथा सामने आती है। कवि ने भावपूर्ण ढंग से उसका दर्शन किया है और गौतम के अहिंसक रूप के दर्शन यहीं होते हैं। पूरा उदाहरण आपके सामने प्रस्तुत कर रहा हूँ—

प्राण दान का दृढ़ व्रत लेकर
परिजन, स्वजन, सफल भूतल पर
प्रेम दृष्टि अन्तिम बरसा कर
महासत्व ने फेंक दिया अपना शरीर आहार मानकर
क्षुधा, व्यास, ज्वाला से पीड़ित बाधिन के समुख धरती पर
महासत्व थे द्रवित देखकर
थी बाधिन कमजोर अत्यधिक
एक इंच भी खिसक न पाई।
मामला उसे आहार मनुज के गर्म मांस का
किन्तु अशक्त थी, खा न पाई।

त्याग मूर्ति थे, दयावान थे
पास नहीं था खड्ग या कि हथियार और भी,
हिंसा से थे दूर, अहिंसा के थे परम पुजारी।
लिया हाथ में धारदार बाँस का टुकड़ा
गला काट कर, खून से लथपथ शरीर को
बाधिन के मुख के सम्मुख में दिया डालकर।
यहाँ पुनर्जन्म का अतीत दर्शन (Flash Back) है

शाक्य मुनि ने
बुद्धि प्राप्त करने के पहले
देखा अपने पूर्व जन्म को
और धरा पर बुद्ध ने
तब बतलाया—
महासत्व वह मैं ही था, आनन्द—
सहस्त्र शताब्दियों पूर्व
समय के किसी खंड में
एक जन्म
ब्रह्मलोक के भिन्न-भिन्न खंडों में उसने
जन्म लिया था कभी पक्षी में, कभी पशु में
कभी नाग थे, कहीं हिरण थे
राजकुमार कितने जन्मों में।
भिन्न-भिन्न परिवेश
जन्म के थे पड़ाव भी भिन्न, अनेकों
आते रहे धरा पर जब-तब
बोधिसत्व कितने जन्मों में

जो कुछ मैंने पहले कहा था कि कवि का पूरा विश्वास पुनर्जन्म में है और गीता के श्लोकों से कवि बहुत प्रभावित है। 'जातक-कथा' के गहन अध्ययन के बाद पुनर्जन्म की अवधारणा पक्की होती है इसलिए मृत्यु को बस पड़ाव माना जा सकता है, अन्त नहीं। जीवन आगे बढ़ता ही जाता है।

सम्पूर्ण महाकाव्य के अवलोकन में अपना मन भी अलौकिक आनन्द से भर जाता है। बुद्ध की कथा को बहुत सारे साहित्यकारों ने अपने-अपने ढंग से प्रस्तुत किया है। कई कालजयी रचनाएँ सामने आई हैं लेकिन इस काव्य में जिस तरह से गौतम की कथा को कई सन्दर्भों में प्रस्तुत किया गया है वह अद्वितीय है। स्वयं महादेवी जी ने स्वीकार किया है कि भागवत झा ने गद्य में बहुत कुछ लिखा है लेकिन कवि के रूप में ऐसे महाकाव्य की रचना करके उन्होंने उनको भी चकित कर दिया है। महादेवी जी ने यह भी स्वीकार किया है कि यह काव्य जैसा है उसको उसी रूप में रहने देना है, इसमें कुछ भी जोड़ने-घटाने की आवश्यकता नहीं है। प्राक्कथन में उनका यह बयान बहुत अर्थ रखता है। पूरे महाकाव्य के अवलोकन से महादेवी जी की सार्थक टिप्पणी को महसूस किया जा सकता है। सिद्धार्थ के बुद्ध होने के बीच में जो उनका अन्तर्द्वन्द्व है, प्रकृति की आपदाएँ हैं और सोलह गुण सम्पन्न यशोधरा और पुत्र राहुल के साथ सिंहासन का जो त्याग है वह सृष्टि

में कभी-कभी दिखलाई पड़ता है। इसलिए कवि ने भी स्वीकार किया है कि संसार में बुद्ध कभी-कभी आते हैं। बुद्ध का अवतरण समूचे विश्व के लिए एक अलौकिक घटना है। अवलोकन करते-करते मैं तेरहवें परिच्छेद की यात्रा तक पहुँच चुका हूँ। इस परिच्छेद का प्रारम्भ ही पुनर्जन्म से होता है। बोधिसत्व के अनेक जन्मों में यह कथा अद्वितीय ढंग से महाकाव्य में प्रस्तुत की गई है—

किसी काल में
एक जन्म में
एक मुनि थे।
क्षांतिरति था नाम
क्षमा के मूर्त रूप थे।

उनके आश्रम के दर्शन में जिस तरह से चित्रात्मक बिम्ब आए हैं वे कवि की लेखनी के ऐश्वर्य को बताते हैं। अनेक चित्रात्मक बिम्बों के बीच यह चित्र देखिए—

चीता, बाघ, शेर, रीछ सम क्रूर जानवर
छोड़ प्रवृत्ति हिंसा और घातक प्रहार की
शव, मृग या अन्य अहिंसक के संग रहने
बन्धु-बान्धवों जैसा झिलमिल उस आश्रय में।
ऋषि की करुणा का प्रभाव का
जीव, जन्तु, पक्षी, मानव सब
एक हृदय से, एक भाव से
ऋषि आश्रम के सब वासी थे
तब भी संज्ञा यद्यपि भिन्न थी।

इस मुग्ध कर देनेवाले प्राकृतिक ऐश्वर्य के बीच वन-प्रान्तर से सटकर उत्तर राज्य भी एक था। अधिपति, जो कभी क्रोधी, मद्यनिष्ठुर था। भूमिपाल रागी-रसिया था। सभी लोग राजा कलि से परिचित थे। विलासिता के रंग में रँगकर अपनी कामिनियों के साथ वन में आया शिकार हेतु। उसकी कामिनियों ने ऋषि आश्रम की शान्ति देखी, अहिंसक जीव-जन्तुओं के दर्शन किए और ऋषि पर मुग्ध होकर शान्त भाव से मुनि को निहारने लगीं। कलिराजा ने जब यह देखा कि उसे लगा उसकी कामिनियों को ऋषि ने वश में कर लिया। क्रोधित राजा ने मुनि के अंग काट डाले, उसे मृत्यु देकर निश्चिन्त हुआ तभी प्रजा को इस अत्याचार के बारे में सूचना मिली। उसकी हत्या के लिए प्रजा की हिंसक भीड़ आगे बढ़ने लगी तभी मुनि के वचन सुनाई पड़े—

नहीं शमन होता हिंसा से कभी क्रूरता या हिंसा का
नहीं क्षरण होता विकार से किसी बड़े, छोटे विकार का।
नहीं कष्ट का कभी अन्त होता है जग में देकर कष्ट
कष्टदाता को
नहीं व्यथा मिटती है मन की देकर कठिन सजा हन्ता को।
राजधर्म से व्याप्त होने का बोध उसे होने दो,
हे शिष्यो! राजा को अपनी सजा स्वयं पाने दो।
मैं प्रसन्न हूँ, स्वस्थतिन्त हूँ
नहीं कष्ट तन-मन में मेरे।
ये अवयव, ये अंग हमारे, अलग पड़े जो देख रहे हो
अभी इसी क्षण, लौट आएँगे फिर से इस शरीर में मेरे।
क्षमाशील वह विरल तपस्वी
महाप्राण थे, बोधिसत्व थे
पूर्वजन्म का त्याग देखकर
निर्विकार थे, परम शान्त थे।

सचमुच कवि ने इस कथा के माध्यम से आधुनिक युग की दुविधाग्रस्त प्रवृत्तियों का शमन किया है। तथागत के पुनर्जन्म की कथा के माध्यम से इस जगत् को सन्देश दिया है कि करुणा, दया, ममता से ही अहिंसक दुनिया बसाई जानी चाहिए। अलौकिक सन्देश गौतम के पुनर्जन्म की कथाएँ। अबाध-गति से कवि की लेखनी चली है और मुक्त-छन्द की आन्तरिक लयात्मकता में मन खो जाता है। छन्द के बन्धन भी याद तक नहीं आती।

अब परिच्छेद 14 की बातें भी बहुत ही महत्त्वपूर्ण है। क्योंकि महाकाव्य अब समाप्ति की ओर है और अपनी समस्त सृजनशीलता, काव्यात्मक औचित्य के साथ महान् सन्देश उपस्थित करनेवाला है।

महारात्रि के प्रथम प्रहर में स्मृतियों के अम्बर ने बोधिसत्व को घेर लिया। बोधिसत्व ने दिव्य चक्षु से अखिल विश्व के प्राणी को देखा। जन्म-मरण, युवा-जन के संघर्षों को देखा, वृद्धि-क्षण की अद्‌भुत घटनाएँ देखी। मानव के अपने कर्म, कर्म की यात्राओं का अवलोकन किया। उत्तम ध्यान शिखर के दूसरे प्रहर में मानव की कष्टपूर्ण यात्रा को विभिन्न स्तरों पर देखा। हर बार मानव को इसी रूप में आना पड़ता है। न मिट्टी दाह, न मिटी पर्यास, मरु की तपिश रेत ज्वाला में जलकर वह बार-बार धोखा खाता है, आहत होता है, बिलखता है, पछताता है,

पर अश्चर्यचकित हो उनको
रास-रंग, वैभव विलास में

आते ही खो जाते देखा।
धराप्रेम को श्रेय मानकर
'यू' से सब कुछ जाते देखा
नश्वरता को मान अमरता
विदा-घड़ी में रोते देखा।

रात्रि के इन प्रहरों में अन्तर्द्वन्द्वों का तूफान भी उठा। जन्म, मरण कष्ट का कारण को जन्म का दाता, हर्ता ये सारे प्रश्न उठने लगे—

केन्द्रित ऊर्जा और ध्यान से
लगे खोजने सभी लोक में
उस...को जो रहस्य था, कहीं छिपा था
आदिकाल से किसी लोक में

भयंकर अन्तर्द्वन्द्वों के बीच सारे यह प्रश्न अवतरित होने लगे। तपस्वी गौतम का मन संघर्षों का गेह बन गया इन रात्रि प्रहरों में प्रश्न ही प्रश्न—

'भव' से जन्म
जन्म से 'मृत्यु'
भव से 'जन्म'
जन्म से मृत्यु

विविध कष्ट, यंत्रणा धरा के सब कुछ जन्म-ग्रहण के कारण विशद विवेचना, विशद जीवेषणा तमाम जटिल प्रश्न कवि के माध्यम से उठाए गए हैं कलात्मक बिम्बों, पौराणिक मिथकों के साथ भीतरी संघर्ष को व्यक्त करने में कवि को अभूतपूर्व सफलता मिली है। लेखनी के प्रवाह में हम बहने लगते हैं। दर्शन के नैसर्गिक स्वरूप में हम खोने लगते हैं और विचारों के मंथन के साथ कवि के ज्ञान, भारतीय संस्कृति के प्रति अटूट आस्था को देख गौरवान्वित महसूस करते हैं—

बोधिसत्व अब पहुँच गए थे
यात्रा के अन्तिम पड़ाव पर
सत्य-धाम पर जिसके लिए
छोड़कर सब कुछ राज-पाट, परिवार, बन्धु को
विपदाएँ अनेक झेलनी थीं
आज सत्य का दर्शन पाकर बोधिसत्व से बुद्ध बने थे
सब लुभावने प्रेम छोड़कर
श्रेय सत्य को समझ-बूझकर

अथक परिश्रम से मानव हित
अमृत-कलश ढूँढ़ लाए थे।

पन्द्रहवें और समापन परिच्छेद में ज्ञान प्राप्ति के बाद भी कई बाधाएँ उनके मन में थी, क्योंकि जिस तरह का परिवेश अपने देश भारत में उन्हें देखने को मिला था, ऐसी स्थिति में उनके ज्ञान को जनता समझ पाएगी या नहीं यह अन्तर्द्वन्द्व भी चल रहा था—

बीता जब सप्ताह मूल में बोधि वृक्ष के
उठे, गए अजपाल वृक्ष के नीचे।
पुनः सात दिन बैठे रहे एक आसन में
निर्विकार हो, हुए निम्नज्ञान चिन्तन में।

यह सप्ताह बीता। वृक्ष वृहत् अजपाल मौन था। धन्य था। इतना समय बिताया...बोधिवृक्ष के बाद उसे ही दिया था सम्मान प्रभु ने। वहीं पार्श्व में खड़ा था मौन था वृक्ष महामुचलिन्दय प्रतीक्षा में कब से प्रभु गौरव दे उठे अन्य सो बैठ अघन उसकी छाया में। स्वप्न हुआ साकार जल्द ही समदर्शी प्रभु आए, बैठे चिन्तन करते रहे सात दिन आनन्दित...झूमने लगा गर्व में मन्द-मन्द, भर-भर के मीठे...हर्ष में। और प्रभु बुद्ध की वाणी गूँजने लगी—

वही सुखी, सन्तुष्ट हुआ करता है जग में
जिसमें संयम, सदाचार है
पता वह निर्द्वन्द्व सुरीले कासागर जग में
सभी कामना त्याग उसे वैराग्य मिला करता है।
वैराग्य साधना का मीठा फल
वही मनुज पाता है जग में
कठिन तपस्या और संयम जिसका संबल है।

इसी बीच एक दिन उत्कलवासी दो व्यापारी जिनके नाम थे तपस्सु और मल्लिक आए 'गया' पहुँचे जहाँ प्रभुवर निमग्ल मुक्ति गायन में। दोनों ने भोजन के लिए...और लड्डू दिए। प्रभुवर बुद्ध ने भोजन किया। बुद्ध के मुखमंडल पर, तृप्ति भाव अंकित थे और मुक्त भी पूर्ण तृप्ति में आह्लादित, अकुल थे। प्रश्न यह था—कौन तृप्त थे अधिक, मुक्त या कि भगवान, आँकना बहुत कठिन था। मल्लिक, तपस्सु ने सविनय कृतज्ञता ज्ञापन करते हुए कहा चरण पकड़कर—

नये धर्म में हमें शरण दें
धर्मदेशना आप हमें दें

बुद्ध शरणां गच्छामि
धर्म शरणां गच्छामि।
उठा दाहिना हाथ वरद मुद्रा में
धर्म, ज्ञान की ज्योति निकलकर
दोनों के तन-मन से होकर
सूर्यप्रभा सी गई सींचकर
हुए परिस्कृत मल्लिक तपस्सु
नये धर्म में दीक्षित होकर।

धर्म प्रवर्तन के क्रम में थे बने अनेकों भक्त शिष्य गण, श्रावक बने, उपासक कितने, नये धर्म में आश्रय पाकर। देवी कितनी बनी भिक्षुणी आई बुद्ध शरण को पाकर। बुद्ध शरणं गच्छामि धर्म शरणां गच्छामि। नये धर्म का उदय काल प्रारम्भ हुआ लेकिन संघ की स्थापना में अभी विलम्ब था। अपनी तपश्चर्या में बुद्ध सोचते रहे—नया धर्म बतला सकता है माया से बचने की राहें। उन्हें बचा सकता है जिनको दंशित करती जग की चाहें। मैं उबार सकता हूँ उनको। जग के विफल जाल से। निर्वासित कर सकता मानव। चिन्ताओं से, स्वयं काल से। मौन रहूँगा। निरपेक्ष चिन्तन गहन करूँगा। नये ज्ञान भी...अविर्जित शृंग शेष हो गई। ध्वज मानवता का फहराकर उन पर विजय करूँगा ज्ञान श्रेष्ठता नये धर्म की। भू, नभ और पाताल लोक में रहनेवाले सभी प्राण को स्थापित कर दिखला जाऊँगा तभी पुकारा अन्तर्मन ने, हेमन्त। भगवान। धर्म का अमृत बाँटो वसुंधरा पर। धरा धाम पर ऐसे भी प्राणी अनेक हैं। धर्म दर्शन जो चाहते हैं। सही धर्म की राह नहीं मिल पाती उनको। इस अभाव के कारण ही देर होते हैं पथभ्रष्ट, कुमार्गगामी होते हैं। वास्तव में ज्ञान प्राप्ति के बुद्ध देव ने अपना पूरा जीवन धर्म, संघ को दे दिया। और समग्र प्रजा ने, जग प्राणी, मानव समाज ने। काल थम गया। अमृत वर्षा हुई धरा पर। तृषित जगत् के चर और अचर, प्राण ने, जड़ ने छक कर पिया, तृप्त और आनन्दित होकर। तन-मन की संज्ञा से बेसुध। गोत्रहीन, बनकर अनाम वे लगे भ्रमण करने वाणी जो गिरि निर्भर सम मृदुल हास में सम्बोधित कर लगी जगाने...खर्ब-खर्ब कल्पों को मैंने। रूप अनेकों धरे और अर्जित कर कितने पुण्य कर्मभव बुद्धबाग में और बना आचार्य धरा के नूतन, अभिनव नये धर्म का सुनो धरा के वासी। सुन लो बुद्ध नहीं आते हर युग में और नहीं बुधत्व प्राप्त होता है सबको चाहे करे तपस्या कितनी कठिन और कितनी भी दुष्कर...मिलते मनुज अनेकों जग में पुरुष-रत्न मिलता मुश्किल है। नर-नारी की भी...पर है कठिन बुद्ध को पाना।...और सही ढंग से कवि ने इस महाकाव्य के दर्शन को सभी के सामने उपस्थित किया है। बुद्ध की कथा पारम्परिक ढंग से महाकाव्य में ली गई है लेकिन नूतन विचारों से परम्परित

कथा में नई ज्योति दिखलाई पड़ती है, नई चेतना जाग्रत होती है क्योंकि बुद्ध भी भारतीय हिन्दू संस्कृति में ईश्वर के दशावतार के रूप में मिश्रित हैं। यह पद्यांश भी बहुत मूल्यवान् है जो कवि की सर्वशक्ति का प्रमाणित करता है—

बुद्धत्व प्राप्त कर
बुद्ध नहीं भूले थे उनको
नये धर्म के अन्धेपन में
साथ चले जो कुछ पड़ाव तक।
छोड़ गए थे साथ तिधर्मी मान उन्हें जो
नये धर्म की दीक्षा देकर
धर्म मार्ग पर उनको लाकर
प्रेम शान्ति का दीप जलाकर
उन्हें जगाना वे चाहते थे।

वास्तव में यह महाकाव्य जीवन की सम्पूर्ण व्याख्या पौराणिक, ऐतिहासिक और नये युग की मान्यताओं के अनुकूल प्रस्तुत करता है। महाकाव्य की समाप्ति के बाद उपसंहार या सारांश रूप में कविश्री भागवत झा आज़ाद ने उपसंहार या सारांश प्रस्तुत किया है जिसमें एक साक्षात्कार मृत्यु से और फिर मृत्यु का उत्तर है। वास्तव में जीवन-मरण के सत्य को उजागर करने के लिए उन्होंने बुद्ध की कथा चुनी जो इस उपसंहार में प्रस्तुत है। फिर उपसंहार या सारांश के बाद सारांश का विस्तार भी है जिसमें मृत्यु और जीवन के बारे में अन्तिम सत्य व्यक्त है जिसकी चर्चा महादेवी ने अपने प्राक्कथन में किया है। अतः इस अद्वितीय कलात्मक, वैभवशाली, हिन्दी साहित्य की गरिमा के अनुकूल महाकाव्य का स्वागत है।

—डॉ. शंकर प्रसाद

मृत्युंजयी

प्रथम सोपान

जग सोया था

जग सोया था
गहरी थी, प्रगाढ़ निद्रा थी
अन्धकार-अज्ञान धरा पर
मूर्च्छित-सा कण-कण सोया था
मूक काल ठहरा-ठहरा सा
धरती मौन प्रतीक्षारत थी,
महापुरुष या देवदूत के
ज्ञान-वारि से जो सिंचित कर
दग्ध प्राण भूतल वासी को
ढोंग, कष्ट से मुक्ति दिला दे।

परम्परा के बन्धन में आबद्ध आत्मा
भूल अलौकिक आत्म-शक्ति को
पुरुषार्थ को छोड़
शकुन को शक्ति मानकर
अनहोनी जादू-टोना में
जन्तर-मन्तर और भविष्य में
भाग्य-लेख में आस लगाएँ
कर्मकांड का घृणित बाह्य आडम्बर ओढ़े
भूल, अहम्, अस्तित्व, बोध को,
भूल रूप, गुण, ज्ञान
भूल धरा पर आने के उद्देश्य, लक्ष्य को
सांसारिक दुःख के सागर में
लहर-लहर पर ताड़ित और प्रताड़ित होकर
कभी डूबती, कभी तैरती
निरुपाय व्याकुल रहती थी

जरा विवश थी
सत्ता मद में डूबे थे आकंठ
राजा के पालनकर्ता,
मंत्री औ' दरबारी भर्त्ता।
शारीरिक वस्त्र लपेटे तन में
यज्ञ-धुआँ-आँसू में डूबे
नयन लाल घूमा करते
पंडित और पुरोहित, कर्ता
स्वार्थ, लोभ, कीचड़ से लथपथ
घूम रहे ढोंगी अनेक थे
मुक्ति मार्ग की करते व्याख्या

पुण्यतीर्थ, मन्दिर, घाटों पर
यजमानों को कथा सुनाकर
कर्मकांड से शुद्ध बनाकर
रोज भेजते वे सहस्त्र को
नाशवान काया से निर्गत
सूक्ष्म प्राण को स्वर्ग लोक में
वैतरणी की राह बताकर।

और स्वयं अवशिष्ट प्राप्त कर
दान-दक्षिणा के लाभों से
हृष्ट-पुष्ट-सन्तुष्ट स्वयं वे
रह जाते थे धरा धाम पर
जीवित जन को स्वर्गलोक का मार्ग दिखाने।
परम्पराएँ काल बनी थीं
श्रुतियाँ भी विकराल बनी थीं
फन काढ़े डसने को व्याकुल
जन-जीवन को त्रसित किए थी।

घाट-घाट पर
क्रिया कर्म का ढोंग पसारे
ढोंगी, पंडे और पुरोहित
धर्मशास्त्र के शिक्षक-ज्ञाता

सभी व्यस्त थे भक्तजनों को
रूढ़िग्रस्त बिखरे समाज में
शापमुक्त कर धरा धाम से
नई राह पर, नये लोक में,
स्थानान्तर कर मुक्ति दिलाने।

ईश्वर एक, अनन्त, अगोचर
पर थे रूप अनेकों पूजित
बहुदेवों की कृपा-कामना
प्राप्त करें आशा से आकुल
पागल से सब दौड़ रहे थे
मठ-मन्दिर-आश्रम में व्याकुल।

वृक्ष पूजते, मान मनौती
शिला-खंड पर अर्घ्य चढ़ाते
नदी धार में दीप बहाते
कीर्तन-भजन, प्रसाद समर्पण
देवी को दे अष्ट भुजा में
करते थे बलि का आयोजन
मार्ग ढूँढ़ते व्यथा-मुक्ति का
भरत देश के सभी भक्तजन।

देव-देवियाँ शत-सहस्र रूपों में उनको
दर्शन देते स्वप्नलोक में
और कभी उनकी काया में
कर प्रवेश उपकृत करते।
तब करते वे नृत्य प्रदर्शन
तिरछे-टेढ़े, रोते-हँसते
ढोल-मृदंग-थाप पर गाते
भक्त-जनों के दर्द दुःखों का
भूत-प्रेत के उत्पातों का
शमन-दमन करते, बहलाते।
काँटे चुभते डार-झाड़ू से
मार-पीटकर स्वप्न दिखाते

भू-शय्या पर उन्हें सुलाते।
भूत-प्रेत को मार बेंत से
जाने कहते, दूर भगाते
जनपद की सीमा से बाहर
धरती नीचे उन्हें गाड़कर
वापस आते, मूल्य माँगते।

था भूगोल धरा का अद्‌भुत
देश विभाजित था जनपद में,
अन्तर, महा, मध्य थी संज्ञा।
काशी, कोशल, मल्ल, वत्स पुरु
पार्श्व अषेक, पांचाल देश थे।
सिन्धु, अवन्ति और वल्लभी
क्षुद्रक, पाटज, यौद्येय बंग थे।
गंगा और नर्मदा कलकल
बहती रहती सदा मध्य में।
यह परिधि थी, ये परिभाषाएँ
फिर भी थीं भारत सीमा में—

आर्यावर्त स्वतंत्र राष्ट्र था
पर विभक्त था छोटे-बड़े गणराज्यों में
किन्तु कहीं पर किसी विदेशी
सत्ता पर अधिकार नहीं था गणराज्य में,
सार्वभौम, शक्तिमान अजेय,
भारत पूर्ण स्वतंत्र राष्ट्र था
कहीं गुलामी के कलंक का
चिह्न मात्र अवशेष नहीं था
पश्चिम में यूनान, रोम थे
चीन और ईरान देश थे
पर सब के सब सुप्त पड़े थे

भारत की सीमाएँ रक्षित
नहीं आक्रमण था विदेश का
किन्तु विडम्बना भी विचित्र यह

देश विखंडित बहु राज्यों में
यदा-कदा टकरा जाते थे
किन्तु बाँधकर इन्हें ले चले
पारस्परिक हितों के पथ पर
केन्द्र स्थान में ऐसा कोई
शक्तिमान सम्राट नहीं था।

राज्य प्रणालियाँ भिन्न-भिन्न थीं
महादेश के विभिन्न खंड में
असीरिया में या सुमेर में
चीन, मिश्र में या ईरान में।
भिन्न-भिन्न थे रूप धर्म के
जो पलते थे, जो चलते थे
बड़े काफिलों के कन्धों पर।
और पहुँचकर दूर देश में
संघर्षों के आलोड़न में
तथा समन्वय की धारा में
पुष्पित, फलित, सुशोभित होते
नये देश में, नये वेश में।
भिन्न-भिन्न हैं देव-देवियाँ
या है एक सत्य 'वह' केवल?
आस्था फँसी अन्धभक्ति औ,
ज्ञान मार्ग के दो पाटों में।
बहु वादों से सदा प्रताड़ित
कर्म-धर्म को समझ न पाती
जीव, ब्रह्म, अद्वैत, द्वैत के
इस रहस्य का अर्थ खोजती।

भूल मनुज अपने उद्गम को
अपनी ऊर्जा-शक्ति-स्रोत को
खोज रहा था एक प्रदर्शक
जो विभिन्न राहों पर छाए
धर्म-कर्म के मिस अधर्म के
घने कुहासे खंड-खंड कर

उन्हें बता दे राह एक जो
उसी ठिकाने पर पहुँचा दे
जिसे छोड़ आया वह भू पर।

धार्मिक जीवन क्षत-विक्षत था
पंथमार्ग में वह खंडित था।
धर्म सनातन बहुत व्यथित था
संशय भावों से दंशित था
मत-मतान्तरों के अरण्य में
भटका, भूला अर्थ विरत था।

कुश काँटों से परिपूर्ण पथ विच्छिन्न था।
मत-मतान्तरों के विवाद से ग्रस्त भ्रान्तिपूर्ण था।
आश्रम विशाल था मक्खि गोशाल का
जहाँ पराक्रम बोल रहा था देववाद का।
अजिकेश कम्बल निमग्न थे समझाने में सबसे
उच्छेदवाद का मार्ग श्रेयस्कर है स्वर्गलोक को।
चतुर्याम स्वरवाद के प्रचारक नातपुत्र थे,
अक्रियावाद के प्रवर्तक काश्यप पूर्ण थे।
अनिश्चयवाद के संजय शंख फूँकते।
कात्यायन अकृतावाद को उच्चारते।

अध्यात्म ज्योति-पुरुष विभिन्न स्वर साज कर
आपसी विरोध का पाठ थे पढ़ा रहे।
शाश्वत, अनित्यसा, अकारण और नित्यता
निर्वाण के महत्त्व का राग थे अलापते।
दर्शन, विचार के, सारे सिद्धान्त के
काट-छाँट में निमग्न आपसी विरोध के
वाद-प्रतिवाद के स्वर नये उभारकर
भिन्न-भिन्न अर्थ के मंत्र थे उच्चारते।

जनता अवाक थी प्रचारकों की बाढ़ से,
मत-मतों के धुन्ध में राह के प्रमाद से,
सत्य किसके संग है यह नहीं जानती,

ताम-झाम-ढोंग को धर्म सही मानती।
मत-मतान्तर इतने थे सम्मुख जनता के
कि किसी एक का अनुपालन बहुत कठिन था
सभी मतों के पांडे-पंडित थे निमग्न खंडन-खंडन में
जीवन के कर्तव्य मर्म का कोई मूल्य नहीं था।
अराजकता का राज्य, महज उद्देश्यहीन जीवन था
शिथिल सभी आचार और वादों का राग प्रमुख था।
देवी-देव चढ़े सिंहासन, झुंडों में चलते थे
यज्ञों में पशुओं की बलि से जन-जन बहुत दुखी थे।

समाज, कर्मनीति का, दर्शन, समष्टि का
सम्मान-मान था घटा धर्मान्धता के धुन्ध में।
व्याकुल हो व्यष्टि मन प्रकाशपुंज चाहता
वादों के विवाद में राह नई खोजता
कौन वह जो तोड़कर रूढ़ियों की शृंखला
दे सके समाज को भाव-सिक्त मेखला।

राज व्यवस्था लोक हितों से दूर
व्यस्त थी, पारस्परिक द्वेष, ईर्ष्या में
लोक-भावना मूल-ध्येय को भूल व्यस्त थी
रंग-राग और लोभ-भोग में
क्षुद्र स्वार्थहित जल-संघर्ष बहुत होता था
जाति, गोत्र, उपजाति, वंश पर,
नरसंहार हुआ करता था।

गणिकाएँ थीं मुखर, गृहिणियाँ मौन रहा करती थीं
दासी का था राज्य, रानियाँ व्यंग्य सहा करती थीं।
भोग-विलास, मांस-मदिरा में, जीवन झूम रहा था
सभी तरफ थी घोर-दरिद्रता, श्रेष्ठी मचल रहा था।
अलंकार, शृंगार, प्रसाधन का था अजब मुखौटा
थी समाज में अकथ विषमता, पर, भारत वैभवशाली था।

सृष्टि के आरम्भ से प्रत्येक युग में
धर्म का हन्ता पैदा धरा पर

छिप गई तब रोशनी, अज्ञान का साम्राज्य छाया
जन-जनों में धर्म के उन्माद का था ज्वार आया
दुष्टता से मुक्ति पाने भक्त ने की प्रार्थना
धर्म के उत्थानहित 'अवतार लो' की याचना।

जब-जब धर्म ह्रास से धरती
व्यथित, दुखित होकर अकुलाई
नंगे पैर, विकल दौड़े वे
देवदूत, पैगम्बर बनकर
या रसूल या महापुरुष का वेश वरण कर।
समय शिला पर, पत्र, पुष्प पर
ग्रंथों के पृष्ठों में रचकर
कालबद्ध कर अपनी वाणी
स्थापित कर नव-धर्म धरा पर
लुप्त मार्ग को उद्घाटित कर
वादों के जंगल में खोई मनुज जाति को
गए धरा से वे समझाकर।
"मिटा भूत के पदचिह्नों को
छोड़ लकीरें घिसी-पिटी को
भूल पुरानी व्यथा, व्यंग्य को
नई राह पर कदम बढ़ाकर,
नई कहानी लिख पाओगे
एक नया संसार बनाकर।"

दर्शन हुए प्रभावित कुछ से
कुछ से संस्कृति हुई चमत्कृत
नये मनुज के नये सृजन में
दर्शन, धर्म हुए, फिर जीवित।

राजा-राज्य और परिषद् के
या स्वराज्य के, सम्राटों के
उद्गम या उत्थान-पतन को
या समाज के अन्तर्कलह, मनन, खंडन को
या मनु की संघर्ष कथा को

समय-सहजता के लिबास में
वे होकर अवतरित धरा पर
सम्पादित कर गए यहाँ से।

लगा गए वे बीज मनुज के मन-भावों में
जिसकी अविरल बाढ़ धरा को सुखमय करती।
फल लगते तम के प्रकाश के,
सुख-दुःख के औ' दिवा-निशा के।
और पुनः उस कालचक्र में
तन का थड़, अवयम के पत्ते
मीठे-तीखे फल झड़ जाते।
कालवायु तब उन्हें उड़ाकर
ले जाती उस निखिल व्योम पर
उन परिचित गेहों के सम्मुख
जिनसे बन्धन तोड़ कभी वह
आया दूर धरणि के तट पर।

धरा व्योम के दो कूलों पर
निर्भय प्राण, मगर उद्वेलित
चक्रवाल-सा घूमता करता
कौसमौस के महाखंड में
परिवर्तित होते कण-कण में
अहं त्याग, अस्तित्व मिटाकर
महाचक्र के महामिलन में।

यह भूगोल था भारत खंड का
जन-मन की पीड़ा अपार थी
कौन धर्म है? क्या अधर्म है?
संशय भावों से सब पीड़ित।
घना कुहासा, मार्ग अवरुद्ध था
विकल व्यक्ति थे जग के प्राणी
दृष्टि उठाये चिदाकाश में नील गगन के पावन पथ पर
देख रहे थे कब होगा उत्तरण धरा पर
महाबोधि, अश्वरथ प्राण बोधि सत्व का।

भारत की पावन धरती पर
इसी समय था हुआ उत्तरण
एक महामानव बोधि
जिसने मरणशील मानव जाति को
जगा नींद से
कर्म, धर्म की राह बताकर
जड़ता से झकझोर—
तोड़कर सभी रूढ़ियों के बन्धन को
चेतन-ऊर्जा-सिक्त किया मानव जीवन को।

ईश्वर, वेद, धर्म-यज्ञों को
दिया चुनौती।
कर्मकांड के पाखंडों से
मुक्त कराया मनुज जाति को।
स्वर गूँजा आकाश-अवनि में
नहीं मोक्ष के अधिकारी वे
जो निर्दय बनकर हैं हरते
रोज प्राण लाखों का भू पर।
सरल, चित्त, सादा जीवन
व्यवहार छलरहित जो करता है
पाता है निर्वाण धरा पर वही मनुज
जो सत्य, प्रेम धरण करता है।

द्वितीय सोपान

हिम से

हिम से था आच्छन्न हिमालय
थी उपत्यका मनोहारिणी
थे सुरम्य वन
लता, वृक्ष, प्राणी से पूरित।
इसी भूमि की हरीतिमा में
जन-मन के कलरव से गुंजित
वैभव के स्वर्णिम प्रकाश में
विहँस रहा था नगर मनोहर, भाव मुदित।

कपिलवस्तु था
आतुर दृष्टि गड़ाए कब से।
किसी उत्तरण की आशा में
पुष्प, दूध आँचल में भरकर
मूक प्रतीक्षारत था कब से

प्रजातंत्र था।
प्रजामतों का बहुमत पाकर
राजा निर्वाचित होते थे शाक्य कुल के।
नगर मध्य में संघागार खड़ा शोभित था
सूर्य किरण का मुकुट पहनकर
और निशा में
शुभ्र चाँदनी की धारा में अवगाहन कर
शोभित होते बनकर-ठनकर।

शाक्य प्रजा
एकत्रित होकर, यहीं बैठकर

करती थी निर्वाचन अपने कर्णधार का
राजकाज के सूत्रधार का।

रजत-माल्य सम उज्ज्वल कमल सूँड़ में लेकर
अनुपम, सुन्दर और पवित्र गजराज
सामने हुआ उपस्थित क्षण में
नमन किया, त्रयवर, प्रदक्षिणा कर देवी के,
हुआ लुप्त अनुपम वितान में।

स्वप्न कथा चल पड़ी
सहस्र जिह्वाओं पर चढ़कर।
राजा-प्रजा सभी उत्सुक हो
लगे पूछने—
क्या रहस्य अद्भुत सपनों का?

आमंत्रित तब हुए राज्य के
प्रमुख विप्रगण
दशा, दृष्टि, नक्षत्र ग्रहों का
हुआ अध्ययन।
बोले पंडित और विप्रगण

महाराज की जय हो।
चिरवांछित अभिलाषा होगी पूर्ण आपकी।
कपिलवस्तु की प्रजा पाएगी
देव अंश अवतरित कुमार जो
सदियों में आते हैं भू पर
धरा धाम के मानव के
दुःख, दर्द, कष्ट के निवारणार्थ।

लुम्बिनी, सुन्दर, विशाल
वन की शोभा अनुपम थी।
शाल, वृहत पन्नों, वृत्तों में पुष्प सजाए
सीधे, तने, खड़े गौरव से

गगन चूमते श्रृंग शिखर से
किसी प्रतीक्षा में व्याकुल से
आसमान में दृष्टि गड़ाये
मौन, साधना-लीन मग्न थे।
सभी दिशाएँ शुभ्र, स्वच्छ थीं
अम्बर का अंचल निरभ्र था।
नीचे सरिता की धारा में
व्योम धरा को चूम रहा था।

सूखे स्तन में, सूखे थन में
दूध उतर आया करुणा को।
सूखी नदियाँ जल से प्लावित
लगी सींचने कपिलवस्तु को।

दूर गगन में, धरा, जलधि में
नाच रहे थे सुध-बुध खोकर
कलरवशील विहंग वृंद।
झूम रहे थे पत्र, पुष्प भी
भ्रमर गान से स्पन्दित, गुंजित।

छन्दक, कन्थक, काल उदासी,
महाबोधि, राहुल जननी भी
साथ बुद्ध के कपिलवस्तु में
हुए अवतरित एक समय में।
कोटि-कोटि रवि रश्मि पुंज से
आलोकित हो गई मही थी
वरदपुत्र के शुभागमन से
विस्मित, पुलकित हुई धरा थी।

दूर हिमालय से समाधि को
छोड़ काल देवल ऋषि आए
शिशु को देख हर्ष से बोले
प्रेम अश्रु भरकर नयनों में—

"है सौभाग्य देश का राजन
और समस्त मानव के कुल का।
शिशु होंगे प्रेरणा-स्रोत
इस अखिल विश्व में नये धर्म का
या होंगे पृथ्वी के शासक
दीप्त, यशस्वी, कुल के गौरव।
राजा हों या हों परिव्राजक
मनुज जाति के, कपिलवस्तु के
धरा धाम के उद्धारक आए हैं
सदियों बाद पुनः इस भू पर।"

किन्तु अधिक सम्भव है कि ये
अनासक्त हो, राज्य त्याग कर
कठिन परिश्रम औ' समाधि से
तत्त्व प्राप्त कर भव-मंथन से
मोह, लोभ के अन्धकार से
मनुज जाति को मुक्त कराकर
ज्ञान दीप को प्रज्वलित कर
शाक्य वंश का यह सपूत
मृत्युंजय बनकर जिएँगे।

व्याधिपाश से त्रस्त
जरा से जर्जर औ' व्याकुल मानव को
मृत्यु उदधि के नाशवान् उद्दाम लहर से
ज्ञान तरणि पर चढ़, बचने की
अनुपम विद्या सिखा जाएगा।

हे राजन!
यह भूवासी को
सभी प्रहर में
सब भावों में
भव-बाधा से
बच पाने का
महामंत्र बतला जाएगा।

कालचक्र के अनजाने और अबूझ वृतों में
जहाँ मृत्यु जीवन दोनों ही
चक्रवात-सा घूमा करते—
अन्तहीन पथ, अन्तहीन उस कालखंड में,
यह समस्त मानवजाति को
मुक्ति मंत्र बतला जाएगा।

निराकार, आकार रूप में
बिन्दु और विस्तार पुंज में
प्रकृति चराचर, जड़, चेतन में
नभ में, थल में, और शून्य में
कर स्थापित मानव गरिमा को
जग को यह समझा जाएगा—
मृत्यु और जीवन दोनों ही
कालचक्र के दो स्वरूप हैं,
जो बन-बनकर मिटते हैं
और पुनः मिट-मिटकर बनते
नये रूप में, नये वेश में
आवर्तन की, परिवर्तन की
भिन्न क्रिया में ढलकर, गलकर
मिल जाते आकारहीन बन
महारूप में, परम-आतम में।
एकरूपता की संज्ञा बन
मन के, तन के
प्रकृति, शक्ति के
अणु के और विस्तृत अनन्त के
सभी सत्य उद्भाषित करते
दिव्य रूप जग हो दिखलाते

धरा धाम के प्राणी सारे
लता, वृक्ष, पशु, पक्षी मनुज सब
जड़ या चेतन सभी धरा के
महापुरुष के ज्ञान रश्मि से
होकर सिक्त अमर वाणी से

नव जीवन पाएँगे भू पर।
कुछ निर्वाण प्राप्त कर जग से
हर्षित, मुद्रित चले जाएँगे।
कुछ आवागमन भ्रमर में पड़कर
जाएँगे, फिर फिर आएँगे।

इसी सत्य के उद्घोषक ये
कपिलवस्तु की पुण्य भूमि पर
उतरे आज, धन्य कुल तेरा
धन्य हुए प्राणी सब भू पर।

बुझ जाएगी जीवन बाती
मैं हतभागा नहीं रहूँगा,
ज्ञान प्राप्त हित प्रभु के हाथों
प्रव्रज्या न ले पाऊँगा।
कुल के मान्य काल देव ने
चरण पखारा अश्रुबूँद से।
बुद्ध बनेंगे जब ये जग में
मैं न रहूँगा जीवित भू पर।
कितनी दूर रहूँगा भू से
न जानूँ मैं किस पड़ाव पर।

तृतीय सोपान

प्रकृति के बीच

महल गगन के बीच प्रकृति के
वन्दनवार सजे थे
ऋतु बसंत
कोकिल ध्वनि गुंजित
आम्रबौर, फल, पुष्प सुगन्धित
कण-कण भू का
मादक-गन्ध-सुगन्ध पूर्ण था।
मन भावन था
अति अपूर्व था।

सिद्धार्थ प्रभावित
मौसम रंग, कुसुम गन्धों से।
छोड़ महल जाना चाहते थे
कोमल तृण आच्छादित वन में
जहाँ कमल से युक्त सरोवर
आमंत्रित करते सदैव थे
प्रिया और प्रियतम-रसिया को;
गुंजन करते भ्रमर दलों को
जो करते तकरार
चूमते, रस पीते, आनन्द लूटते
और छोड़कर, चल देते बनकर निर्मोही
नई प्रेयसी की तलाश में।

मार्ग सुशोभित
मालाओं, पुष्पों से सज्जित।
पथ पर उज्ज्वल पुष्प,

अटारी पर ललनाएँ
कौन अधिक मादक
कहना मुश्किल था।

रथ में जूते अश्व सैंधव थे
कान्तिवान थे, शुभ्र मनोहर।
प्रजा खड़ी थी पंक्तिबद्ध हो राह किनारे
जय-जयकार यशुक्त वाणी में
नयन बिछाए व्यग्र
देखने को उत्सुक थी
अपने प्रिय सुन्दर कुमार को।
कौतूहल था
महल, अटारी और झरोखों से लुक-छिपकर
विकसित शोभनीय आँखों में
सौम्य गुणों की छाया अभिनव
पड़कर जिन्हें द्विगुणित करती

जनरव से उद्घोषित पथ पर
रथ बढ़ता ज्यों तरणि उदधि पर।
तभी अचानक दृष्टि पड़ी थी
एक जरा-जर्जर मानव के
श्वेत केश पर, भग्न दन्त औ' वक्र देह पर।
लकुटि सहारे झुकी
व्यथा से दुहरी होकर
चलती उस पीड़ित काया पर।
सौम्य! कौन है?
क्यों ऐसा है रूप
धरा पर जैसा नहीं अभी तक देखा?
आश्चर्यित, व्याकुल कुमार
छन्दक से बोले—
हे! कुमार यह आयु भार से दबा, जर्जरित
उस मानव की छाया भर है
जो था सुन्दर, स्वस्थ युवक कल की संध्या तक।
रास-रंग में, हँसी-खुशी में कल तक जिसका

जीवन पूर्ण रहा था।
मस्त और अलमस्त जवानी
लाल सुरा के अंजन पहले नयन कोर से
जग को मोहित और लुभाया करती।
वही जवानी कालचक्र के घर्षण से पीड़ित होकर अब
जरा रूप में दीन-हीन-असहाय पड़ी है।

सभी व्यक्ति क्या धरा धाम के
हम, तुम भी क्या और सभी जन
बूढ़े होंगे, जरा मार से
दुखित, व्यथित हो झुक जाएँगे?

हे कुमार! प्रत्येक जीव के धरा आगमन की लोरी में
शैशव, यौवन और जरा के
स्वर व्यंजित होते हैं तत्क्षण
कुछ ना समझ, समझ वाले कुछ
बिन समझे या मर्म समझकर
सुख-दुःख के झंझावातों में
मर-मर कर या हँसकर जीते।

धिक्कार जन्म, जीवन धरती पर,
जहाँ रूप परिवर्तित होकर
इतना दीन-हीन हो जाता
शक्तिहीन और व्यथा, व्यंग्य की
कुत्सिम, करुण कहानी बनता।

रथ को रोको!
नहीं चाहिए रूप, रंग, सौन्दर्य धरा का
जो सम्मुख में सुखकर लेकिन
माया, तृष्णा, कपट जहाँ पर
छलता है जीवन को क्षण-क्षण।

कुछ दिन बीते।
कटु अनुभव को भूल गए थे।

सद्यः स्नाता-सी धरती के रूप-रंग पर
मोहित, मुखर बने प्रेमी सम
रथारूढ़ सिद्धार्थ चले थे राजमार्ग पर।
नगर और पार्श्व में फैली
हरीतिमा के स्नेहसिक्त मादक सौरभ के
आमंत्रण पर बने अतिथि
आनन्दोत्सव में
मुक्त हृदय से प्रेम लुटाने।

तथा अचानक व्याधिग्रस्त मानव सम्मुख था।
ज्वर से ग्रसित
काँपती काया साँसों के आने जाने से।
स्कन्ध देश था शिथिल,
भुजाएँ तृण-सी पतली,
फूला उदर, रंग पीला था।
लिये सहारा काष्ठ दंड का
मुश्किल से चलता-फिरता था।

रथ को बढ़ता देख अचानक
डर से सिहर गिरा धरती पर
रथ के सम्मुख विवश विकल हो।
सिहर उठे सिद्धार्थ
आँख में गहन वेदना घिर आई थी।
रुको सारथी
मुझे बताओ
कौन दुखी यह?
क्यों इसकी काया ऐसी है?
क्यों ऐसा है रूप धरणि पर इस प्राणी का?

मानव है या आर्तनाद
जो व्यथा वेदना से मिश्रिम हो
मानव की काया को धरकर
रथ के सम्मुख विकल पड़ा है?

पित्त-प्रकोप, वायु से पीड़ित
रोगग्रस्त तन इस मानव का
सूखकर काँटा, शक्तिहीन है,
खोकर स्वास्थ्य, मनुज यह भू का
धरा सुखों से बहुत हीन है।

क्या कारण है?
क्या धरती के और मनुज भी
पीड़ा से आक्रांत धरा पर झड़ जाएँगे?
क्या मेरा भी तन ऐसा ही
कष्ट, वेदना से मर्माहत
हो अशक्त, असहाय बना-सा
धरणि धाम पर धूल कणों में
लिपट-चिपट कर सो जाएगा?

हाँ भंते!
यह शरीर रोग का घर है।
मनु के तन की यही विवशता।
प्रजा आपकी, स्वयं आप भी
हो अशक्त, रोगी की भाँति
रोग, जरा के विषम भार से
झुक जाएँगे, मिट जाएँगे।
रथ लौटाओ, चलो महल को
भ्रान्तिपूर्ण आगे का पथ है।
जरा, रोग से दु:खमय जीवन
भू पर मनु की यही नियति है।

छन्दक! कौन वह
सुसज्जित पर्यंक पर लेटा ?
चार पुरुष के कन्धों पर चढ़
इस विशाल विस्तृत पथ पर वह
गहन नींद में सोया जैसा
कहाँ जा रहा?

क्या गन्तव्य? कहाँ का राही?
शय्या भव्य विभूषित सुन्दर।
किन्तु संग के लोग दुखी क्यों?
क्यों केशों को नोच रहे हैं?
चीख-चीख कर रोते क्यों हैं?
बोलो छन्दक, शीघ्र बताओ
क्या कारण है? क्या रहस्य है?

छोड़ धरा को
माता-पिता, बन्धु-बान्धव को
चिर-निद्रा में सोई काया
इतर लोक में गया प्राण है।
कुछ घंटों में यह शरीर भी
पंचतत्त्व की विविध शिखा में
रूपान्तरित राख में होकर
गोत्रहीन लघुता में ढलकर
मूर्त पिंड से यह अमूर्त बन मिट जाएगा।

व्यथित हृदय से, दुखी, क्लान्त हो
पूछा अन्वेषी कुमार ने—
कहो सारथी
क्या मेरी भी नियति यही है?
किस क्षण, कहाँ, कौन कारणवश
मैं अशक्त होकर धरती पर
गिर जाऊँगा, मिट जाऊँगा,
चिर-निद्रा में सो जाऊँगा?

मृत्यु बहिन की
लपलप करतीं ऊर्ध्व शिखाएँ
क्या सब जन को
क्या सब तन को
आत्मसात् क्या सभी मनुज को
करती हैं इस धरा धाम पर?
परम सशस्वी, वीर धरा का पुत्र

क्यों इतना है दीन-हीन,
कंगाल यहाँ पर?

क्षण पर क्षण बीता जाता था।
रथ था रूका
अश्व के घोड़े
द्रवित, दुखी, अपने कुमार के संग
मौन में सहम खड़े थे।
पर कुमार थे दूर
विचारों के प्रवाह में
सोच रहे थे—
शैशव, युवा, प्रौढ़ता ओढ़े
जरा-जन्म के आवर्तन में
फँसकर विकल, व्यथित यह मानव
कष्ट, दाह इतना क्यों सहता?

चौथी बार—
अश्व भी शंकित
दौड़ रहे थे तीव्र वेग से
मिले न कोई इन्हें राह में
ऐसा अप्रिय व्यक्ति, दृश्य या
जिसे देखकर
लौटे पुनः कुमार महल को
जयों त्रयबार व्यथित होकर वे
राजमार्ग से लौट चुके थे।

तभी अचानक रथ के सम्मुख
शान्त, धीर, आभा आलोकित
मार्ग बीच वह पथिक मिल गया।
परिव्राजक था।
सर था मुड़ा
वस्त्र थे गैरिक
दो टुकड़े बस तन को ढाँके।
भिक्षापात्र हाथ में लेकर

नपे-तुले पदचाप छोड़कर आज पृष्ठ पर
कल की चिन्ता में अपने इस
वर्तमान को छोड़ चला था।

छन्न! कौन यह चीवरधारी?
क्या है इनका धर्म
लक्ष्य कौन सा?
कितनी दूर, कहाँ जाएँगे?
और कहाँ से ये आए हैं?

त्यागा है संसार इन्होंने
भोग-स्वार्थ से नाता तोड़ा
द्वेष-कामना दूर भगाकर
माया तृष्णा जीत प्रभु ये
निकल पड़े हैं ऐसे पथ पर
जहाँ जगत के सारे बन्धन
मिटते, स्वयं पिघल जाते हैं।
जरा, रोग, मृत्यु यो भय के
ताप जहाँ पर मिट जाते हैं।
सुख-सौन्दर्य, बहुलता जग के

छोड़ अल्प पर ये जीते हैं।
अल्पाहार, अल्प वस्त्र भी
अन्य जरूरत अल्प मात्र हैं।
घर परिवार त्यागकर सब कुछ
मुक्ति मार्ग को ढूँढ़ रहे हैं।

ठहर गया मन
दृष्टि गड़ाकर दूर क्षितिज पर
उगते, मिटते लगे देखने
जन्म-मरण के परिवर्तन को।
रोग, व्याधि या जरा, मरण से
मुक्ति प्राप्ति का यह माध्यम है?

गहन मौन सन्नाटे से सब
धरा, व्योम, पाताल भर गया।
अग-जग को आश्चर्य हुआ जब
भावों का ठहराव तोड़कर
हुए अग्रसर पुनः राह पर।
रुका नहीं रथ
न लौटे प्रासाद
जहाँ वे लौट चुके थे
जरा, रोग औ' मृत्यु देखकर
एक नहीं, त्रयबार राह से।

गगन चूमते स्वर्ण विभूषित
सुख-विलास सम्पन्न महल वे
कपिलवस्तु के
पीछे छोड़ चुके थे।
रथ के घोड़े छोड़ महल
अनचीन्हे पथ पर
तीव्र वेग से दौड़ रहे थे।

था उद्यान मनोहर, सुरभित
आकर्षण, सौन्दर्यमुक्त, आभा से पूरित।
कलियाँ सभी मौन थीं लेकिन
यौवन मद में इतराती-सी
थीं अनेक जो डाल-डाल पर
सुना रही थीं झूम-झूम कर
जीवन और जवानी के मोहक गीतों को

आमंत्रित करती थीं सहृदय
भ्रमर, भ्रमरसम रसिया, छलिया,
भावुक प्रेमी और मधुर रस सिक्त हृदय को
पूर्णरूप से विकसित वे प्रौढ़ाएँ भी थीं
जो यौवन के अलसाए-गदराए मधु के
मीठे-तीखे स्वाद लुटाकर
धरासीन पंखुड़ियों में,

अनुभव के अपने कोष सँजोकर
गहन नींद में मौन पड़ी थी

भूत, भविष्यत्, वर्तमान को
बाँध काल के त्रय ऋतुओं में
वह उद्यान प्रतीक्षारत था
तभी ललाट पर स्वेद कणों के मोती लेकर
मुखमंडल पर तपित युवा का शौर्य ओढ़कर
भाव प्रेम का शील पहनकर
पहुँचे थे उद्यान मध्य में कपिलवस्तु के प्रजाजनों के
राजकुमार सिद्धार्थ अचानक

मोहित हो सौरभ मिठास पर
मधुर लता के मधुर हास पर
हर्षित होकर पुनः खो गए
अग-जग के अस्थिर स्वभाव पर
भावों के विस्तार विकल हो
जन्म, जरा, शैशव, यौवन के
भिन्न-भिन्न खंडों से होकर
स्मृति प्रवाह का ज्वार हृदय के
तट टकराकर लगा पूछने

जग-जीवन की परिभाषा क्या?
क्या महत्त्व जग में आने का
व्यथा-वेदना ग्रस्त जीव के
बार-बार जीने-मरने का।
गहन भाव की तीव्र धार में
श्रेय, प्रेय के द्वैत सार में
उलझे, उतराते कुमार फिर
लगे सोचने
संन्यासी
परिव्राजक होना
जरा, व्याधि औ' मृत्यु, धरा से
मुक्ति प्राप्ति का

क्या यह श्रेष्ठ, सरल साधन है?
मनुज मात्र की
व्यथा, कष्ट औ' उत्पीड़न से
सहज मुक्ति का
विजय प्राप्ति का
भू पर क्या यह सरल मार्ग है?

तभी अचानक बजी दुंदुभि
कपिलवस्तु हर्ष से प्लावित
शुद्धोदन हर्षित, आनन्दित
प्रथम पौत्र से घर था मुखरित।

दूत दौड़कर गया जहाँ पर
थे कुमार भाव में डूबे
पुत्ररत्न भू पर आया था।
खबर मिली, मुस्कुरा उठे वे।

थी मुस्कान निराली जिसमें
मोह, व्यथा दोनों अंकित थे
राह रोकने मुक्ति मार्ग का
क्या राहु भू पर आए थे?

पर संकल्प हुआ था दृढ़तर
पहला पुत्ररत्न को पाकर
जो अवरोध बड़ा सबसे था
वही प्रेरणास्त्रोत बना था।
छँटे-मिटे दुविधा के बादल
एक कठोर निश्चय मुख पर था?

रथारूढ़ सिद्धार्थ
काल की गतिविधियों को भाँप
व्यथित हो लौट चले थे
उस अनुपम उद्यान बीच से
जहाँ धरा की मनुज जाति के

कर्मफलों पर भाग्योदय का
निर्णय एक अपूर्व हुआ था।

जरा, जन्म से और मरण से
मुक्ति मार्ग, मोहक, सुन्दर सा
बता गए थे जो परिव्राजक
क्या वह प्राप्य सत्य, सम्भव था?

राग, मोह से हो विमुक्त तब
प्रज्ञा का उदय हुआ था,
परिव्राजक के रूप-भाव से निर्मल
अन्तरदीप जला था।

राग, मोह के क्षरण-हनन से
द्वेषाग्नि औ' मोह अग्नि का
भू पर शमन-दमन होता है।
द्वेषाग्नि का शमन मनुज के
क्रोध, मोह औ' अहंकार सम
प्रबल और दुर्जेय शत्रु को
सदा पराजित ही करता है।
और तभी मिलता है भू पर
परम शान्ति का मार्ग जिसे
पाकर सम्भव है
मोक्ष और निर्वाण मार्ग पर आगे बढ़ना
जन्म-मरण के सब बन्धन को
तोड़ मुक्ति का राह बनाना
जिस पर चल, निर्वाण प्राप्त कर
भव बन्धन के पाश तोड़कर
स्वच्छ, स्निग्ध वैभव पा जाना।

उधर स्वप्न से हुई प्रताड़ित
यशोधरा सिद्धार्थ कक्ष में
बिलख-बिलख कर
प्रभु से भय की कथा कह रहीं—

"आँधी थी, तूफान भयंकर
वसुधा उजड़ गई थी।
स्वयं खड़ी थी नग्न विस्मया
मार्ग-भ्रष्ट हो चीख रही थी।
अलंकार, नवरत्न टूटकर
स्वप्न घाट पर बिखर गए थे।
सूर्य, चन्द्र, नक्षत्र धरणि पर
टूट-टूट कर बिखर गए थे।
पर्वतराज सुमेरु अचानक
मदोदधि के अतल गर्भ में
वृक्ष, पुष्प, प्राणी सब लेकर
पलक मारते समा गए थे।

महाभयानक स्वप्न प्रभु था
क्या होगा परिणाम बताएँ?
जो संकट आसन्न धरा पर
उससे जग को आप बचाएँ।"

गौतम थे गम्भीर
स्वप्न का अर्थ समझकर,
थे हर्षित, आनन्दित मन में
मुक्ति दिवस को पास देखकर।

बोल यशोधरा से हँसकर—
'शुभ है स्वप्न
स्वप्न की भाषा,
भाव और संकेत स्पष्ट हैं
विपदा, जरा, मृत्यु बन्धन से
मुक्ति प्राप्ति का समय निकट है
अन्धकार, अज्ञान हृदय का
होगा दूर, धरणि के प्राणी
धवल रश्मि की विरल धार में
स्वच्छ, स्वस्थ हो चमक उठेंगे
सुप्रभात के उस मुहूर्त में।

चतुर्थ सोपान

पुत्रोत्सव

पुत्रोत्सव से जनाकीर्ण
प्रासाद, महल सब
विविध वाद्य, आनन्द राम से
मोहित होकर अगराए से,
बेसुध हो बेहोश पड़े थे।
यशोधरा को ढाढ़स देकर
मनुज उदधि से राह बनाकर
हुए उपस्थित राजकुँवर सिद्धार्थ
पिता के धवल कक्ष में।

हर्ष और उल्लास बीच में
पुत्ररत्न को विनत देखकर
शुद्धोदन हर्षातिरेक से
आलिंगन को चले झपटकर।
किन्तु पुत्र के मुखमंडल पर
देख प्रभा-आभा मंडल को
गहन, दूर तक व्याप्त अबूझ-सी
नीरवता को, मुख रहस्य को,
ठिठक गए, हो गए मौन थे
कुछ कहने को आतुर थे पर
व्यथित, द्रवित कुछ कह न सके थे।

और तभी कर चरणस्पर्श
द्वय हाथ जोड़कर
किया निवेदन कपिलवस्तु के
हृदय हार सिद्धार्थ कुँवर ने—

हे! पूज्य पिता
निर्वाण प्राप्त कर सकूँ
धरा को छोड़ इसलिए
परिव्राजक बन, सभी दु:खों से मुक्ति हेतु मैं
राज्य छोड़, साम्राज्य छोड़
उस महाराज्य का वरण करूँ
यदि आज्ञा दें, जो
कठिन साधना से मिलता है
मृत्युंजय को, विरल पात्र को।
विजय प्राप्त कर सकूँ विश्व के सभी स्वार्थ पर
शुभाशीष दें पूज्य पिताश्री,
और इसी उद्देश्य प्राप्तिहित
आज्ञा दें मैं आज, इसी क्षण
महाभिनिष्क्रमण पथ पर जाऊँ।

शुद्धोदन विह्वल व्याकुल थे।
धर्म-कर्म का मर्म बताकर
पिता-पुत्र, माता-पत्नी का
राहुल जैसे पुत्ररत्न का
धन-धरती की व्यापकता का
ममता का, सम्बन्ध राग का
बार-बार सब स्मरण दिलाकर
व्याकुल, विचलित, विकल खड़े थे।

हे! पूज्य पिता
यदि यह सम्भव हो
मरण किसी दिन चुपके आकर नहीं सुला दे
मुझे गहन निद्रा में जिससे
उठते नहीं धरा के प्राणी
तो न जाऊँ परिव्राजक बन
छोड़ सभी संसार सुखों का।
यदि सम्भव हो
मेरे इस आरोग्य, स्वास्थ्य पर
कभी रोग के आक्रामक तेवर की

कुत्सित छाया नहीं पड़ेगी,
मेरा यौवन अभिशापित हो
कभी जरा के क्रूर करों से
नहीं नष्ट भूलुंठित होगा,
तो न जाऊँ छोड़ आपको, पुत्र-प्रजा को।

कहें पिताश्री
यदि वैभव, प्रासाद,
सुखों के मादक साधन
नहीं काल से कवलित होंगे,
तो न जाऊँ छोड़ सभी प्रासाद सुखों को।

आश्वासन दें—जरा पूर्व मैं नहीं मरूँगा
नहीं व्याधियों मेरे तन को
या अवसाद कभी भी कन को
घेर मुझे, पीड़ित कर देंगी।
मित्र, स्वजन से, बन्धुजनों से
नहीं वियोग कभी भी होगा,
तो न जाऊँ छोड़ धरा के मादक इन परिवार सुखों को।

इन चारों के महाघात से
यदि रक्षक वन आप मुझे आश्रय दें तो मैं
नहीं छोड़कर कभी आपको
माता, राहुल और प्रिया को
कपिलवस्तु को और प्रजा को
वानप्रस्थ स्वीकार करूँगा।

यदि वियोग निश्चित है जब से
पुत्र, यशोधरा और आप से
और मृत्यु निश्चय ही भू पर
महाराज की कृपा, दया या कठिन दंड की
कभी जरा परवाह नहीं कर
बिना बुलाए या जाएगी
और मुझे ले जाएगी ही तो

कहें पिताश्री! रोक सकेंगे
और बचा पाएँगे मुझको?

समर शक्ति जो विपुल गणों की
या अध्यात्म शक्ति जन-गण की
लौकिक और अलौकिक सब के
केन्द्र बिन्दु हैं आप धरा पर
कहें पिताश्री! फिर भी क्या ये
सभी शक्तियाँ मिलकर मुझको
रोग, व्याधि, या जरा, मृत्यु के
क्रूर पाश से बचा सकेंगी?

पराक्रम की, विद्वान, प्रजा के पालनकर्ता
धीर, वीर, गम्भीर, युद्ध के विजयी नेता
यज्ञ, दक्षिणा और दान के अद्भुत दाता
महाराज शुद्धोदन थे असहाय
काल के बहते झंझावात प्रखर में।
बहु डालों से जुटे असंख्य पातों की पीड़ा
गला-पचा कर
दृगसरिता के अश्रुधार से
पुत्र प्रेम को अर्घ्य दे रहे।

अभिनिष्क्रमण
केवल एक मात्र साधन है—
रोग, व्याधि और जरा, मरण के
कारण ढूँढ़, विश्व के दुःख के
उपचारों का, समाधान का।

माता, राहुल, यशोधरा और पूज्य पिता भी
ममता में आबद्ध कैद हैं।
राज्य, गोत्र, परिवार आदि से
नाता तोड़, छोड़कर दुनिया
परिव्राजक बनने का निश्चय

सुनकर उन्हें बहुत दुःख होगा
किन्तु करूँ क्या?

द्वार-द्वार पर प्रहरी थे सन्नद्ध
कहीं से कोई
किसी बहाने, किसी राह से
गौतम या कुमार के साथी
गहन निशा के सन्नाटे में
जा न पाए महल छोड़कर।

सुसज्जित पर्यंक पर लेटे
थे कुमार स्वप्नों में डूबे
अभिनिष्क्रमण पर जाने को।

अर्धसुप्त या सुप्त क्षणों के
या भावों के भँवर चक्र में
सुध-बुध खोये
उस छोटे-से अन्तराल में—

प्रश्न शताधिक
फन ताने विषधर भुजंग सम
लगे झूमने मन में और
अन्तः प्रदेश में।
लगे पूछने—समाधान क्या?
उस जीवन का जो चल देता
भरी जवानी या शैशव के
अल्हड़, तुतलाते मंजिल से।

बूढ़े नहीं, तरुण भी मरते,
नर ही नहीं, नारियाँ मरतीं।
बिना व्याधि के, कभी किसी क्षण
भू के प्राणी, मृत्यु ग्रास बनकर मिट जाते।
पथिक पहुँचता नहीं प्रौढ़ता के मंजिल तक
इसके पहले इसी बीच में

शैशव, युवा, बुढ़ापा के
अनजाने, सूने पड़ाव पर
कहीं, किसी क्षण मृत्यु पहुँचकर
अपना ग्रास बना लेती है
क्रियाशील विस्मित राही को।
नहीं व्याधिक की, जरा-वृद्ध की
या फिर किसी और कारण की
पड़ती कभी जरूरत मनु के श्वास-स्पन्दन के छिन जाने की
जीवन-ज्योति सिमट जाने की।

लिए फावड़ा भूम के तन को
वनस्पति या हरियाली को
उलट-पलट कर,
कृषक बीज बोता मिट्टी में
आशा, जीवन, नये सृजन के।
मगरा धरा के सुखद अंक में
निर्भय सुप्त विविध जीवों के
मृत्यु वरण का
वह कारण भी बन जाता है।

हल लेकर जो कृषक साल भर
वर्षा, धूप कड़ी ठंडक में
उत्पादन का यज्ञ रचाता
क्या पाता है?
क्षुधा शान्त क्या कर पाता है
अपने या अपने बान्धव का?
ऋण-शोधन या ब्याज चुकाने बाद
बचा वह क्या पाता है?
अन्न उगाकर जो भुजबल से
लोक-लाज भू का ढकता है
स्वयं बुभुक्षित, स्वयं दुखी रह
वह केवल कंकाल मात्र है।

लिये भूख की ज्वाला तन में
धरा धाम पर वह आता है
समय आँच में तपकर, गलकर
सुन्दर, पुष्ट युवक बनता है।
तभी अचानक खिला पुष्प वह
बिखर धरा पर सो जाता है
अनजाने अज्ञात गोत्र में
मृत्यु ग्रास बन मिट जाता है।

वे ही नहीं पिता भी उनके
और पिता के पिता अनेक
पीढ़ी-दर-पीढ़ी में आए
खटे, तपे, उठ गए जहाँ से।
कपिलवस्तु के स्फटिक महल में
बैठा है सामन्त भूमि का,
जो मालिक है
सब जमीन का और उपज का।
तन पर, मन पर और जमीन पर
उसका है स्वामित्व कभी से।
सदियों पूर्व हुए निर्वासित
सौतेली माँ से अभिशापित
इक्ष्वाकु वंशीय कुमार कुछ
इस जमीन की कोख हरी कर
बन बैठे हैं मालिक जब से
प्रजा स्थिति उनकी गुलाम बन
श्रम करती, फल देती तब से।

लूट-मार कर सब ले जाते
कुछ अनुगत को भी दे जाते
बस इतना सा जिससे
ज्वाला सदा भूख की
तीव्र, तीव्रतम बनकर उनको
रहे जलाती सभी प्रहर में।
ताकि भूख के आगे वे कुछ

सोच न पाएँ, माँग न पाएँ।
ये हैं दास और वे मालिक
यदि कोई प्रतिकार करे तो
क्रूर हाथ में थमे दंड से
मार-मार कर, खाल खींचकर
उन्हें नचाएँ या फिर भू पर
उन्हें सुला दें, उन्हें मिटा दें।

सिद्धार्थ सहमकर चीख उठे थे
तभी उपस्थित हुआ आँख के सम्मुख कारण
सुख-सम्पत्ति का, महल, भोग का
उस विलास का जिसमें डूबा,
कपिलवस्तु था और स्वयं वे।
सबका माध्यम था उत्पीड़न
कोटि-कोटि जर्जर मानव के
शोषण पर ही था आधारित
कपिलवस्तु का, शुद्धोदन का
और स्वयं गौतम का सब सुख।

कपिलवस्तु के स्वर्ण महल के
सुख-ऐश्वर्यपूर्ण जीवन के
गली नगर के, शहर-डगर के
पशु से हीन दास-भृत्यों के
सुख की, दु:ख की सभी कथाएँ
प्रकट हुई थीं और पूछने लगीं क्रोध से—

कहो कुमार तुम्हारे सुख का
मूल स्रोत कितना कुत्सित है?
जड़ में है अन्याय,
जुल्म की अंधी खाई
जिसमें सड़ती लाश युगों से
भू के दंशित नर-पशुओं की
और मनुजता के मूल्यों की।

सुनो विकलता
महल नींव में गड़े अनगिनत
मानव के व्याकुल चाहों की
सुनो! सुनो!! सिद्धार्थ विवशता
हृदयविदारक उन आहों की।
कफन व्यथा की तान
समय के उन कब्रों में
व्यंग्यों के तीखे दंशों से
पीड़ित दबी जुबान सुलगकर
कहती, सुनो कष्ट से क्या है?

जागो, उठो
बीज दु:ख का खोजो तुम
कर विनाश दु:ख के कारण का
लोक-सुयश पाओ तुम।

जरा-व्याधि से घिरी जगत की सब सीमाएँ
अश्रु-बूँद से क्रन्दन तक विस्तार धरा का।
जन्म-मृत्यु और मृत्यु-जन्म के आवर्तों में
बलि के पशु-सा घिरा मनुज
है राज देखता जग-त्राता का।
बार-बार भू पर आकर वह
बनता है आहार जरा का
व्याधि, रोग का और मृत्यु का।

जागो-जागो,
मनुज के दाता जागो!
दिख जगत को
व्याधि-दु:खों के कारण क्या हैं?
आदि-अन्त क्या इन तापों का?
क्या इनका अवसान धरा पर सम्भव भी है?

महाभिषग बन।
अन्वेषी बन!

बाह्य रोग या कायिक प्रकट व्रणों के संग-संग
अन्तर की मनसा पीड़ा को
प्रकट या अज्ञात सभी उन समुत्पाद को
पहचानो तुम महाभिषग बन।
कठिन व्याधियाँ, मनसा, वाचा और कर्मणा
जो मानव भोगा करता है धरा धाम पर
जो रिसता है कदम-कदम सब प्राणी में
क्या निदान है? मुक्ति मार्ग क्या?

बनो चिकित्सक, महाचिकित्सक
जगती है सारे प्राणी का
आस लगाए जो निहारते रहे युगों से
भू पर हे सिद्धार्थ! तुम्हारे जन्म-ग्रहण का।

मोक्ष प्राप्ति का राह बताकर
निर्भय कर सम्पूर्ण जगत को।
खोज रोग के उपचारों को
जन्म-मरण की मुक्तिदायिनी
सुधा खोज हे धरा गगन के,
प्राणी मात्र के, जग के त्राता।

और तभी शत-शत भुजंग ने
कोटि-लक्ष नर औ' नारी ने
शैशव, युवा, बुढ़ापे ने भी
जर्जर और कंकाल कृषक ने
हल, कुदाल ने, बीज, उपज ने
स्वयं खेत ने
सबने रूप-अरूप ग्रहण कर
एक रूप दुर्दम अजेय-सा
जिसके चरण धरा पर लेकिन
मस्तक थे आकाश चूमते।
ज्वाला कभी, कभी करुणा की
किरणें बृहत् नयन से फूटी।
दसों अँगुलियाँ इंगित कर

सिद्धार्थ तरफ उद्घोष कर उठीं—
पावस के आकाश मध्य में
मेघखंड के घर्षण से उत्पन्न
गहन वाणी-सी बोलीं—

"उठो-उठो सिद्धार्थ प्रजा के कर्ता-धर्ता
उठो, उठो हे विश्वमंच के भवभयहर्ता
उठो लक्ष्य पर बढ़ो और निर्वाण पथिक बन
कर प्रशस्त वह राह धरा पर
जिन पर चलकर, प्राप्त मोक्ष कर
तुम्हें सुयश दें जग के प्राणी,
हे! सिद्धार्थ जगत के त्राता।

स्वेद-बूँद से सिक्त चिहुँककर
गौतम जगे स्वर्ण आसन पर
लगे सोचने स्वप्न, स्वप्न था
या कठोर जग-सत्य स्वप्न बन
दिखा रहा था मार्ग धरा पर
कल का और जग के भविष्य का।

उन्मीलित लोचन से निद्रा
हुई विदा, सिद्धार्थ सजग हो
लगे सोचने—
अभिनिष्क्रमण के पथ पर प्रयाण का
मित्र, गोत्र, परिवार, स्वजन से,
रिश्ता-नाता तोड़
जगत के भव-बन्धन से,
मुक्ति प्राप्ति का
क्या उपयुक्त समय आया है?

अवसर है उपयुक्त
सभी वैभव-विलास पर
जरा-व्याधि औ' जन्म-मरण पर

विजय प्राप्त कर
नई राह चिह्नित करने का।

कदम उठे
पर सिहर उठे
परिवेश देखकर

देखा बेसुध पड़ी धरा पर
कामिनियाँ श्रृंगारयुक्त जो
करती रहीं प्रयास रात भर
उन्हें बाँध रखने का जग में।
माया-मोह भोग के
घृणित और कुत्सित कारा में।
और नरोचित कर्म-धर्म से
उन्हें विरत कर, चाह रही थीं
रखना उनको लीन जगत की
भौतिक सुख सीमा के अन्दर।
अभिनय करें साधारण नर-सा
हों हर्षित, सन्तुष्ट सुखी हों
और भूल जाएँगे जगती के
दुःख-दर्दों को, सभी त्रास औ
सभी व्यथा को।

किन्तु हारकर, थकी, विफल हो
गहन नींद में मौन पड़ी थी।
दीपशिखा बस एक थकी-सी
अन्धकार से जूझ रही थी।
महल, अटारी सभी मौन थे
मौन रात भी स्वयं विकल थी।
सभी शान्त था उस प्रकोष्ठ में
सभी मौन, निद्रा निमग्न थी।

वीणा, वाद्य संग लेकर ही
नर्तकियाँ सोयी अचेत थीं।

नव-सुवर्ष-भूषण आवेष्ठित
उत्तम पीत वसन पहने थीं।
किन्तु सभी श्रृंगार विखंडित
अर्धनग्न कुछ, कुछ निर्वस्त्र थीं।
विभीषिका मानो जीवन की
अस्त-व्यस्त भू पर बिखरी थीं।

नग्न रूप मानव जीवन का
देख लगे सिद्धार्थ सोचने—

दोष, अगुण से युक्त
बाह्य से सुन्दर काया
मार्गभ्रष्ट करने की कैसी
रची, गुँथी अद्‌भुत यह माया?
नव-सुवर्ष-सी ये प्रतिमाएँ
गाकर, हँसकर, हाव-भाव से
भ्रम में रखकर, मुझे लुभाकर
नारकीय जीवन में रखा क्यों मुझको आसक्त बनाकर?

सहम उठे सिद्धार्थ
विकल हो लगे सोचने

जिन क्षण में आवेग ग्रसित हो
सुख का भ्रम पाला करते हम
उन्हीं क्षणों में तीव्र वेग से
भोग-योग के, राग-हर्ष के
जरा मृत्यु की बलि-वेदी पर
जीवन नहीं लुटाते क्या हक?

जीवन के सुख की घड़ियों में
हम अनजाने त्वरित वेग से
योग-मोह के गलियारे से
मृत्यु विवर में बढ़ते प्रतिक्षण।
जीवन के उल्लास पर्व में

सदा निहित है व्यथा-वेदना
जो वीभत्स है, जो विषाक्त है
प्राणी मात्र की यही विडम्बना।

मृग-मरीचिका
हाय! अपावन कितना जीवन?
क्षणभंगुर यह स्वप्न सरीखा
माया, ममता, भोग, मोह में
डूबा यह आकंठ, मनुज को देता धोखा।
ग्लानि, क्षोभ शापित कितना यह
दारूण दु:ख, पीड़ा से लथपथ।
अन्धकार से परिप्लावित यह
ज्ञान-दीप से रहित धरणि पर
फिर भी क्यों उत्सव, विलास में
लिप्त मनुज है सब कुछ भूला।

जीवन की सार्थकता क्या है?
क्या जीवन का लक्ष्य धरा पर—
प्रश्न युगों से रहे उमड़ते
देवपुरुष के हृदय पटल पर।

अभिनिष्क्रमण ही उत्तर है
मार्ग खोजकर लक्ष्यप्राप्ति का
कष्ट, दु:खों पर विजय प्राप्त कर
जीवन से निर्वाण, मुक्ति का।

होकर सजग, पार कर बाधा
पुनः प्रतिज्ञा को दुहराकर,
बढ़े, मिला तब द्वार अधखुला शयन कक्ष का
स्मृतियों के अम्बार सँजोये
जहाँ गहन निद्रा में सोयी
प्राणों से प्रिय, प्रिय यशोधरा।

गोपा,
जो अनिंद्य सुन्दरी, सरल थी।
शान्त, दीप्त, निर्धूम,
निष्कलुष मुखमंडल था।

गहन नींद में पड़ी बेखबर
नहीं जानती थी पति उनके
उसे छोड़कर
अभिनिष्क्रमण पर जाने को
उद्यत खड़े पार्श्व में तत्पर।

श्वास समीर सुरभि से सिंचित।
स्मृति में था आलोक अलौकिक।
सरिता की निर्मल धारा-सी
गति, प्रवाह में नृत्यभंगी-सी।
मोहक थी मुस्कान।
गहन निद्रा में सोयी।
व्यथा, हर्ष, यश कौन कहे
क्या स्वप्नलोक में खोज रही थी?

और पार्श्व में
प्रिय दर्शन राहुल लेटा था।
माता-पिता प्राप्त कर जिसको
जीवन धन्य मानकर जीते,
वही भाग्य का सुखद सलोना
अंश चिपटकर माँ ममता से
निर्विकार, निर्भय सोया था।

अविस्मृत जीवन के वे क्षण
गोपा ने जब पुत्ररत्न राहुल पाया था।
मिटे तभी अवसाद रुदन से,
घुले सभी परिताप किलक से।
पुत्र-रत्न से सुख अपरिमित

कपिलवस्तु में, राज्य, प्रजा में
हर्ष और उत्सव छाया था।

स्निग्ध, सौम्य, ममता की प्रतिमा
घर-आँगन की हँसी-खुशी का
किलक-रुदन का
सुख-सपनों का
एकमात्र आधार नींद में
सोया था अनुद्विग्न, अचंचल
शायद हो आश्वस्त पिता के अकथ प्रेम से
या जननी की स्नेह-स्निग्ध आँचल छाया से
या सुख-दुःख से परे पहुँचकर
गौतम को इंगित करता था
पिता-धर्म का मूल्य मनोहर।

गोपा, राहुल
राहुल, गोपा
स्वप्नशील गोपा हँसती-सी लगी व्यंग्य में।
और तभी राहुल का मुख था हुआ सामने
धवल चाँद लघु-सा धरती का,
ललचाया मन
जरा चूम लूँ?
उठी वेदना अंग-अंग में।

सहम गया संकल्प।
कुहासे थे विकल्प के लगे फैलने
अभिनिष्क्रमण के अनपढ़, अनजाने पथ पर।
पिता-प्रेम ने, पुत्र-मोह ने
पत्नी अक्षय सुहाग ने
कपिलवस्तु के प्रजा धर्म ने
स्मरण दिलाया, पूछा उनसे
क्या कोई अपराध हुआ था?

किन कारण से स्वजन-सखा को
राजपाट और प्रजा-प्रेम को
छोड़ चले क्यों अपनाया, अनिश्चित पथ पर?

द्रवित, व्यथित सिद्धार्थ विकल हो
दो पग पीछे हटे
सामने शंकाओं के
प्रश्न उदय हो लगे पूछने—
कौन धर्म है श्रेष्ठ धरा पर
वन-आश्रम का या गृहस्थ का?
धरा-स्वर्ग-सम कपिलवस्तु को
पिता-पुत्र को और प्रिया को
त्याग करूँ क्या वरण
अनिश्चय से आवेष्ठित
उस भविष्य को
जिसके लय-सुर-ताल अनामित
और अनिश्चित भाव लहर भी?

एक साथ शत-शत प्रहार
निर्णय, निश्चय पर
किया मोह, माया, ममता ने
युद्ध तर्क के औ' वितर्क के
छिड़ हृदय के निगूढ़ क्षेत्र में।

प्रतिहत
था संकल्प
विकल्प ने किया आक्रमण

धरा पर्व के कर्तव्यों का
पालन करना नहीं धर्म यदि
तो संसार त्यागकर जाना
अभिनिष्क्रमण पर अधर्म है?
सांसारिक अनुराग छोड़कर
वीत राग, वैराग्य वरण कर

घर-आँगन से दूर कहीं पर
गहन-गुफा में, वन-प्रान्तर में
जाकर दूर धरा से और
धरा के सब प्राणी से
कौन धर्म है?

संशय के अम्बार झाँकने लगे
दिशाओं से गौतम के मन प्रदेश में
किन्तु उसी क्षण दृढ़ निश्चय से
बोल उठा संकल्प जोर से—

आदिकाल से त्रस्त मनुज के भौतिक दु:ख की
आवागमन चक्र में फँसकर पीड़ित
धरा मनुज के सभी कष्ट की
औषधिक खोज उन्हें ले जाना
क्या अधर्म है?
मिले मुक्ति, निर्वाण मिल सके
ऐसा मार्ग, विधि ऐसी यदि
मंत्र अगर ऐसा मिल जाए
उसे समर्पित करना जग को
क्या अधर्म है?

मनुज धर्म क्या?
अभी धर्म जो प्रचलित है
संस्कार, व्यवहार धरा पर
क्या इसकी व्याख्या है भू पर?
सभी प्रभावित हैं वादों से
और उन्हीं के प्रतिवादों से।
पारस्परिक विरोध सूत्रों से
मूल्यों की मोटी व्याख्या से
कर्मकांड के धूल कणों की
परत चढ़ी है मूल मंत्र पर।
रूढ़िवाद की अंधकथाएँ
अंग बनी जो धर्मग्रंथ की

इनमें सच क्या और झूठ क्या?
समय पंक में फँसे धर्म के इस स्वरूप को
बिना विचारे, बिना पखारे
कैसे करूँ ग्रहण मैं इसको
धरा धर्म का रूप मानकर।

तभी भाव की नई जहर ने
आशंकित हो
उन्हें सुझाया—
सावधान! मत कहना गौतम।
गोपा से अपने निर्णय को।
सोच तनिक, क्या सह पाएगी
वह वियोग की व्यथा अपरिमित।
लिपट गले से
अश्रुधार में स्वयं डुबोकर
गर पूछेगी

क्या मेरा अपराध प्रभु
जो मुझे छोड़कर,
अग्नि साक्ष्य में
जो पवित्र बन्धन जोड़ा था
उसे तोड़कर,
राहुल के अनगढ़ वैभव को बिना सँवारे,
राजपाट, धन-धान्य त्याग कर
चले विजन को?

रुक जाएँ,
जो शपथ लिया था, टूट न जाए
या मेरा कर्तव्य ध्यान कर
मुझे साथ लें
अर्द्धांगिनी-धर्म से च्युत हो
किस प्रकार, क्यों प्राण रखूँगी,
मुझे बता दें।

शास्त्र विहित संगिनी छोड़कर
सत्य, धर्म के किस स्वरूप को
अंगीकार करेंगे जिसमें
मैं अर्द्धांगिनी आपकी
साथ नहीं क्यों दे पाऊँगी?

इक्ष्वाकु कुमार क्या गए कभी हैं
युवा उम्र में वानप्रस्थ को?

ब्रह्मचर्य में ध्यान-ज्ञान वे अर्जित करते
यौवन में वे अर्थ-काम का भोग भोगते।
प्रयोजनों का परिपालन कर
सुख-ऐश्वर्य राज्य में लाकर
मुक्तकंठ से प्रजा गान करती जब सुख का
औ' उनके गौरव का, यश का
वानप्रस्थ की ओर उठाते चरण तभी वे,
और नहीं तो
जीवन के अन्तिम क्षण तक वे
जग की, जग के सभी जीव की,
प्राणिमात्र की पूजा और अर्चना करते।

किन्तु आज क्यों
युग से स्थापित परम्परा को
तोड़ आप चाहते हैं जाना नई लीक पर?
निर्मम बन, सबको ठुकराकर
माता-पिता, स्वजन-परिजन को
छोड़ डूबते अश्रु-उदधि में
चले आप क्यों सभी छोड़कर?

काँप उठे सिद्धार्थ
सहमकर सम्मुख देखा,
मानो सभी खड़े हों सम्मुख मूर्त रूप में
राह रोककर और बिलखकर

कहते हों—"जाओ कुमार मत
हमें छोड़, संसार त्याग कर।"

और तभी अन्तर भावों का
झोंका उठा, क्रोध से बोला
मत लौटो, देखो पीछे मत,
निकल चुके हो दूर बहुत
माया-ममता की पकड़ तोड़कर।
अभिनिष्क्रमण कठिन पंथ
पर श्रेय मार्ग है।
इसे सिक्त मत कर पीड़ा से
स्वजन-सखा के अश्रुधार से।

मंगलमय यह मार्ग
अमंगल मत होने दो।
"स्वजन सुखी हों
या समस्त वसुधा के प्राणी"
कौन श्रेष्ठ है?
यह तेरे निर्णय पर निर्भर?
कौन राह तुम वरण करोगे?
उन्हें जगाकर, अनुमति लेकर
या सोते में छोड़
अभिनिष्क्रमण पर जाओगे?

गर गोपा अनुमति भी दे तो
व्यथा निहित जो होगी उसमें
उसे मिटाकर या समझाकर
धैर्य बँधाकर जा पाओगे?
पति वियोग के जो अंगारे
उसे गलाकर, अन्तरतम को
व्रणपीड़ा से व्यथित करेंगे
उस पर शीतल लेप लगाकर
हे! सिद्धार्थ सहजता से क्या

अभिनिष्क्रमण के मंगलमय किन्तु
कठिन उस महापंथ पर जा पाओगे?

स्वप्न-व्यष्टि की व्यथा लहर के सम्मुख क्या तुम
जन-समष्टि के महाउदधि का,
दिवा-निशा मंथन करते उसे बड़वानल की
महाऔषधि खोज धरा पर ले आओगे?
या अपना संकल्प भुलाकर
लक्ष्यभ्रष्ट हो,
धरा धाम के सब प्राणी की चिर अभिलाषा
कष्ट, दु:खों से मुक्ति प्राप्त करने की आशा
जिसे सँजोकर जीता अब तक मनुज धरा पर
उसे मिटाकर, उसे नष्ट कर
क्या तुम भी बस मात्र एक मानव-सा जग को
व्यथित, दुखित औ' कर निराश, छल कर जाओगे?

सम्भव है,
अज्ञान, भूल, भ्रम औ' माया की
जंजीरें पाँवा को जड़कर
राह तुम्हारी कठिन बना दे?
सम्भव है,
आरोप और अभियोग अनेक
तुम्हें घेरकर
दंशित, भ्रमित, व्यथित भी कर दे?
किन्तु साधना से अर्जित फल
जरा, व्याधि से परित्राण का
जब धरती तुमसे पाएगी,
अपयश के, कितने कलंक के
अर्थ, रूप परिवर्तित होकर
गौरव और सुयश से मंडित
तिलक करेंगे स्वर्ण भाल पर
जिस दिन तुमको,
तब तुम हे सिद्धार्थ बनोगे
धरा धणम के, सब प्राणी के—

महाभिषक और भव-भय हर्ता
मानव के उपचारक और उद्धारक नेता।

द्विधा उठाती शंकाएँ जो पुण्य घड़ी में
प्रिया-पुत्र की ममताएँ जो राह रोकतीं
इन्हें त्याग, सब तोड़ कभी के निकल पड़े हो
अभिनिष्क्रमण का राही बन कठिन मार्ग पर।
फिर क्यों मोह और ममता क्यों?
"प्रिया-पुत्र को गाल चूम लूँ"
यह कायर-सा फिर अभिनय क्यों?

सुनो! सुनो सिद्धार्थ धरा की करुण कहानी
तड़ित तृषा की करती रही प्रताड़ित अब तक
जो वसुधा को सृष्टि काल से
उसी व्यथा से मुक्ति दिलाने
स्मरण करो संकल्प महत्तर।
जागो, उठो, विदा लो अपनी प्राण-प्रिया से
विदा दे रही तेरी गोपा तुम्हें नींद से
निर्विकार, निर्वेद, शान्त इंगित करती वह

जाओ स्वामी, करो प्रयाण सहन सब कुछ कर लूँगी
पर जो अमृत कोष खोजकर
धरा, गगन, पाताल बीच वितरित करने को
धरा धाम के सब प्राणी का भव-भय हरने
तुम लाओगे,
एक बूँद मुझको, राहुल को
माँ को और पिता को भी तुम
दोगे, यह विश्वास दिला दो,
जाओ, प्रियतम!् प्रशस्त हो!

तभी चीरकर अन्धकार अज्ञान मोह का
ज्ञान-ज्योति का शुभ्र दीप जल उठा कक्ष में,
शंकाएँ, बाधाएँ तत्क्षण हुई तिरोहित

अभिनिष्क्रमण के मंजिल का,
मार्ग सामने हुआ प्रकाशित।

गोपा, राहुल को निहार का
पुनः प्रतिज्ञा को दुहराकर—

सृष्टि सृजन के आदि काल से
कोटि-कोटि अगणित वर्षों से
काल शत्रु जो करता रहा प्रहार
धरा के सब प्राणी पर
शैशव, यौवन और जरा के
मीठे और तींखे पड़ाव पर
उसी काल पर विजय प्राप्त कर
मैं आऊँगा पुनः तुम्हारे पास प्रिये हे।
सुधा कलश लेकर आऊँगा।

अनुष्ठान यह लोक मुक्ति का
अन्वेषण यह लोक शक्ति का
औषधि लाकर लोक व्याधि का
साधक, संत और सहचर बन
और बुद्ध बन मैं आऊँगा।
विदा, विदा हे प्रिय, पुत्र हे,
विदा मुझे दो, हे मेरे प्यारे अभिन्न।

छोड़ तुम्हें, बेटा राहुल को
माता-पिता, समाज, सखा को
जाता हूँ सब व्याधि, दु:खों का
मूल खोजकर उसे मिटाने।
मृत्यु, व्याधि जो स्वजन-स्वजन में
कर विभेद, वंचित करती है
सभी मनुज को स्नेह, प्रेम से,
दुखी, त्रस्त होकर जीते जो
मन:शान्ति, करुणा अभाव में,
उन पर विजय प्राप्त कर आऊँ,

ऐसा सुधा खोज लाऊँगा।
योग-वियोग, व्यथा-पीड़ा से
जन्म-मरण के चक्र पाश से
जग जीवन को मुक्त कर सकूँ
व्रत कठोर लेकर जाता हूँ।
प्रेम, स्नेह का,
करुणा और दया, ममता का
विरल भेंट लेकर आऊँगा
पुनः तुम्हारे पास प्रिय हे।

नहीं सरल है व्रत, बरसेंगे
बाधा के अंगारे मुझ पर।
कामदेव के तीर चलेंगे
नृत्यांगना अपूर्व मोहिनी
नृत्य रास से, हाव-भाव से
विविध वाद्य से, करतालों से
भोग, विलास, तृष्णा का कामी,
मुझे मानकर निर्बल प्राणी
मुझे लुभाकर, पुनः डराकर
विचलित करने के प्रयास में
निर्मम, कुटिल प्रहार करेगी
छल, प्रपंच से ललचाएगी।

नहीं सहज संग्राम प्रिय यह
महासमर होगा धरती पर।
नहीं फौज-सेना है संग में
भरे नहीं तूणीर आधुनिक अस्त्र-शस्त्र से
ढाल और तलवार, कवच भी नहीं अंग में
सिरस्त्राण, पदत्राण सभी कुछ छोड़ यहीं पर
जाता हूँ विश्वास लिये यह
स्नेह तुम्हारा, पूज्य पिता का औ' माता का,
सखा-बन्धु का, कपिलवस्तु के प्रजा-जनों का
शुभाशीष है मेरे संग में।

पंचम सोपान

नव घूँघट

नव घूँघट में, नये रूप में
ऊषा कर में मृदुल, सुकोमल
किरन हार ले
पूर्व क्षितिज पर
लाज-हास-परिधान पहनकर
स्वागत में समस्त वसुधा के
सन्देशा लेकर आई जब
सुप्रभात का, शुभ प्रकाश का।

तभी दूर में दिखा
भार्गवों का वह आश्रम
जिसे बसाया, केन्द्र बनाया
ज्ञान, तपस का, सकल विश्व में
सुप्रसिद्ध, युग-युग में चर्चित
महातपस्वी भृगु महर्षि ने।

शोभा अनुपम औ',
निरभ्र थी शान्ति वहाँ की।
मृग, मयूर, तापस हिल-मिलकर
घूम रहे थे यत्र-तत्र स्वच्छन्द रूप में।
थे कुलाच भरते शावकगण
और विहग थे वहाँ अनेक रंग-रूप के
डाल-डाल पर फुदक-चहककर
भिन्न-भिन्न स्वर की मिठास से
बरसात अमृत-फुहार आश्रमवासी पर।

शीतल मन्द प्रवाह पवन का
मानो रुका थकान मिटाने
कुछ पाथेय बाँधकर संग में
लेकर बढ़ा वेग से फिर वह
पुनः भविष्य के पथ अनजाने।

चारों ओर सघन वृक्षों से
लता कंटकित, गुल्म-बाड़ से
स्वच्छ धरा के विरल पुष्प से
घिरे, मुग्ध आश्रमवासी थे।
पृथक कुटीरें, जिनमें तापस
घृणा, द्वेष पर विजय प्राप्ति हित
कठिन साधना में निमग्न थे।

सुप्रभात के नव प्रकाश में
हुआ आगमन उस आश्रय में
एक युवक का, जो तन ढाँके
दो टुकड़े काषाय वस्त्र में।
अद्भुत रूप, स्वस्थ काया थी
आकर्षक-व्यक्तित्व, प्रवासी
जिसे देखकर स्तब्ध, चकित थे
आश्रम के सारे संन्यासी।

तपस, साधना या आराधना,
उपासना, पूजा, आहुति के
मर्म, अर्थ, भाव क्या
नहीं जानती मैं हे ऋषिवर।
राजपाट, संसार छोड़कर
निकला हूँ परिव्राजक बनकर
हूँ नितान्त मैं अज्ञ, अकिंचन,
नहीं जानता जप-तप संयम।
सुख-दुःख की इस धूप छाँव का,
जग-जीवन के उदय अस्त का,
त्रस्त, व्यथित मानव के मन का

क्या रहस्य है? क्या कारण है?
कहाँ मिलेगी शान्ति और पाने की राह वहाँ तक?
इसी ध्येय से, इसी खोज में
आया दूर यहाँ आश्रम तक।

स्वप्न लोक सम वह आश्रम था
और विलक्ष कान्ति वहाँ की
मग्न, साधनारत तापस गण
कुश के, सन के चीर पहनकर
राह खोजते, जिस पर चलकर
धरा दुःखों से मुक्ति प्राप्त कर
स्वर्ग लोक में पहुँच वहाँ के
प्राप्त करें सब वैभव सुखकर

मुद्राएँ थीं भिन्न
रास्ते अलग-अलग थे
अजब साधना, रूप अनेक
कष्ट-यातना से पूरित थे

खग सम दाने बीन खेत से
दुष्कर व्रत पालन करते जो
वे वृत्ति के साधक
दाने चुन, खाकर जीते थे,
थे भुजंग वृत्ति के साधक भी
प्राणों की परवाह नहीं कर
सरीसृपों के बीच घूमते
निर्भय बन जीवन जीते थे
मत्स्य व्रती, गोव्रतिक अनेक
कूर्मव्रती, शिशुव्रत के साधक
और अनेक व्रती, वृति के
तापस वहाँ साधनारत थे

गौतम तापस संग घूमकर
देख रहे थे आश्रम वृतियों को

रुचि, प्रवृत्ति और भिन्न प्रकृति के
धृति, निष्ठा से पूर्ण तपस्वीगण को
पूर्व जनम या वर्तमान के
भाव, अहम् को मिटा-लुटाकर
अपने को परिदग्ध तप्त कर
तप कठोर कर शान्त भाव से
स्वर्ग लोग की प्राप्ति हेतु जो
कठिन साधना में निमग्न थे।

धर्म साधना कठिन कार्य है
विविध आचरण, विविध पंथ हैं
मुक्ति दुःखों से धरा ताप से।
यही मनुज का लक्ष्य एक है।
हे अतिथिवर! विरल तपस्वी!
मार्ग एक आप भी चुन लें,
तभी देषणा और मंचणा
दे पाएँगे महामहर्षि
किन्तु सुझाव से दूर बहुत थे
दूर दृश्य के विश्लेषण में
उठते, बनते और बिगड़ते
भावों के झंझावातों में।

अन्न, मूल, फल से वंचित हो
बहुत प्रकार की मुद्राओं या
स्थितियों के संयम में ढलकर
मौन, साधनारत थे तापस
अपने को पीड़ित कर कैसे
लक्ष्य धर्म के प्राप्त करेंगे?

धरा लोक का धर्म छोड़कर
स्वर्गलोक की सुखद कल्पना
जहाँ दरिद्रता और विपणता,
कष्ट शोक या आधि-व्याधियों
विगलित होकर बन जाती हैं

सुख-वैभव का साधन हितकर
पर क्या ऐसे भोग-सुखों का
क्या इस सुख का और भोग का
स्वर्ग अनूठा स्रोत अजस्र है?

भू के सुख से वंचित होकर
स्वर्ग लोक के अमित सुखों का
क्या अस्तित्व कहीं सम्भव है?
और अगर सम्भव भी है, तो
धरासुखों को त्याग स्वर्ग की
अभिलाषा क्या श्रेष्ठ धर्म है?

पीड़ित कर अपनी काया को
स्वर्ग सुखों का भाग धर्म है?
स्वर्ग लोक के सुख-वैभव की
सीमा है या वह असीम है?
कष्ट साध्य स्वर्ग के ये सुख
क्या नश्वर है या अनन्त है?
त्याग धरा के दृश्य सुखों को
क्या अनन्त काल तक मानव
भोग पाएगा स्वर्ग लोक में?
या पुण्यों के क्षय होने पर
पुनः धरा पर आना पड़ेगा?

और धरा पर आकर
फिर से वही विवशता,
वही अभाव, वही संकट फिर
भूख-प्यास की, स्नेह-गेह की वही विकलता।
जरा, व्याधि के, जन्म-मरण के
टेढे-मेढ़े जग-पड़ाव पर
परिवर्तन के चक्रजाल में
निर्मित और विसर्जित होकर
गमन-आगमन की ज्वाला में
जीवन की यात्राएँ फिर-फिर

करनी होगी इसी धरणी पर
कितने रूप, योनि में कितनी
तपकर, गलकर और पिघलकर

जग के सुख को, स्वजन, सखा को
छोड़ धरा पर, स्वर्ग लोक की
रम्भा या उर्वशी, मेनका के चुम्बन की,
आलिंगन के गर्भ स्पर्श की
मात्र कल्पना से मर्माहत,
व्यस्त साधना में ये तापस
किस सुधर्म के, किस यात्रा के
पथगामी हैं?

लक्ष्य कौन-सा?
स्वर्गारोहण-स्वर्ग सुखों का भोग
मोक्ष या मुक्ति धरा के सब कष्टों से?
पृथ्वी छोड़ स्वर्ग की यात्रा
इन्द्र सभा में बैठ स्वर्ग की
सुन्दरतम अप्सरा मोहिनी के कटाक्ष से
घायल होकर डूब सोमरस के प्यालों में
भूल धरा के तप को, भोग करें वर्षों-वर्षों तक।
इसी खुमारी के मौसम में
तभी एक दिन पुण्य कोष के चुक जाने पर
मिले निमंत्रण धरा लोक वापस आने का।

नभ की स्निग्ध, सुखद छाया में
भृगु आश्रय के ये संन्यासी
कितने हैं अज्ञान धरा के पुण्य फलों से
ये तृष्णा में स्वर्ग सुखों की
माया से आबद्ध घूमते
यज्ञ रचाते, मंत्र चीखते।
स्थितियों, विविधों के पाशों में
आत्मवंचना से पीड़ित हैं।

कहाँ स्वर्ग है?
क्या सचमुच अस्तित्व कहीं पर है उसका क्या?
या अभाव पीड़ित मन की यह महज उपज है?
या वह स्वप्न सुखों का सागर
जिसके ज्वार मनुज के मन को
सुखद हिलोरों पर दुलराते
सहलाते हैं और सुलाते
या यह दीन दुखी के मन की
मृगमरीचिका, भूलभुलैया
जो अभाव के मरु प्रदेश में
आस बँधाकर हैं छिप जाते।

या पृथ्वी के धन कुबेर का
आरक्षण है स्वर्ग या कि कल्पना लोक में?
धन कुबेर जो
लूटपाट संहार मचाकर
संचित करते हैं अजस्र धन राशि धरा पर
तन को, मन को और मनुज के सारे श्रम को
लूट अटारी, महल बनाते
और विहरते इस जगती में
भोग प्रताड़ित, आवारों उस मेघखंड-सा
जो निरंजना की बाँहों में सुध-बुध खोकर
सीमाहीन गगनमंडल में
भोग-मोह के जीवन जीता।
ढोंगी नेता से।

मरते हैं भू के प्राणी सब
अस्तु पार करने वैतरणी
विविध साधना, तर्पण, अर्पण
स्वयं और कुछ पंडों द्वारा
रचते और रचाते भू पर

अनाचार, अन्यान्य, जुल्म कर
पापलीन धरती के दुर्जन

नर्क यातना से बचने हित
सुख आरक्षण लिये स्वर्ग में
ध्यान-दान और यक्ष आदि का
अग्रिम राशि जमा करते हैं
पापी-मन को बहलाते हैं

स्वर्ग, नर्क के सुख का, दु:ख का
भोग-जोग का और विलास का
धन-वैभव का, दान-पुण्य का
मूल्य आँक कर वे ढोंगी जन
स्वर्गारोहण का आडम्बर
रचकर किसे छला करते हैं—
श्रद्धावान मनुज जाति को,
या स्वयं को इस भूतल पर?

या समाज के
साधन सुखी चन्द मुट्ठी भर
रोष रोकने आमजनों का
न फूटे विद्रोह धरा के हतभागों का
उन्हें बुझाने, उन्हें मनाने
गढ़ते झूठी कथा धरा पर

धन वैभव के प्रबल जोर से
जो अपने को श्रेष्ठ मानते
घोषित करते हैं स्वयं को
जो निष्पक्ष न्याय के वेत्ता
और पुन:सत्ता मंडित हो
किस्मत लिखते, भाग्य बाँचते
भू के भाग्यहीन प्राणी का,
वितरित करते सुख का, दु:ख का
स्वर्ग का, नर्क का, पुण्य, पाप का
आरक्षण धरतीवासी को

यह प्रपंच है
श्रद्धा, प्रेम और निष्ठा से
सिक्त धरा के नर-नारी के
मन में भय का बीज डालकर
और किन्हीं कमजोर क्षणों में
स्वर्ग-नर्क का भाष्य सुनाकर
इनको सदा छला करते हैं

गहन धर्म है
गहन और भी उसकी व्याख्या
जो प्रत्यक्ष विश्व है सम्मुख
उसे त्याग कर स्वर्ग लोक के
उस अमूर्त सुख और विलास का,
देखा नहीं जिसे है अब तक
किसी एक भी नर-नारी ने,
स्वर्ग लोक से लौट किसी ने नहीं बताया
रूप, रंग, विस्तार स्वर्ग का
मात्र प्रपंचना कुटिल जनों का
महज कल्पना और धोखा है
कैसा स्वर्ग? कौन सा सुख है,
जो उपलब्ध नहीं है भू पर?

धर्म, कर्म का मर्म
मर्म है कर्म धर्म का
यह निर्भय का अस्त्र
शस्त्र है निडर जनों का
यह सिखलाता भक्ति मनुज को
नहीं भोग से कुछ भी है सम्बन्ध धर्म का

धर्म, कर्म का आभूषण है
धर्म प्रयत्नशील की प्रज्ञा
कर्मवान जो, वीर्यवान जो
कर्म उन्हीं के तरकश का वह बाण

लौटकर जो आता है लक्ष्य भेद कर
फिर पास उनके निषंग में

इन तापस का लक्ष्य स्वर्ग सुख
किन्तु स्वर्ग मेरा बन्धन है
स्वर्ग भोग है, स्वर्ग लोभ है
मात्र कल्पना, मृग मरीचिका
जिसके पीछे जन्म-जन्म से
पीढ़ी-दर-पीढ़ी मानवगण
गहन व्यथा पीड़ा से व्याकुल
पुनर्जन्म ले, आते, जो इसी धरा से

राज-पाट, धार-द्वार छोड़कर
तोड़ सभी सम्बन्ध स्वजन से
दूर यहाँ तक आया हूँ मैं
विश्वशान्ति की कठिन खोज में
स्वर्ग और सुख भी बन्धन है
बन्धन है वे सभी प्रेय जो
शान्ति मगर है परे सभी से
हर्ष, व्यथा से मृगतृष्णा से

नहीं मिलेगी शान्ति
यहाँ की इन विधियों से
नहीं मिलेगा मार्ग मुक्ति का
जन्म-जरा या मरण चक्र से
जिस आश्रम के तापस हैं संलग्न
सुखों के क्रय-विक्रय में
वहाँ शान्ति की खोज रेत में
सरस धरा की मात्र कल्पना।

षष्ठ सोपान

आगे बढ़े

आगे बढ़े छोड़ आश्रम से
तापस से ऋषिदेव प्रवर से
चले राह पर जो आपूरित
कंटक से, कंकड़, कर्दम से।
नदी, घाटियों, शैल-शिखर से
करती आँख मिचौनी हर क्षण
सर्पीली, भंगिमा दिखाती
एक अनूठे परिव्राजक के
पदरज से अभिसिक्त राह वह
ले आई गौतम को नूतन
एक सुखद, सुन्दर आश्रम में।

ऋषि महान, विद्वान
सांख्य मत के प्रतिपादक
योग साधना में प्रवीण,
शास्त्रज्ञ अपूर्व थे।
हिरण्यवती के शीतल, तट पर
तीन सहस्त्र शिष्यों के संग में
ध्यान मग्न रहते अराल थे।

दूर-दूर तक यश फैला था
सांख्य शास्त्र के अद्भुत वाचक
ज्ञानी हो, या साधक, श्रोता
लौटा नहीं द्वार से याचक।
स्वागत वत्स
ज्ञान के याचक

स्वागत हैं कुमार आश्रम में।
वैभव, भोग-विलास छोड़कर
ज्वलित, दीप्त उद्भासित
अपने युवा वयस में
स्वतः छोड़ आए हो सब कुछ
शान्ति खोज में, मुक्ति बोध में।
स्वागत है उद्धरित कल के
स्वागत है भविष्य के ज्ञाता
स्वागत है मुक्ति पथगामी
स्वागत है प्रिय अन्तर्यामी।

रोग, व्याधि, वैभव, वियोग से
जरा, मरण से, औ' अभाव से
त्रसित, खिन्न, जीवन से होकर
थे समवेत अनेक तापस।

ठहर गए सिद्धान्त समझने,
मुक्ति प्राप्ति हित राह ढूँढ़ने
अपनी द्विधा मिटाकर जग में
नया पंथ आलोकित करने।

चर्चा-परिचर्चा होती थी
तापस, गौतम औ, महर्षि में
जन्म-मरण का क्या रहस्य है
परिवर्तित होते जीवन में

जिस पल मनुज धरा पर आता
जन्म ग्रहण के ही उस क्षण में,
उसे निमंत्रण मिल जाता है
पुनः किसी दिन महा मिलन का।

जो जीवन है वह विकासमय
जो विकास के पथ का राही
वह विकास के पथ पर चलकर

कुछ पाता है, कुछ खोता है।
जो विकासमय, नाशवान वह
वही नाश नूतन रचना का
जन्म-मरण के आवर्तन में
सूत्रधार बनकर हँसता है।
कहीं बूँद में, कहीं उदधि में
रूप ग्रहण कर विविध रूप में
जन्म-मरण की कथा विश्व में
उद्भासित करता रहता है।

मरण जन्म में शोक हर्ष क्यों?
परिवर्तन के क्रम का फल यह,
सभी विकार धरणि के तन का
महज मात्र परिवर्तित श्रम यह।
जो उद्विग्न, त्रसित हो जाते
वही व्यथित होते फल से
जो न प्रभावित होते कल से
वही शान्तचित्त, अनुद्विग्न सुखी हैं।

ऋषि अराल के स्वर में था माधुर्य
ज्ञान के प्रखर पुंज थे।
तर्कपूर्ण उत्तर प्रश्नों के
छूते और प्रभावित करते
सरल हृदय गौतम के मन को।

प्रकृति रूप में जो स्वरूप अव्यक्त, व्यक्त हैं
मनुज दृष्टि से दूर किन्तु जो स्पष्ट तथ्य हैं
मानव मन जो जगत हृदय की प्रतिच्छाया है
भूल आदि को औ' अनादि को
सुख-दु:ख से व्यंजित होता है
महागर्भ में है भविष्य के
छिपा हुआ जो बीज तुच्छतम
समय-साधना का रस पीकर
और अंकुरित होकर देता

जन्म धरा पर महावृक्ष को
जिसके डाल, फलों, पुष्पों में
है निवास, भोजन, सुख, उत्सव
खग गण के सहस्त्र झंडों का।

जो ज्ञाता है,
भूत देखते, वर्तमान में पर जीते हैं।
ऊर्जा विपुल, अपूर्व अलौकिक
सृजन और संचित करके वे
भेद बताते हैं भविष्य का।
कारण बीज नष्ट होता है
'भूत' यही समझा जाता है
'आज' सृजन की महा महत्ता
स्थापित कर बतला जाता है।
कि 'भविष्य' कार्य-कारण का
फल है उन बीते दो 'कल' का,

और स्वयं कारण बन जाता
आनेवाले कल 'भविष्य' का।

दबी न, शास्त्र, मरण, जीवन का
बीते 'कल' से 'आज' जन्म का
भूत, भविष्यत्, वर्तमान का
ज्ञान प्राप्त कर ऋषि से आश्रम से,
गौतम थे अतृप्त
उन्हें जब मिला नहीं था
उत्तर उनके मूल प्रश्न का।

शंकाओं का ज्वार लिये तब
पहुँचे वे ऋषि सान्निध्य एक दिन।

दिवस सौम्यमय
चला नमन कर ऊषा के पावन चरणों को।
किरण पंख पर चढ़ा विहँसता

वह प्रतीचि में सान्ध्य मिलन को।
नीलाम्बर के मध्य पहुँचकर
तपित सूर्य के गर्म स्पर्श से
चिहुँक, सिमटकर
सौर जगत की
अद्भुत और असंख्य क्रीड़ा का दर्शी
दिवस था-सा, मुरझाया-सा
मंजिल को छूने जब पहुँचा,
तभी अराल के पास पहुँचकर
गौतम ने सम्मान प्रकट कर
उत्तर पूछा मूल प्रश्न का।

हे ऋषिवर, मैं हूँ कृतज्ञ
जो ज्ञान साधना का पाया है
इस आश्रम में निकट बैठकर
किन्तु प्राप्ति कर परम सिद्धि भी
भूल नहीं पाता अपने को
अपना यह अस्तित्व, आत्म यह अपना।
अहं भाव को मिटा अगर
न पाया ऋषिवर,
तो कैसे अस्तित्व क्षरण कर
पाऊँगा निर्वाण धरा के
मोह और माया से उठकर।

भौतिक सुख औ
परम साधना से यह प्राप्त
अलौकिक सुख क्या
शुद्ध, सरल, सोपान बनेगा
स्वर्ग लोक के आरोहण का?
हे ऋषिवर!
पुण्यों के संग्रह चुकने पर
धरा धाम पर आकर फिर से
पुनर्जन्म के उसी पड़ाव के उसी बिन्दु से
भ्रमण पुनः करना होगा क्या

जिसे त्याग कर कठिन साधना ही के बल पर
जा पाऊँगा स्वर्ग लोक में?

यदि यह सच है?
हे ऋषिवर, क्या पुष्पों का भी
क्षय सम्भव है?
सुखद कामना कुछ पाने की
कर पाऊँ नि:शेष अगर तो
सौर जगत के उप कूलों पर
जन, आत्मा दोनों की संज्ञा
रूप और गुण सब कुछ खोकर
महामिलन क्या हो पाएगा
उस अमूर्त्त के सूक्ष्म रूप से?
और योनियों के पड़ाव पर
बार-बार आना-जाना क्या रुक जाए?
मुक्ति मिलेगी हे ऋषिवर क्या
धरा आगमन और गगन के विषम चक्र से?

भावमुग्ध, विह्वल अराल थे
सम्मुख पा अपूर्व याचक को
माँग रहा वह विरल ज्ञान जो
स्वयं नहीं जिससे परिचित थे।

किन्तु पुनः सब भाव, ज्ञान सब,
अब तक अर्जित तर्क जुटाकर
बोले ऋषि अराल गौतम से
वाणी में अतिशय विकास भर

कारण कार्य और फल में जो
दर्शन करता उस स्वरूप का,
जो विनाश के औ' विकास के
अन्तरंग सम्बन्ध रचाता
और स्पष्ट करता प्राणी को
हर्ष, शोक के क्षण अभिन्न हैं।

कारण, कार्य, तद्जनित फल को
ग्रहण करे जो एक भाव से
उनके लिए मृत्यु तो केवल
धरा गगन के उभय घाट पर
खड़ी प्रतीक्षा में खेवट है।

सृष्टि मूल में, मनु के तन में
सभी राग झंकृत है कब से
उसी मूल में, उसके मन में
सूक्ष्म तत्त्व भी अविभाज्य है।
विषय राग को क्षीण, शमन कर
आत्म शक्ति को जप से, तप से
जो उदात्त किया करता है
वही प्राण मुक्त हो भू पर
सुख से, दुःख से, राग द्वेष से
कष्ट, प्रलोभन, भय, तृष्णा से
अन्तर सुख में लीन, समाकर,
निर्विकार जीवन जीता है।
त्याग सभी सत और असत को
हेय, श्रेय औ' मधुर, विषम को
चर या अचर सभी प्राणी में
एक प्राण में जब जीता है
तभी हलाहल कालजयी में
अमृत बन गौरव पाता है।

यही मोक्ष है लक्ष्य धरा पर
यही मुक्ति का चरम अर्थ है।
जिसे प्राप्त करता मनु भू पर
जप-तप ही जिसका संबल है।

स्वर्ग लोक में
है निवास उस महा आत्मा का।
पुण्य-पाप की तुला जहाँ पर
गमन-आगमन के राही को

स्व-अर्जित पाथेय थमाकर
क्षण-क्षण, प्रतिपल उन्हें भेजती
धरा गगन की नई राह पर।
परम आत्म के अंश अहर्निश
विदा, अलविदा कहकर आते
धरा लोक पर आत्म रूप में।
पुनः साधना, कठिन यातना
या विलास के विपुल पर्व में
लिप्त, चुकते या पाने हैं
स्वर्गारोहण का वांछित पथ।

यही ज्ञान का उच्च शिखर था
जहाँ बैठकर ऋषि अराल
प्रवचन करते थे।
शिक्षार्थी, शिष्यों को अपने
नरक स्वर्ग के तम प्रकाश का।

युवा पिपासु, अन्वेषी, अद्‌भुत जिज्ञासु
नये शिष्य गौतम का मौलिक,
मूल प्रश्न था लिये चुनौती
बार-बार दुहरा-दुहराकर
पूछ रहा था ऋषि अराल से।
क्या सम्भव है ऋषिवर वह परिवेश

जहाँ पर मनुज स्वर्ग को नहीं चाहकर
अर्जित अपना सब कुछ खोकर
अपने को सम्पूर्ण मिटाकर
पुण्य के सारे अर्जित कोष लुटाकर
स्वर्ग द्वार को अपने हाथों
स्वयं बन्द कर
अहं और अस्तित्व मिटाकर
पूर्ण रूप से निराकार बन
पा जाए कैवल्य, मुक्ति या परम धाम।

न पड़ाव, न मंजिल आगे
गमागमन चक्र का न डर
काल, अवधि, सीमा को टप कर
रुक जाए वह उस विराम पर
जिसके आगे न कुछ पाता, न कुछ खोना
जहाँ स्वयं अस्तित्व पिघलकर
निराकार में मिल हो जाए
एक अमूर्त ज्ञान भर केवल?

'जाओ आगे वत्स,
प्रश्न के उत्तर ढूँढ़ निकालो
जिसे खोजता जग युग-युग से
वह कैवल्य स्वयं तुम पायो।
दृष्टि तुम्हारी टिकी मोक्ष के
जिस सर्वोच्च शिखर पर
नहीं कल्पना में भी सोचा
मैंने या ऋषियों ने भू पर।
खोजो वह आचार्य, मिटाएँ जिज्ञासा जो वत्स तुम्हारी
मिटे सभी व्यवधान और शंकाएँ सारी।

'तन का और तन के विकार का
क्षय सम्भव है भू पर।
मगर स्वर्ग-सोपान-पुण्य का
और स्वयं इस अमर आत्म कर
क्षय कर देना, सभी त्याग कर
हो जाना अस्तित्वविहीन
अनहोनी है, धरती पर?
नहीं धरा पर जन्म किसी ने लिया
तुम्हें जो ज्ञान दान दे सके वत्स हे।
आत्मदीप बन जग के तम को
ज्ञान ज्योति से हरो वत्स हे।'

'नहीं ज्ञान है धरा पुत्र को
शमन-क्षरण करना आत्मा का

पुण्य लुटाकर, स्वर्ग त्याग कर
निराकार वन, निराकार में
मूल, गोत्र, खोकर हो जाना
आत्महीन, अस्तित्वविहीन, संज्ञाविहीन।'

अश्रुपूर्ण नयनों से ऋषि ने
विदा दिया गौतम को अपने शुभाशीष से
आगे जाओ विरल पुत्र हे वसुंधरा के
मंगलमय हो, पथ प्रशस्त हो
महाभाग हे। पुण्य धरा के॥

सप्तम सोपान

पहुँचे पुनः

पहुँचे पुनः एक आश्रम में
हुई भेंट एक महापुरुष से
थे विशिष्ट विद्वान
कन्दरा में रहते थे।
उद्दकराम पुत्र उस युग के
महामना पहुँचे महर्षि थे।
शत-शत ऋषियों का आश्रय था
वैशेषिक ज्ञान से स्पन्दित,
पूजा ध्यान और जप-तप से
आपूरित था औ' आनन्दित।

थे समाधि में लीन शिष्यगण
शान्त, धीर, गम्भीर, मौन थे।
तर्क-वितर्क, विमर्श-मर्ष से
दूर पहुँचकर शान्त चित्त थे।
न कठोर, न तरल पिघलकर
न जड़ थे, न भाव विकल थे।
किन्तु पहुँचकर चरण बिन्दु पर
भूल नहीं पाते थे तापस
अपनी काया और अहम को
पूर्ण नियंत्रण कर न पाते
ईर्ष्या, द्वेष और तामस को।
चेतन मन, अवचेतन में भी
सभी भुलाकर, सब कुछ खोकर
संज्ञाहीन न हो पाते थे
ध्यान-साधना-शिखर पहुँचकर।

मन एकाग्र कर
ध्यान नासिका अग्र भाग पर,
श्वास रोककर
मन मस्तिष्क सभी को स्थिर कर
मानो प्राण तीर्थ करने को
दूर-सुदूर में गया कहीं हो
मन तन छोड़ अजाने पथ पर।

और पुनः वापस शरीर में
कर्म, वचन, मंथन विचार का
सभी क्रिया पहले जैसी ही
पुनः साधना, पुनः नियंत्रण।
किन्तु समाधि के आगे तापस
पहुँच न पाते उस मंजिल पर
जहाँ स्वयं की संज्ञा खोकर
सम्मोहन में, स्वप्न लोक में,
कर्म-गर्म-पीड़ा मिट जाए
मूर्तिहीन बन जाए मिटकर
धारण-पालन-जनन दु:खों का अन्त जहाँ हो
तापस मन की तृष्णा का अवसान जहाँ हो।

स्वर्ग प्राप्ति की नहीं लालसा
नहीं कामना धरा सुखों की।
सब कुछ अपना लुटा-मिटाकर
जन-जन के कल्याण हेतु वह
मार्ग खोज अंकित कर जाऊँ
जिसे ग्रहण कर सरल प्राण अनगिनत
अनगिनत धरा के व्याधि कष्ट से,
जन्म-मरण के परा चक्र से
मुक्ति प्राप्त कर, पूर्व जन्म से
वह कैवल्य प्राप्त कर पाएँ
जिसे खोजता मनुज युगों से।

नहीं चाहिए ज्ञान-शिखर वह
नहीं स्वर्ग सोपान चाहिए।
नहीं चाहिए स्वर्ग सुखों का
मार्ग सिर्फ साधक, तापस का,
नहीं चाहता मार्ग मुक्ति का
मैं केवल अपने हित भू पर
होगा आत्म सफल मुक्ति का
मार्ग मिले जब सबको भू पर।

उद्दयक रामपुत्र का पथ भी
आत्म-प्रसादन तक सीमित है,
कठिन साधनालीन व्रती के
स्वर्ग-प्राप्ति का यह साधन है।
पर धरती के दुखी जनों को
शान्ति दान देने में असफल
जग पीड़ा की तप्त उदधि से
उन्हें बचाने में यह निष्फल।

ज्ञान पंथ यह स्तुत्व, श्रेष्ठ है
किन्तु मनुज में कुछ विशिष्ट का,
ऋषिवर की अन्तिम मंजिल यह,
पर मेरा पहला पड़ाव है।
मिले शान्ति मानव समाज को
मात्र एक संकल्प यही है।

ऐसा मार्ग हुआ अंकित क्या?
अगर नहीं तो आगे बढ़कर
ऐसी राह सरल जो सबको
स्वयं मुझे चिह्नित करना है—
संन्यासी हो या गृहस्थ हो
भेदभाव हो नहीं मोक्ष में
नहीं विकल हो डूबे कोई
भवसागर के उत्तल उदधि में।

रामपुत्र आश्चर्यचकित थे,
आश्रमवासी नतमस्तक थे
सोच रहे थे क्या पूछेंगे
युवा याचक से?
विह्वल मन के भाव दबाकर
हर्ष, व्यथा मिश्रित वाणी में
रामपुत्र बोले गौतम से

तेरा यह दर्शन अपूर्व है,
जो नगपति के शिखर श्रेष्ठ पर
तेल पवन संग विकल विनिर्मित
हिम खंडों के दृश्य और अदृश्य कणों को
आलिंगन कर भुजापाश में
स्वप्न सुन्दरी सम धरती पर
माया के झीने घूँघट में
नये सृजन के लिए निमंत्रित
करने-सा मादक मोहक है।
पर तेरा यह लक्ष्य असम्भव
नहीं कभी सम्भव है भू पर।

अस्तु नहीं हे वत्स!
कभी सम्भव है जब मैं
क्षय करना अर्जित पुण्यों का
कर्म-गर्भ को मिटा
स्वयं अस्तित्व मिटाकर
धरणि, स्वर्ग को भी नकार कर
नई धारणा नये लोक की
महज कल्पना में भी सम्भव
नहीं कदापि है यह भू पर।

पूर्ण असम्भव है
प्रकृति से और सृष्टि से दूर
एक निर्माण जहाँ पर
सब स्वतंत्र हों

गमन-आगमन से विमुक्त हों,
सब वासी हों, अभिलाषी हों
स्प-रंग से काल गन्ध से परे
बने वे मुक्त, अपूर्व नगर के वासी।

महानाम, कौडिन्य, करान औ'
अश्वजीत, मद्रिय से ऋषिगण
उरुवेला में बहुत समय से
कठिन तपस्या में निमग्न थे।
गौतम भी आ मिले वहीं पर
कठिन साधना का व्रत लेकर
छोड़ सभी आहार
साधना में निमग्न हो
लगे ढूँढ़ने मुक्ति मार्ग वे
धरा धाम के परित्राण का।

अष्टम सोपान

स्मृति प्रथम

स्मृति प्रथम—प्रासाद—महल की
गगन शिखर पर
अद्भुत आभा से आलोकित
तारापथ की समुज्वला गंगा के तट पर
खिले ग्रहों के नक्षत्रों के स्वर्णकमल से दमित पुष्प को
तोड़ शीश पर धरे अलंकृत स्वर्णकलश में
उन्हें सजाकर भू पर लाने के प्रयास में
कपिलवस्तु के महल विहँसते पड़े दिखाई गगन पंथ में

और धरा पर कपिलवस्तु की
कुसुमांगी, कोमल, ललनायें
मुखमंडल पर, नयन कोर में
मुसकानों का हार सँजोये
स्वागत में आकुल-व्याकुल-सी
यौवन के असह्य भार से
झुकी, नवी, त्रिभंगी होकर
लगी लुभाने प्रहर-प्रहर में

स्मृति दूसरी : क्रीड़ा की, उल्लास पर्व की :
कपिलवस्तु
उल्लासपर्व में डूबा शहर अनूठा
अस्त्र-शस्त्र झंकार चतुर्दिक
और कहीं आखेट धर्म के प्रतिपालन में
लक्ष्यवेध, सन्धान शरों के
कहीं रथों की दौड़
दौड़ में सफल, असफल मुखाकृति पर

जीत-हार के भाव मुखर थे
कुछ उदास, चिन्तित, व्याकुल हो
हार-दौड़ में, अलग किनारे
घायल मन से सोच रहे थे—

क्यों हारे? क्या त्रुटियाँ उनकी?
कुछ उतावले जो जीते थे
ध्वज फहराते विजय हर्ष में झूम रहे थे
कहीं पर अश्वारोही,
पुष्ट स्कन्ध, चौड़ी छाती और सबल करों में
सूर्य किरण से प्रतिभाषित स्वर्णिम रासों के
संकेतों पर तरुण अश्व को नचा रहे थे।

कभी क्षणों में उनके भटके नयन
पार्श्व की खड़ी भीड़ में जन नजरों से विद्ध
डरी और सहमी हिरणी-सी ललनाओं के
नयन बाण से घायल होकर
पुनः सँभलकर
वाजि दौड़ के शुभारम्भ की
आशा में आकुल-व्याकुल थे

स्मृति तीसरी दग्ध प्राण की
गई दृष्टि नीले अम्बर में
पंख पसारे विहग अनेक
लौट रहे थे दूर अवस्थित
सघन वृक्ष पर उन नीड़ों को
जहाँ प्रतीक्षा में व्याकुल थे
शावक माँ के मिलन आस में

कभी तीर छूटा धरती से
प्रबल वेग से चला गगन में
लगा हृदय के श्वेत हंस के
हो असक्त शोणित से लथपथ
गगन राह पर दर्द बिखेरे

प्राण कंठगत गिरा भूमि पर
चरण पास सिद्धार्थ जहाँ पर
गहन मौन की धूप-छाँव में
भूल जगत के प्रकट दृश्य को
थे निमग्न अनपढ़ अनन्त में

घायल हंस गोद में लेकर
लगे सोचने—
"क्या अन्तर है प्राण-प्राण में
खग के, जन के, अन्य जीव के,
पीड़ा, व्यथा, विरह की ज्वाला
क्या होती है नहीं सबों को
एक समान, एक-सा सबको?
फिर कोई क्यों निर्दय बनकर
इस अबोध, भोले प्राणी पर
कर आघात प्राण हरता है?
ठीक इसी क्षण पहुँचे
देवदत्त, सिद्धार्थ पास में
और कठोर वाणी में बोले—
"गिरा भूमि पर विद्ध हंस यह
है आखेट हमारा।"

शाक्य वंश के दो कुमार
रक्षक एक, एक भक्षक थे,
प्रतिनिधि दोनों थे किन्तु
दो विपरीत धर्म, संस्कृति के,
एक क्रूर हिंसा के हामी
एक अहिंसक धर्म-प्राण थे
करुणा के अवतार खड़े थे
दग्ध हंस को लिये गोद में
बाण-विद्ध घायल के रक्षक
सहन कर रहे देवदत्त के
व्यंग गिरा की धार सहज में

और खड़े थे देवदत्त आसुरी रूप में
अंगारों से भरे नयनद्वय
भृकुटी तनी थी
घातक धनुष हाथ में उसके
क्रोध आग से गर्भ मुष्टिका के दबाव में
झुका, शर्म से दुहरा होकर
सोच रहा था अब तब उसने
कितने प्राण हरे थे भू पर
निरपराध, निर्दोष जीव के
संथागार
जहाँ शोभित थे राज्यासन पर
महाराज शुद्धोदन और सदस्यगण कपिलवस्तु के
गहन मंत्रणा में निमग्न थे
अन्तरंग शासन प्रश्नों पर,
प्रजाजनों के सुख पर, दु:ख पर
सभी हुए उद्विग्न
तर्क से औ' वितर्क से
गौतम के औ' देवदत्त के

पहला निर्णय
सभासदों ने पक्ष लिया था देवदत्त का
थे शिकार-धर्मा संख्या में अधिक वहाँ पर

किन्तु प्राण जब एक विहग का
मिला प्राण में भू मानव के
विश्व हृदय के तार हुए झंकृत तत्क्षण ही
परम-आत्म का एक दग्ध कण व्याकुल होकर
हंस प्राण से निकल प्राण में सभासदों के
घुला, एक होकर बोला जब—
योनि और काया अनेक हैं दृश्य जगत में
किन्तु प्राण बसता उनमें जो सभी एक हैं,
सुख से, दु:ख से, दर्द वेदना से प्लावित जो
वही प्राण हन्ता के क्रूर करों से घायल रक्त धार का
अर्घ्य चढ़ाकर

साग्रह करता नम्र निवेदन
सभासदों हे। प्रतिनिधि सारे प्राणी के
"रक्षक ही धर्मावतार है"
भक्षक हन्ता, अन्यायी, अविचारी हे भू पर।

दे सकते अधिकार आप लाश पर मेरी
उस निर्दय, अधर्मी देवदत्त को,
किन्तु नहीं मैं मरा अभी तक
मैं जीवित हूँ, मेरे रक्षक राजपुरुष सिद्धार्थ दयालु,
ये त्राता, ये पुनर्जन्म के दाता मेरे
मुझे छोड़ दें इन्हीं सबल, कोमल हाथों में
प्राण रहे या स्वर्ग सिधारूँ।
खगजीवन से निकल धरा पर गर फिर आऊँ
शायद हो सौभाग्य बैठकर इसी सभा में
बन पाऊँ निर्णायक घायल किसी प्राण का
और आज के अनुभव पर निर्णय दे पाऊँ
दयावान ही सर्वश्रेष्ठ मानव है भू पर।

रक्षक, भक्षक
कर्ता-हन्ता
दया, क्रूरता
नाश और निर्माण युद्ध में
जीता धर्म, जयी गौतम था

स्मृति चतुर्थ थी
माँ ममता की औ' गोपा के अमिट त्याग की

जन्मदायिनी
स्नेहधार उनके जीवन की
पीड़ा पीकर प्राण प्रतिष्ठा करनेवाली
हुई प्रकट आँखों के सम्मुख
शुभाशीष में उठे हाथ थे

ठहरी कुछ क्षण
करुणा, प्रेम बिखेरे, क्षणों में हुई तिरोहित

गोपा आईं
मौन, धीर, गम्भीर खड़ी थी
कहती कैसे व्यथा-कथा को?
कहीं मानिनी से च्युत हो जाती गौरव से
करती कैसे स्वयं कलंकित अमर प्यार का?

माता, गोपा
गोपा, माता
प्रकट हुई थीं परमसिद्ध पाने के पथ पर
कठिन घड़ी में धैर्य बँधाने
निरंजना के कलकल तट पर

स्मृति पाँचवीं : शैशव, यौवन, जरा, मरण की :
वर्षों पहले घटित हुआ जो कपिलवस्तु में
चमक गए वे दृश्य
जरा के दु:खद मार से दबे मनुज की
दीन-हीन असहाय धरा के
दु:ख से द्रवित, व्यथा से पीड़ित
आहत तन की, रुग्ण प्राण की,
मनुज मात्र की करुण कथा वे
जो अन्तर में गूँज रही थी
कपिलवस्तु औ' निरंजना के व्याकुल तट की

छठी स्मृति थी
एक अनोखे परिव्राजक की
घना कुहासा
फैल गया नजरों के सम्मुख
व्यथा-कथा नश्वर जीवन की
जीवन के अगले पड़ाव की
कष्टकारिणी दु:खद, सुखद सब
धू-धूकर बलखाती लपटें कभी शामित औ' कभी उग्र
हो

करती रहीं प्रताड़ित अब तक
जो समग्र मानव को भू पर,
जिनसे मुक्ति दिलाने जग को
परिव्राजक था दिखा दूर जाते दुनिया से
उसी सत्य की कठिन खोज में
पहुँच गए थे निरंजना के कलकल तट तक

पुनः दिखा वह दृश्य, स्वयं भी
राजपाट, परिवार छोड़कर,
परिव्राजक की कठिन राह पर
न जाने कितने पड़ाव को
आठ वर्ष में बाँध, लाँघकर
आ पहुँचे थे निरंजना के अद्‌भुत तट तक

स्मृति सातवीं
ऋषि, शिष्य औ' तापस गण की
कौंध गए नजरों के सम्मुख
महामहर्षि औ' वे आश्रम
जो आश्रय थे, जो पड़ाव थे
कठिन साधना के वर्षों में
आतिथेय थे
जहाँ प्रेरणा लेकर गौतम
दुर्गम कठिन राह पर चलकर
पहुँच सके थे इन वर्षों में
कपिलवस्तु से निरंजना के पावन तट तक

स्मृति आठवीं
गुरुजन की, शिक्षा दीक्षा की
रामपुत्र के औ' अराल के
साधन, विधियाँ सब अपूर्व थे
किन्तु सभी थे स्वर्ग लोक के
लिये, मात्र सोपान धरिण पर
नहीं एक भी सरल मार्ग था
सहज जनों के लिए धरा पर

सिर्फ एक था लक्ष्य सबों का
स्वर्ग सुखों की भोग कामना
किन्तु नहीं क्या ज्ञान उन्हें था
सब संजित पुण्यों का क्षय कर
विवश धरा पर आना होगा
जनम-मरण के बाहु पाश में
गमन-आगमन के चक्रों में
पुनः प्रताड़ित होना होगा
बार-बार फँसना ही होगा।

स्मृतियों के प्रवाह में गौतम
भूल गए थे वर्तमान को
तभी तैरते हुए भूत में
उन्हें भविष्य ने झकझोरा—
कहाँ खो गए?
महल अटारी, राज-पाट में
कपिलवस्तु में, गाँव-नगर में
माता, गोपा के स्नेह-प्रेम में
प्रजाजनों के मोह-क्षोभ में?

लौटो अपने वर्तमान में
आठ वर्ष की कठिन साधना
और तपस्या के बल पर तुम
अभी यहाँ तक ही पहुँचे हो

इस पड़ाव के बाद तुम्हें
शायद मिल जाए
वह पड़ाव या मंजिल जहाँ पहुँचकर
अवगाहन कर
गहन तपस्या की गंगा में
मिल जाए वह रत्न मुक्ति का
जिसे खोजता मानव युग से
और खोजते तुम वर्षों से

तभी एक झोंका आया था
वर्तमान के भुवन-भास्कर जगे, और
प्रज्वलित हुए आज के सच में
कल, परसों के घने कुहासे
छँटे, मिटे, हो गए दूर थे कुछ ही क्षण में
मानो गहन नींद से जगकर
स्मृतियों के आलोक लोक से बाहर आकर
यादों में खोने के पहले
चिन्तन के बहते प्रवाह का सूत्र पकड़कर
लगे सोचने गमन-आगमन
और जुड़ी मानव पीड़ा को

जब निश्चित है पुनः आगमन
तो फिर इतना कष्ट सहन कर
छोड़ धरा पर मानव सेवा
क्या पाता है मनुज स्वर्ग में?

स्वर्ग लोक से लौट धरा पर
आया नहीं अभी तक कोई
और बताया नहीं किसी ने
क्या सुख है उपलब्ध स्वर्ग में?
यदि स्वर्ग है, सिर्फ कुछ के हित
तापस का, ज्ञानी, दानी का
नहीं स्वर्ग मिलता उनको जो
दीन, हीन कंगाल धरा पर

भटक गया मैं अति वादों में
आश्रम, तपस की विधियों में,
अलग-अलग मत से प्रतिपादित
शंकाग्रस्त हुआ राहों में
आठ वर्ष की घोर तपस्या
क्या पाया? कितना पाया है?
कुछ पाकर, कुछ भूल, गँवाकर
आ पहुँचा मैं निरंजना के शीतल तट तक

कपिलवस्तु से निरंजना की
दुष्कर यात्रा को दुहराकर
आश्रम, तापस, ज्ञान पिपासु,
ऋषि कुल के अद्भुत प्रवास सब
कौंध गए सब एक-एक कर,
जहाँ ज्ञान के सरस धार में
अवगाहन कर उन्हें मिली थीं
विरल सिद्धियाँ जो अपूर्व थीं

पर अन्तर मन चीख उठा था
बार-बार यह पूछ रहा था—

क्या इतना यथेष्ट है कहना
ले आया हूँ उपासना की उन विधियों को
ज्ञानवान आचार्य जिन्हें बतलाते हैं राह स्वर्ग का
सरस कामिनी, स्वर्ग भोग की सहज प्राप्ति का
परित्राण पा सब कष्टों से
हेय जगत को छोड़ स्वर्ग में जा बसने का

छोड़ जगत के कर्म, धर्म को
या अपने हाथों के श्रम को
दिवा-निशा चिन्तन केवल यह
'जग शाश्वत' है या 'क्षणभंगुर',
'लोक शान्त है
या अनन्त की प्रतिच्छाया भर'?
ये उपासना, चिन्तन, पूजा मनुज जाति को
कष्ट दुःखों से छुटकारा क्या दे पाई है?
किसी काल में, कभी धरा पर?
क्या सच है? क्या झूठ?
धरा के कौन मूल्य शाश्वत, असत्य है?
उपासना से जो कुछ पाया
मुक्ति-तंत्र उनको कहकर क्या
धरावासियों को छल जाऊँ?
और स्वयं भी

आत्म-प्रवंचना के दलदल में फँसकर
भूलूँ अपनी राह और मंजिल को?
लौट चलूँ क्या कपिलवस्तु को?
क्या ले जाऊँ? क्या समझाऊँ भूवासी को?

कैसे कहूँ धरावासी से
ले आया हूँ परित्राण का मूलमंत्र मैं
जगत व्याधि से और व्यथा से
जरा, जन्म से और मरण से
गगन-आगमन के चक्रों से
सदा-सदा के लिए मुक्ति की
परम औषधि, महाऔषधि?
पूर्ण सत्य यह नहीं कदापि
अर्ध सत्य शायद हो सकती

अस्तु नहीं विश्राम, पथिक मैं
अनजाने भविष्य का
इस पड़ाव पर रुके हो गई देर, चलूँ अब
मार्ग खोजने महामुक्ति का,
आदिकाल से व्यथित धरा के
भोले, सहज मनुज का

मुझे चाहिए मार्ग
दूर हटकर चलता जो
हित, अनहित दोनों भावों से,
स्वर्ग यानी धरती के सुख की नहीं कामना
हर्ष-विवाद, रास-रंगों की नहीं वासना

मुझे चाहिए परम शान्ति का मार्ग
प्राप्त कर जगती की तृष्णा मिट जाए
मिट जाए विक्षोभ, हर्ष, औ' अन्य चाहना

कर्म-गर्भ में आरोपित कर बीज चाह के
पुनर्जन्म के फिर कितने पड़ाव से चलकर

सुख-दु:ख के झंझावातों में
तिनके-सा असहाय डोलता फिरे मनुज क्यों
धरा-गगन के चक्रवात में ?
हृदय-विदारक कष्ट धरा के मिट जाएँ
मैं यही चाहता

नहीं चाहिए मोक्ष एक गौतम को केवल
खोजूँगा वह मुक्ति-मार्ग जो बने धरा के
सब प्राणी का शाश्वत और सरल-सा संबल,
जरा-मरण की पीड़ा से परित्राण चाहिए
जिसे खोजती वसुन्धरा निर्माण काल से अब तक

मुझे याद है—
ऋषि अराल ने मुझे कहा था—
मनुज-मुक्ति का, स्वयं मुक्ति का
तुम खोजोगे मुक्ति मार्ग भू
तो चलूँ छोड़कर
निरंजना का स्नेह हिल तट यह
देर हो गई

निरंजना दो विदा
आभारी हूँ मैं तेरा

शाल वृक्ष की मर-मर ध्वनि ने
निरंजना के शीतल जल ने
और सुजाता के प्रयास ने
मुझे शक्ति दी और बताया
मध्य मार्ग ही लक्ष्य प्राप्ति का
और धरा के सहज मनुज का
श्रेष्ठ मंत्र है मुक्ति प्राप्ति का
घोर तपस्या, दुष्कर पथ में
वादों-प्रतिवादों के क्षण में
आज ज्ञान का दीप जला है
निरंजना के ज्योतित तट पर

संध्या ढली,
रात आ रही,
पर बीते वर्षों की रातें
और आज आने वाली में
ऐसा क्यों लगता है मुझको
बहुत बड़ा कोई अन्तर है

नया सवेरा बुला रहा है
नई राह पर, अनजाने, नूतन पड़ाव पर
अन्तर्मन कहता है मेरा
मंजिल शायद निकट कहीं है?

स्मरण मुझे है
परिव्राजक का भेष लिये क्यों भटक रहा हूँ
ग्राम डगर पर, नगर, शहर में
वन प्रान्तर के अचिह्नित अज्ञात पंथ पर
आठ वर्ष की घोर तपस्या से क्या पाया,
इसका निर्णय अभी शेष है

लोक व्याधि की महाऔषधि
लोक मुक्ति का सहज मार्ग या
लोक-लाज ढकने का घूँघट
नहीं मिला है गर मुझको तो
क्या पाया है मैंने अब तक?

लोक समर्पण करूँ खोजकर
या दुरूह अन्वेषण क्रम में
मिट जाऊँ, मिटकर खो जाऊँ।
थककर, चूर-चूर होकर राहों में
उन पड़ाव पर जिन पर होकर कभी चला मैं
संकल्पों के, उद्‌देश्यों के
अमिट चिह्न छोड़कर जाऊँ,
जो प्रकाश के स्तम्भ बनें उन परिव्राजक के
जो आएँगे मेरे श्रम की परिणति पर

और पुनः आरम्भ करेंगे
अन्वेषण का कार्य पुनः वे
उसी बिन्दु से जो रेखांकित कर
मैं जाऊँगा धरा-धाम से
सम्भव है कि
मुक्ति पंथ मिल जाए मुझको
या अनन्त यात्रा के क्रम में
निखिल विश्व के अनजाने, अद्‌भुत पड़ाव पर
रुकना पड़े, ठहरकर फिर से
जग-जीवन की, युगों-युगों की,
चली आ रही जन्म-मरण की
व्यथा-कथा की एक आवृत्ति और
मुझे करनी पड़ जाए?
लम्बी कठिन प्रतीक्षा शायद करनी होगी
पुनः एक दुस्साध्य परीक्षा देनी होगी
अन्वेषण की राह कठिन कितनी भी हो पर,
मुझे जगत के लिए ढूँढ़ लानी ही होगी

नवम सोपान

ऐतिहासिक शाम

ऐतिहासिक वह शाम उतरकर
शालवृक्ष के वन से होकर
निरंजना के शान्त, धीर तट से कुछ कहकर
चली संग में बोधिसत्व के
उनकी अटल प्रतिज्ञा सुनकर।
बोधिसत्व से बुद्ध बनेंगे
इस सुकर्म में
इस पवित्र यात्रा में उनको
मार्ग दिखाती
पहुँचाया गन्तव्य स्थान पर।

पहुँचा उनको उस पीपल तरु के नीचे में
विदा, अलविदा कहकर संध्या
चली हर्ष से क्षितिज पार के निशा धाम में
खबर सुनाने, असाधारण उस महापुरुष के
शुभागमन की
राज-पाट जो छोड़ वहाँ आया था उस क्षण
मुक्ति पंथ के अन्वेषण की उत्कट, अटल प्रतिज्ञा
लेकर।

महाविशाल था वृक्ष
और शाखाएँ भी थीं
घनी, पुष्ट, नभ को छूती-सी।
मात्र वृक्ष था
अन्य वृक्ष-सा
किन्तु साधारण वृक्षों से विभिन्न था कुछ वह।

घनी छाँह में बैठ प्रौढ़जन
या आते-जाते यात्रीगण

कड़ी धूप में या वर्षा में
कुछ क्षण कर विश्राम पुनः आगे बढ़ते थे।
खग शिशुओं क्रीड़ा-स्थल था।
ऊपर तरु की हरित गोद में
खगगण के स्थायी निवासी थे।
यदा-कदा लम्बी उड़ान पर जाते
रंग-रंग के विहग अनेकों
देख एक शीतल पड़ाव को
आमंत्रण देते पीपल के
सुन्दर, सुखद, नयन ललचाते
ऐसे गोल-गोल पातों को
सम्मोहित हो, पंख समेटे
आसमान की ऊँचाई से
उतर वृक्ष की घनी डाल पर
हँसते-गाते, शोर मचाते
फल खाते, आगे बढ़ते थे।

रात्रिकाल में हिंसक और अहिंसक कितने
जीव-जन्तु की क्षुधा शान्त करने के पथ पर
सफल-असफल श्रम से मिश्रित
मीठे या तीखे पड़ाव थे।

वही वृक्ष महिला मंडित था।
आज एक इतिहास पुरुष के
इस निर्णय से
कि सम्यक् सम्बोधि प्राप्त कर
इसी वृक्ष के मूल बैठकर
बोधिसत्व से बुद्ध बनेंगे।

सान्ध्य गगन की अरुण लालिमा
गोधूलि वेला अपूर्व थी।

शान्त और एकान्त,
मौन परिवेश वहाँ था।
दूर हट गई सरिता द्वारा त्याज्य
स्वर्ण सम चमक रहे थे, सिक्ताकण के ढेर पास में,
शायद निरंजना बहती थी, कभी पार्श्व में।

श्रम से लथपथ थका दिवस भी
पुनः आगमन और विदा के
कल की और आज के बीते क्षण के
हर्ष, व्यथा से मिश्रित स्नेहिल नजर डालकर
अग-जग पर, आकाश-मार्ग पर
विदा ले रहा अन्तिम किरण समेट धरा से
मौन-मौन में कल का कुछ सन्देशा देकर।

तभी एक घसियारा तृण का
बोझ उठाये अपने सर पर
रँभाती गायों की अपनी
पहचानी आवाजें सुनकर
ऊबड़-खाबड़ ग्राम्य मार्ग पर
कदम बढ़ाए लौट रहा था
नजर टिकाए अपने घर पर।

दिखा उसे पास में तरु के
नीचे खड़ा युवा परिव्राजक
दिव्यभाल, उन्नत ललाट था।
ठिठक गया वह
कौतूहलवश निकट पहुँचकर
देखा एक महामानव को
लोक परे आभा से दीपित
बीते कल की या भविष्य की चिन्ता में कुछ
सोच रहा-सा मौन खड़ा था।

चौंक गया श्रोत्रिय देखकर
सुख-साधन से हीन पुरुष को

आसन वसन, अन्न-जल का भी
नहीं वहाँ कोई प्रबन्ध था।

घसियारे ने तृण उतारकर
आठ बार मुट्ठी भर-भरकर
तृण डाला आसन हित भू पर।
अनजाने में जन्म-मरण से
मुक्ति दिलाने-अनुष्ठान में
घास काटनेवाला श्रोत्रिय,
एक साधारण मानव जग का
महायज्ञ की दान सूचि में
युग-युगान्तर के पृष्ठों में
नाम लिखा कर यश अर्जित कर
पहला दानी अमर बना था।

बोधिसत्व ने की प्रदक्षिणा बोधिवृक्ष की।
घसियारे द्वार प्रदत्त तृण
पीपल तरु के आसपास में
शायद जड़ता त्याग समय के अनुष्ठान में
सहभागी बन, मोक्ष कामना से प्रेरित हो
आसन-सेज अपूर्व बना था।
कौन प्रयोजन बोधिसत्व कब लेंगे उससे
यही सोचकर मुट्ठी-मुट्ठी में विभक्त तृण
एक हुआ था, ऐतिहासिक उस सघन शाम में।

तृण पर
अपराजित आसन में
पीठ वृक्ष से सटा हुआ था।
मुख पूरब कर
बोधिसत्व ने प्रण दुहराया—

साँझ-सकारे, सुख में, दु:ख में
जगती की माया, ममता में
जन्म-मरण के, जरा-व्याधि के

निष्ठुर क्रूर करों से मानव
कितना है निर्द्वन्द्व, बेखबर।

चिन्तन का आवेग बढ़ा जब
बोधिसत्व तब एक-एक कर
प्रज्ञा के विभिन्न खंडों से
आरोहण कर ज्योंही पहुँचे
ज्ञान निलय के उच्च शिखर पर
तभी सैन्यबल को सज-धजकर
किया मार ने प्रबल आक्रमण।

पुत्र-पुत्रियों को संग लेकर
चतुरंगिणी सेना को सजकर
कामदेव सन्नद्ध युद्ध को
तरु छाया में ऋषि को लखकर।

लक्ष्य स्पष्ट था—
ध्यान तोड़ दें, चित्तवृत्तियों में कंपन हो
हो जाएँ वे क्षुब्ध, शान्ति भंग हो जाए उनका
और पुन: तब काम-भोग में
रास-रंग में औ' विलास में
आकर्षित कर, उन्हें डुबोकर
कपिलवस्तु ले जाकर फिर से
जग-संसारी उन्हें बना दें।

विरत करें उनको निश्चय से
कि सम्यक् सम्बोधि प्राप्त वे कर न पाएँ
धरा-धाम का त्रास कभी वे मिटा न पाएँ
और बुद्ध वे बोधिसत्व से बन न पाएँ।

मनुजमात्र का शत्रु पुष्पशर
विषय-वासना का लोकेश्वर
उन्हीं गुणों में आपूरित उनकी सन्तानें

पुत्र हर्ष थे औ' विभ्रम थे।
तीन पुत्रियाँ तीन लोक में थी अपूर्व वे रूप
यौवना
काम-रति में पूर्ण विज्ञ थीं
मोहन, मारण वशीकरण से वश करने में पूर्ण
निपुण थीं।

पीड़ा के प्रक्षेपास्त्र चलाने में वे बहुत कुशल थीं
सूर्य किरण या मन की गति से तेज
नयन के बाण चलाकर
कभी, कहीं से, किसी वेग से, लक्ष्य बेधकर
किसी मनुज के गुप्त हृदय के निगूढ़ भाव को
उकसाती, दुलराती औ' घायल करती थीं।
थे प्रहार इतने आकस्मिक
कि कोई भी तीन लोक में
बचकर नहीं निकल पाता था।

नहीं टिका सम्मुख कोई भी
घायल और पराजित होकर।
छोड़ सभी संकल्प, प्रतिज्ञा
चरणों पर प्रणमत हुए सब
आत्मसमर्पण कर सब कोई
लक्ष्यहीन, पथभ्रष्ट धरा पर
सदा-सदा के लिए हुए वे
वंचित, दंशित और प्रताड़ित।

ध्यान, तपस्या, प्रज्ञा की थीं महाशत्रु वे।
हाव-भाव के, काम-दाम के
पाश फेंकती, वश में करतीं सिद्ध पुरुष को।
काम प्रिया थीं,
रति के मारक बाण चलाकर बड़े-बड़ों को
उच्च स्थान से पदच्युत करतीं
ऊर्ध्वगामिनी शक्ति तोड़कर
शिखर स्थान से खींच धरातल पर ले आतीं।

ठहर न पाए ऋषि, महर्षि, योगी, संन्यासी
काम-बाण के दर्द झेलकर।
शीश उठाकर चलनेवाले हो जाते थे
इन तीनों की मारशक्ति के सम्मुख नतशिर।

कामदेव की सतत संगिनी
विकट महासंग्राम जीतकर
तीन लोक के महापुरुष के
गौरव, मान दलन करती थीं।
मारण विधा की प्रसिद्धि से
जटाजूट, तापस, साधक के
स्वाभिमान, सम्मान मान को
अवसर खोज भंग करती थीं।

बोधिसत्व की अटल प्रतिज्ञा
और तपस्या से विचलित हो
मार, धर्म का शत्रु बहुत विचलित था।
संचय कर, साहस बटोरकर
काम-युद्ध की विजयवाहिनी
पर, आशा की दृष्टि डालकर
ज्यों आश्वस्त हुए थे क्षण में
शंका के बादल घिर आए मन प्रदेश में।
तभी 'अरति' औ' 'तृषा' सुन्दरी
और 'प्रीति' सम मुग्ध यौवना
घातक अपने नयन बाण के प्रक्षेपास्त्र पर
महाभयानक, अतुलनीय, संहारक भीषण
दंशपूर्ण तीखे कटाक्ष को
बाँध दिखाई पड़ी समर में।

वही फौज जो चिर यौवन, भंगिमा-भाव से
उद्दीपित कर सुप्त वासना
मोहपाश में बाँध शत्रु को
निर्बल औ' निर्वीर्य बनाकर
पागी-सी उन्माद रंग में

अट्टहास करती आई थी
अपने स्वर्ग निलय को।

वही अविजित फौज देखकर
जो अजेय थी तीन लोक में
मार शक्ति को आँक
पराजय-भाव त्याग कर
नील गगन में विचरण करते
मेघखंड सम प्रबल घोष में
कामदेव ने किए प्रसारित
सेना को आदेश युद्ध के।

झूम, दाम औ' दंड भेद के
त्रिगुण रूप हे।
सखा, सखी, बन्धु स्वरूप है॥

मत समझो यह कृश शरीर का
ऋषि बैठा जो तरु के नीचे
दीन-हीन कंगाल मात्र है
जिसे पराजित तुम कर दोगी
पलक मारते कुछ ही क्षण में।

छद्मवेश में
संकल्पों का कवच पहन रखा है इसने।
तत्त्व धनुष पर बाण चढ़ाकर मुक्ति चाह का
धरा धाम के सब मानव को
भव-सागर के कष्ट साध्य जितने पड़ाव हैं
लाखों-लाख योनि से उनको मुक्ति दिलाकर
दृश्य जगत को अर्थहीन कर
हमको, तुमको, स्वर्ग लोक को
नष्ट भ्रष्ट कर, इसे मिटाकर
अभिलाषी है महासूक्ष्म निर्वाण लोक का।

विषय-वासना औ' विलास पर विजय प्राप्त कर
मोक्ष मार्ग का अन्वेषण कर

धरा धाम के सब प्राणी को मुक्ति दिलाकर
गर संकल्प पूर्ण कर लेगा
सुनो तृषा हे! सुनो दर्प, विभ्रम पुत्री हे।
जीवन का उल्लास, जवानी की अँगड़ाई
रास-रंग, मद, काम भोग को
तिलांजलि दे, मर्यादित कर जन-जीवन को
धरावाासियों की ईर्ष्या की अलकापुरी को,
सुख-सौरभ-सम्पन्न स्वर्ग को
सब सुख से वंचित कर देगा
स्वर्गलोक से नीचे भू पर
सबको निर्वासित कर देगा।

हे अनंग के युद्ध विशारद
महासमर के सेनापतिगण।
स्वर्गलोक से अध:पतन होगा धरती पर
अपमानित होकर सामान्य मानव-सा जीवन
जीओगे जब तुम सब भू पर,
कभी ग्रीष्म-ज्वाला में तप कर
कभी ठंड से कंपित होकर
भू के दाह दंश से पीड़ित
मानव निर्मित नियम, प्रथा से
बाधित और व्यथित होकर जब
स्वर्ग सुखों से दूर, धरणी पर कष्ट सहोगे
क्या होगा उपचार? अवधि क्या?
पुनः स्वर्ग पाने की इच्छा
लेकर कहाँ-कहाँ भटकोगे?
कौन कहे कितने जन्मों तक?

तीक्ष्ण नयन के बाण चलाओ
सन्धानों वे तीन विलक्षण
जो अकाट्य हैं, जो अजेय हैं,
काम, मोह के मद, विलास के।
महाविनाशक बाण चलाओ
जो अदृश्य हैं मनुज दृष्टि से,

छिपे प्रतीक्षारत सदैव हैं
गर्वोन्नत उरोज के उच्च शिखर के
मध्य प्रवाहित मदन धार में।
यौवन के भीषण दावानल
बीच डालकर उसे जला दो
खार-क्षार कर राख प्रवाहित करो
धार में निरंजना की।
मत जाने दो उसे पार कर
भोग-वासना की परिधि से
निष्कंटक, भयरहित, निरापद।

महामोक्ष के अभय क्षेत्र में।
बाँधो उसको अँगड़ाई के मोहपाश में,
कुसुम कलेवर के अजेय उत्तुंग शिखर की
उपत्यका में भरमाओ, ललचाओ उसको
तोड़ न पाए मोहपाश वह कंचन-सी काया का
और बढ़े न मनुज मुक्ति के पावन पथ पर,
करो आक्रमण, घेरो उसको सभी दिशा से।

सावधान तैयार रहो
अब समर निकट है।
असतु, अशिष्ट, अभद्र, सभी वृत्तियों को
झंझा, तड़ित, वायु, विप्लव को
भेज निमंत्रण तुरन्त बुला लो
कहो उन्हें यह युद्ध विकट है।

महायुद्ध आदेश प्रसारित कर अनंग तब
क्रोध, घृणा, भय के प्रभाव से
विकृत अपना रूप बदलकर
विनय नम्रता का स्वरूप बन
पहुँचा बोधिसत्व के सम्मुख।

बदले स्वरूप में,
अतिशय मिठास से सिक्त मधुर वाणी में

ओढ़ नम्रता, छिपा वास्तविक रूप
स्पर्श कर चरण प्रार्थना की भाषा में
कामदेव बोला महर्षि से—

ऋषिवर! हूँ मैं धन्य आपका दर्शन पाकर
यह मिट्टी है धन्य पधारे आप जहाँ पर।
जग कल्याण लक्ष्य से प्रेरित
पीड़ा, व्यथा, कष्ट सब सह कर
मुक्ति राह का पता लगाने
पहुँचे हे प्रभु! इस पड़ाव पर।
महास्तुत्य हैं,
धन्य आप हैं।

अतुलनीय जन आप धरा के
है अपूर्व बलिदान आपका
धरा धाम के पुत्र यशस्वी
है असीम जन-प्रेम आपका।

हे क्षत्रिय कुल के आभूषण।
कपिलवस्तु के पूजित श्रीमन्।
शाक्य वंश के राजकुँवर हैं।
क्षत्रिय नहीं डरा करते कभी मृत्यु से
पुण्य मोक्ष का नहीं विवेचन वे करते हैं।

धनुष-बाण की शक्ति दिखाकर
अश्वमेध के धरणि जीतकर
राजाधिराज का मुकुट पहन वे
विजित पर शासन करते हैं

स्वर्ण, रतन, वैभव समेटकर,
मुक्त हस्त से उसे लुटाएँ
समृद्धिवान हो प्रजा आपकी
सुयश आपका घर-घर गाएँ।

नहीं तपस्या धर्म आपका
नहीं कष्ट, पीड़ा का सहना।
कुसुम, कामिनी में रस लेकर
जीवन में आनन्द मनाना।

शाक्य नगर की प्रजा दुखी है
मौन महल हैं, शान्त अटारी
माता, पिता, स्वजन परिजन के
व्याकुल मन है दु:ख से भारी।

जीवन का है अर्थ भोग में
जीवन वैभव है, विलास है।
भ्रमर बनें, चूमें, रस चूसें
मादक जग की कली-कली का,
सिक्त अधर कर, चल दें सत्वर
नई प्रेयसी, सुभग, सुन्दरी की तलाश में।

संन्यासी का भेष त्याग कर
धरा धाम के ओर-छोर पर,
जल पर, थल पर, सब प्राणी पर
राज्य करें, जीतें दिल सब का
महाप्रतापी राजा बनकर।
सुख दें उनको
सुख भोगों का लें आनन्द स्वयं भी
और बनें सम्राट
निष्कंटक धरा धाम पर।

मुक्ति, मोक्ष केवल छलना है,
पृथ्वी एक प्रमाणित सच है
शेष सभी केवल सपना है।
एक व्यक्ति वह
भद्र पुरुष-सा
सहज, सरलता के प्रतीक-सा
कर जोड़े, मुसकान होंठ पर लिये खड़ा था

आकर्षक था और निवेदन किए जा रहा
किन्तु कहीं अन्तर्विरोध भी टपक रहा था।

नहीं क्रोध, आक्रोश जरा भी
ममता सिक्त मधुर वाणी में
पूछा बोधिसत्व ने उससे
कौन आप हैं?
प्रकट रूप है सच या
आप खड़े हैं छद्मवेश में?

बिन चाहे, बिन माँगे यह उपदेश
कौन तुम? क्यों देते हो?
क्यों वर्षों की कठिन साधना तोड़
मुझे तुम भोग व्याल के मृत्यु ग्रास में डाल
सभी अर्जित अनुभव को, सद्वृत्तियों को
खार-क्षार करना चाहते हो?

विजय प्राप्त कर सांसारिक सुख औ' विलास पर
राहुल, गोपा, प्रजा, स्वजन औ' राजपाट पर
खोज रहा हूँ द्वार मनुज के मुक्ति पंथ का,
राह कठिन था, वर्ष अनेक लगे पहुँचने में मुझको
अन्तिम पड़ाव पर।
सब झेला यह आस लिये जग-जीवन की अर्चना करूँगा
या शरीर को छोड़ यहीं यात्रा समाप्त कर
मिट जाऊँगा, मिल जाऊँगा पंचतत्त्व में।
कौन तुम, मित्र, सखा या मेरे शत्रु?
क्यों उपदेश सुनाते मुझको छद्म भेष में?
सुनो खोलकर कान और मन के कपाट को—
धरा विकल है
प्राणी उसके विपन्न
जो कठिन यातना झेल रहे हैं।
दावानल जो जला रहा धरती को हर क्षण
जिसमें जलकर, झुलस झुलसकर
कब से चीख रहा मानव मन

स्वार्थ, भोग की उसी अग्नि को
पुनः सौंप दूँ
अपना जीवन, जन का जीवन,
और लौटकर पुनः जगत में
ललच-ललच कर, संयम खोकर, हार मान लूँ?

वापस जाऊँ?
भूल-भुलैया से पीड़ित उस
सारहीन, निस्सार जगत में
पुनः लौटकर
जन्म-मरण के क्रूर चक्र में फिर से फँसकर
पुनः योनियों के पड़ाव पर
तन का वस्त्र बदलकर फिर-फिर
बार-बार मैं दर्शित होऊँ?

क्या संकल्प छोड़ दूँ अपना
धरा धाम के परित्राण का?
धरा, मनुज के यशः गान का?
होकर लीन स्वार्थ में अपने
धरावासियों को छल जाऊँ
छद्म भेष में
कलुषित मन से
वाणी में मिठास भरकर तुम
कौन साधना के वैरी हो?
क्यों देते उपदेश मुझे तुम
छोड़ साधना कपिलवस्तु में वापस जाकर
अशाश्वत, लौकिक सुख-दु:ख का
करूँ भोग मैं फिर से जग में?
तिल-तिल पिसकर पुनः चक्र में
मिट्टी के रजकण में मिलकर
हो जाऊँ अनाम, अस्तित्वहीन।

नहीं स्वर्ग सुख का इच्छुक हूँ
नहीं तुम्हारा राज्य चाहिए।

दूर बहुत मैं निकल चुका हूँ मोह राज्य से उठकर
नहीं चाहता जीवन का सुख संकल्पों को तजकर
भोग नहीं, ब्रह्मचर्य लक्ष्य है सुन लो हे अभिमानी
जग-चरित्र के परिमार्जन का मैं हूँ अविचल हामी
दावानल से ज्वलित जगत के प्राणी सभी विकल हैं
मुक्ति मार्ग कोई बतलाए, आशा लिये सकल है।
खोज रहा मैं महोपचार जग के रोग विविध का
मिला अगर तो अनत निकट है जब के कष्ट त्रिविध का।
कठिन यंत्रणा, काम, वासना का क्षय होगा भू पर
करुणा, शान्ति की निश्चित जय होगी धरती पर।

मार आज से तुम भी छोड़ो ये कुकर्म
जो सभ्य मानव समाज को
ललचाकर, उकसाकर, कुवृत्तियों में उसे फँसाकर
अध:पतन की ओर हर घड़ी ले जाता है।
मुक्ति मार्ग से उसे विमुख कर
जग मेले में आवागमन चक्र से लिपटे
भोग, लोभ, वैभव, विलास के हालागृह में
गेह-नेह में, माया में मंडित भरमाती मधुशाला में
छोड़ उसे तृष्णा के वन में
सतत ऊर्ध्वगामी ऊर्जा को मोड़
पराभव की घाटी में
बार-बार जो ले जाता है।

छोड़ो यह दुष्कर्म
विघ्न मत डालो
कठिन साधना की मेरी परिणति निकट है,
धरा धाम का, मनुज मुक्ति का नया सवेरा देखो झाँक
रहा है।
आँखें खोलो।
मार सोचकर देखो भू पर
अभिनव परिवर्तन आता है,
बदल रही हैं, बदलेंगी कितनी

रूप, आकृतियाँ।
आमूलचूल बदलाव धरा पर
त्वरित वेग से आएगा, आने दो
स्वागत करो उन्हें रोको मत।
आवाज सुनो! वह क्रान्ति आ रही
खून, लूट, संहार छोड़कर
एक भिखारिन के स्वरूप में
ममता, करुणा और अहिंसा
है उसकी संगिनी साथ में।

साँपों आज स्वयं अपने को
रूपान्तर के क्रान्तिकाल को।
तुम अपनी ही कुवृत्तियों में
कुपोषित दुर्गुण, अवगुण में
कायाकल्प आज होने दो,
तब सम्भव है
स्वर्गलोक से परे सुखद सम्भव है एक व्यवस्था
अभिनव वह अस्तित्व एक नूतन स्वरूप में।
मार स्वयं अपने स्वरूप में
गुण-अवगुण में
क्रिया-कलाप में
परिवर्तन होने दो

दृष्टिलोक में स्थित धरती पर
और दृष्टि से परे अनेक
परिवर्तन नूतन सम्भव है
मानव के उत्थान
और निर्माण हितों में।
तब धरती के और स्वर्ग के
मापदंड कितने टूटेंगे
और उसी क्षण
मार नये, अपरिचित मूल्यों की करो
स्थापना

मनुज मात्र से
नये सुभाषित सम्बन्धों की करो याचना।

शायद तब सम्भव हो
जीवन और मृत्यु का
धरा-धाम का, ब्रह्मलोक का
पूर्व और पाश्चात्य संस्कृति का
धर्म, कर्म, प्रचलित अधर्म का
भेद मिटे, दूरी मिट जाए
आपस के विद्वेष दूर हों
शत्रु, मित्र में
विविध पक्ष में औ' विपक्ष में
रूपान्तरित हुई कुवृत्तियाँ
सद्वृत्तियों के भिन्न स्वरों में
ब्रह्मलोक के विभिन्न स्वरों में
ब्रह्मलोक के विभिन्न खंड में
सहमति औ' सहयोग, समन्वय
स्थापित होकर
भावात्मक, वैचारिक और
राजतंत्र के स्तर पर
पुनः नये मूल्यों की रचना
मनुज कर सकें वसुंधरा पर।

और मार आज से छोड़ो ये संहार कार्य,
नई सृष्टि में नई संस्कृति की संरचना
करो तुम नई कल्पना नये सृजन की
नई धारणा तू नत, नम्र, विशिष्ट धर्म की।
बदलो यह आचरण
छोड़ दो कुत्सित अपकर्मों को।
शोक मनाओ, प्रायश्चित्त करो
त्याग कर अपराधों को।
स्वर्ग छोड़कर धरावासियों की
कैवल्य प्राप्ति में रुचि लो
दो सहयोग बनो यश भागी

मिले मुक्ति जन-जन को
मुक्ति मार्ग का पथिक बनो तुम
मिले तुम्हें भी मुक्ति धाम।

मानव समाज के उत्कर्षों का महाविरोधी
मनुज मात्र के सदाचार का वैरी भू पर
कुवृत्तियों के एक मात्र पोषक अनंग को
अपकर्मी को त्याग, धर्म का मार्ग
ग्रहण करने की शिक्षा देकर
करुणा और दया की निर्मल दृष्टि डालकर
एक बार जग को निहारकर
बोधिसत्व हो गए मौन।
मूँदकर कमल नयनद्वय
पहुँच गए तत्क्षण चिन्तन के अभय लोक में
पुनः खोज में मुक्ति मार्ग की।

मार पराजित
अप्रत्याशित घटना पहली थी
स्वर्गलोक की।
हुआ नहीं अब तक ऐसा था
तीन लोक में।

मार बहुत व्याकुल था।
एक साधारण धरा पुरुष ने
उसके उपदेशों को अमान्य कर
बदले में उसको सलाह दी,
स्वर्गलोक को छोड़ धरा के
मनुज मात्र के लिए मुक्ति की राह खोजने
और स्वयं भी मुक्ति प्राप्ति का करे परिश्रम।
ऐसा देकर उसे निमंत्रण
कितना उसका अपमान किया था।

कामदेव हतप्रभ, अवाक थे।
कितना क्रूर कटाक्ष किया था

वर्तमान पर, भूत और उसके भविष्य पर,
अधिपत्य, अधिकार और उसके प्रभुत्व पर
भोग-विलास के, काम-मोह के
मारक, मोहक, वशीकरण की
समर शक्ति को व्यर्थ बनाकर
संयम, धीरज औ' विवेक से
बना उसे असहाय
साधना हीन बनाया
तरु के नीचे बैठे उस साधारण धरापुरुष ने।

थर-थर गात, आँख से ज्वाला
लगी फूटने कामदेव के।
शालीनता, अतिशय मिठास के
कृत्रिम बाह्य आवरण तज कर
क्रोध-प्रकंपित कामदेव ने
लिया तान वह धनुष बाण
जिससे आशंकित बरबस रहते
संत-प्राण तीनों लोगों के।
पंच बाण विख्यात वही थे
जिनसे विद्ध हुए थे जग में
एड, शान्तनु, शूपर्क जैसे
बलशाली, वैभवशाली सम्राट धरा के।
विवश हुए थे इन बाणों के आघातों से
पुरुष श्रेष्ठ कितने धरती के।

किया धनुष टंकार चढ़ाया जग प्रसिद्ध
शर को डोरी पर सुप्रसिद्ध अपनी धन्वा की
स्मरण किए वे युद्ध भयंकर जो जीते थे
उन्हीं शरों से काम समर में तीन लोक के।

दशम सोपान

पश्चिम का आकाश

पश्चिम का आकाश लालिमापूर्ण
विदा देने का आतुर
श्रम से लथपथ दिवस देव को
जो ऊषा को चूम चला था
गगन पंथ पर सुबह सुबह ही
और स्मृतियाँ सुखद-दुःखद
कितने बटोरकर आ पहुँचा था
वह प्रतीचि के सुखद कक्ष में।

झंझावात उठा प्रलयंकर
चला जोर, झकझोर
सभी पादप गुल्मों को।
समझ मर्म शायद विनाश का
कुछ नतमस्तक हुए और कुछ
टूट गिरे बन भार धरा का।

सहोदरा आँधी भी आई
छिन्न-भिन्न करती पागल-सी
वर्तुल से आकार, धूल के गोले नभ में
उठे, मिटे फिर बने छोड़कर
महानाश के दृश्य जगत में।
सूखे तृण, पत्रों, पुष्पों को
पशुओं को, पक्षी, शावक को
धरा अंक से छीन उठाया
अन्धकार से व्याप्त गगन में।

सघन मेघ के ज्वार उठे नभ के आँगन में
छोटे, बड़े, विविध खंडों में होड़ मची थी।
टकराहट से जन्म-ग्रहण कर तड़ित क्रोध में
कभी त्रिभंगी, कभी वक्र बन
मार-धाड़-संहारशक्ति से
लगी डराने धरा, गगन को।
प्राणी सब भय से व्याकुल हो
विदा-अलविदा कह मन-ही-मन
प्रलय काल के मरण पर्व की
करने लगे प्रतीक्षा हर क्षण।

लक्ष्य मगर जो बोधिसत्व थे
तरु के नीचे आसनस्थ थे
ध्यानमग्न थे, निर्भय थे, विमुक्त थे सबसे।
धराधाम की घटनाओं से दूर बहुत थे
कामदेव के महाभयानक पंचबाण से जनित मोह का
कोई नहीं असर था उन पर।

पुष्पबाण या रति प्रयोग के
अस्त्र-शस्त्र न हुए सफल जब
कामदेव के अनुचरों ने
बोधिवृक्ष को घेर भयंकर
किया प्रदर्शन उन नृत्यों का
महाभयावह जो वीभत्स थे
डरे नहीं जब बोधिसत्व तब
अस्त्र-शस्त्र सन्धान किया था।

भाग्य आज पर कामदेव के नहीं साथ था।
गदा उठी जो मीठी रह गई
अस्त्र हाथ-के-हाथ रह गए।
वृक्ष, शिलाएँ गिरीं दूर में बोधिवृक्ष के
कम्पित हुआ धरणि का कण-कण,
पर ध्यानस्थ युवा योगी
नहीं प्रभाव था पड़ा स्वल्प भर।

पर्वत-शिखर, लौह के गोले
जलते हुए बड़े अंगारे
कामदेव के भूत-प्रेत ने
पुत्री रति, तृषा ने फेंके
पर सब व्यर्थ गए उस क्षण में।
आसमान, धरती की छाती
छिदी सहस्त्रों आघातों से
और वेदना से परिप्लावित
नया सिन्धु पीड़ा का भू पर
उमड़-घुमड़कर, मानव मन को
सिंचित कर अभिशप्त कर गया।

एक अकेले शाक्य ऋषभ थे
बोधिवृक्ष के नीचे तप में
और दूसरी ओर मार की सैन्यवाहिनी,
अक्षौहिणी अनेक घेरकर
विरल शस्त्र से सुसज्जित थीं।
सेनापति अदृश्य, अनूठे
कभी पराजित हुए न रण में।

प्रथम सैन्य का सेनानी था काम
दूसरे की 'अरति' स्वयं थीं।
क्षुधा-पिपासा तृतीय पंक्ति में
औ चतुर्थ की रूपगर्विता
तृषा सुन्दरी थी कमान में।
मादक नयन, वक्ष से मंडित
मग्धयौवनापुत्री द्वय थीं
कभी नयन से नयन मिलना चाहतीं
कभी दृष्टि से बचकर करतीं
मारक, कठिन प्रहार समर में।
स्त्यानमिद्ध (निद्र-तंद्रा) भी समर क्षेत्र में
आ पहुँचा जब तृषा पराजित हुई क्षणों में।
तभी भीक्ष्ता औ' शंका की
छठी फौज समर में आई,

सप्तसैन्य शक्ति का स्वामी
'संशय' कुटिल, छली था
आते ही फैलाया उसने जाल दिवांधता, शंका के,
थे प्रहार भीषण सब-के-सब
पर हारे वे, भागे पीठ दिखाकर।
अन्तिम और आठवीं सेना।
बड़ी प्रबल थी
क्रोध, अमर्ष साथ में अपने
अंगारों की बाढ़ लिये आई थी।

क्षण-क्षण में वे रूप बदलते
नभ में कभी, धरा पर आकर
जब तब हो अदृश्य चीखते
उन्हें डराने, धमकाने को
तरह-तरह का स्वाँग बनाते।

बोधिसत्व पर दूर काम के इन घातों में
दूर युद्ध के कोलाहल से
दूर दंश से अस्त्र-शस्त्र के
समरभूमि से दूर
ज्ञान के आरोहण में दत्तचित्त थे।
कलियुग के आरम्भ काल में
रातें आईं और गई थीं
पर वह रात, रात विह्वल-सी
अति डरावनी, महासर्पिणी-सी फण काढ़े
आगे-पीछे, अगल-बगल
धरती से ऊपर कुछ उठकर
रह-रहकर फुफकार छोड़ती
महानाश का नृत्य दिखाती लगी झूमने।

वर्षा आई
भूमि आर्द्र हो गई
पंक पीड़ा को लेकर
हहर-हहर-हहराती वायु

धधक-धधककर बुझकर बनी राख की ढेरी
बालू के अम्बार चतुर्दिक
अन्धकार से घिरी दिशाएँ।
शिलावृष्टि
अस्त्रों-शस्त्रों का घोर महारव।
कामिनियों के नूपुर
मेह का नृत्य भयावह।

गदराये यौवन से दीपित
ललनाओं के वक्ष, नयन मदमाते
बाण कँटीले
मर्मान्तक पीड़ा के दाता
चढ़ा काम ज्वर
चरम बिन्दु पर
नहीं पराभव, नहीं डिगे वे।

सभी असफल।
निर्विकार थे,
अविचलित थे, दृढ़ प्रतिज्ञ थे
सहन कर रहे थे प्रहार सब कामदेव के।
मायावी बादल, वर्षा
या आँधी, धूलकणों के पीछे
देख रहे थे बोधिसत्व
सब षड्यंत्रों को कामदेव के।

विपदाओं की आँधी लाकर
उन्हें डराकर, चाह रहा था
आकर्षित कर नई दिशा में
काम, भोग के
रति के तृषा अरति के मांसल
काम-अग्नि के मोहक आलिंगन में लेकर
पुनः धरा के गमन-आगमन की माया में
उन्हें फाँसकर, वापस लाना धरा लोक पर।

जिस दलदल को छोड़ दूर वे निकल चुके थे
जग के उन पंकिल घाटों से मद-विलास के
भोग-प्यास के अगनित मोहक पुष्प खिले जो
छिपा रहे थे कुत्सित, कुवृत्तियों के ब्रण को
जिन्हें मनुज ढोता आया था आदिकाल से
कठिन यातना सहकर अपने अंग-अंग से।

बोधिसत्व निश्चल, निर्मल थे
नहीं शिकन की हल्की-सी कोई रेखा भी
उभरी उनके मुखमंडल पर।

इधर मार के सभी आक्रमण विफल हो गए
छिन्न-छिन्न होकर सेनाएँ हुई पराजित।
स्वर्गलोक की प्रभुसत्ता का
धरावासियों पर प्रभुत्व का
प्रहरी 'मार' गिरा अपमानित
देवलोक की ऊँचाई से
महापराजय, अपमानों के गर्तलोक में।

आहत मार बहुत व्याकुल था।
गैरिक वस्त्र लपेटे एक सहज मानव से
पहली बार पराजित होकर
सोच रहा था—
कहाँ भूल की?
व्यर्थ गए क्यों
जो अचूक थे बाण?
विद्ध जिनसे प्रभु महादेव भी
कठिन तपस्या छोड़
पार्वती माँ पर मुग्ध हुए थे।

कभी प्रताड़ित, कभी दुखी हो
आन्दोलित मन पूछ रहा जब
ऐसी हार, पराजय ऐसी
क्या कारण थे? क्या रहस्य थे?

तीन लोक की विजय वाहिनी
क्यों हारी? क्यों हुई पराजित?

सभी हृदय के निगुढ़ कुंज से
कुछ अस्पष्ट और स्पष्ट कुछ
न्याय, सत्य की औ' विवेक की
वाणी मुख हुई थी उस क्षण।
कामदेव की अकथ व्यथा पर
लेप लगा ममता, करुणा का
सहमी, डरी हुई बोली थी—
'हे अनंग! मैं हूँ वाणी तेरे अन्तर की
आदि काल से साक्षी हूँ तेरे कार्यों की
सभी समर में, जीत-हार में, सभी फलाफल
देखा करती, लेखा करती
और चाहती तुम्हें बताना
कह न पाती जो सब सच है,
कह न पाई अभी आज तक।

नृत्य या कि परिहास-हास में
स्तुत्य या कि अस्तुत्य कार्य में
विजय हर्ष में या विनाश के विषम रंग में
मैं निष्पक्ष, निरन्तर तेरे आयोजन की
द्रष्टा मूक बनी रहती है।
वैभव में या मान-प्रतिष्ठा
या अपयश, लांछन, कलंक में
सुख की या दुःख की घड़ियों में
तेरे संग रहा करती हूँ।

युद्ध महादुर्धर्ष बहुत मैंने देखे हैं।
ऐड, शान्तनु या शूर्पक सम
बलशाली, वैभवशाली को काम भूमि में
लड़ते और पराजित होकर भूलुंठित होते देखा है
मगर पराजित होकर उनको
नर साधारण होकर जग में

बनते, मिटते और पुनः उठकर गौरव के
नये-नये उत्तुंग शिखर को
ध्वजमंडित करते देखा है।

हे अनंग पर नहीं हरा पाओगे इस मानव को,
दृढ़ निश्चय का धनी,
तेज का, दया, धर्म का मूर्त रूप है।
नहीं स्वार्थ-हित से प्रेरित यह
नहीं स्वयं की मुक्ति चाहता।
वसुन्धरा के वासी दु:ख से मुक्ति पा सकें
यही लक्ष्य लेकर जीता है।
यह संकल्प पूर्ण कर ही वह
तरु छाया को छोड़ हटेगा।
महाप्रतापी दिनकर है वह धरा धाम का
माया, मोह, भाग, तृष्णा के
सभी कुहासे चीर हँसेगा।
है प्रकाश से दीपित वह मार्तंड भूमि का
ज्ञान-रश्मि से जग का ताप हरेगा।
हे अनंग! तुम देखो उसका नवस्वरूप
वह शान्तिदूत है
शान्ति-ज्योति से अमृतत्व सरसेगा
पीएँगे छककर प्राणीगण निखिल विश्व के
जीवन धन्य बनेगा।

काल भाल पर विजयवाहिनी ने
अंकित जो किए प्रतिष्ठा-चिह्न तुम्हारे
अन्तर्हित इन प्रशस्तियों के मूलभाव से मैं परिचित हूँ।
हे अनंग! मैं ज्वलित वर्तिका कर्मदीप की तेरे
उस प्रकाश में पढ़ो स्वयं अपने चरित्र को
अब तक के अर्जित गौरव को
जीत-हार को, यश-अपयश को।

काल खंड के वे पड़ाव कितने मोहक थे
सतयुग के, द्वापर, त्रेता के

जग के घर आतिथ्य प्राप्त कर
उन राहों में रुककर, प्रसन्न थे।
किन्तु आज कलियुग के तट पर
छायी कितनी घोर विषमता
ज्ञानी-ध्यानी दूर खड़े हैं
रोती फूट-फूटकर समता।

तरु के नीचे महापुरुष जो बैठा ध्यान लगाकर
त्रसित धरा का वरद पुत्र वह मुक्ति मार्ग खोजेगा।
अवतारी वह पुरुष धरा का, तप को भंग करो मत
और स्वयं अपमानित होकर, अपयश ग्रहण करो मत॥
हे अनंग! यह युवा भिखारी, नहीं स्वार्थप्रेरित है।
देकर सुधा जगत को, अपने विष का पान करेगा।
मत रोको, मत रोको उसको, दाता बड़ा विरल है
राज-पाट क्या! सब कुछ देकर, जीवन दान करेगा।

दृढ़प्रतिज्ञ है, नहीं असम्भव कुछ भी है धरती पर
मिल मोक्ष सरे प्राणी को, नई राह खोजेगा।
सत्-चित्-भावविहीन धरा है, अन्धकार फैला है
असत् विचारों के प्रभाव से, भू आँचल मैला है।
मोह, लोभ तृष्णा, माया का फैला गहन कुहासा
ज्ञान-दीप प्रज्वलित कर वह तम का नाश करेगा।
धरा विकल है—
घृणा, द्वेष, प्रतिकार, पराभव से ज्वारों से
धरा द्वेष कर झूम उठेगी
पाएगी जब मुक्ति दु:खों के अंगारों से।

हे मेरे बाह्यन्तर। मेरे कामरूप॥
विघ्न मत डालो उसके सत्कर्मों में
आर्य पुरुष वह, सब उसे दो दु:ख का भार हरण करने में
देखा तुम अपने भविष्य में
भूत याद कर, संशोधित कर वर्तमान को,
नई दिशा लो
देव पुरुष से,

स्वर्ग, धरा से,
भोग, त्याग से,
अगनजग के सब भाव, राग से।

हे अनंग! यह समर धरा का
अद्‌भुत है, अपूर्व है ऐसा
देखा नहीं धरा पर जैसा किन्हीं युगों में।
युद्ध आज तक हुआ तुम्हारा जिन पुरुषों से
वे अपने स्वार्थों में रत थे
चिन्ता नहीं कभी थी उनको
अपनी दीन प्रजा के दुःख से।

तुम्हें याद है—
परम सुन्दरी, थी चीवर की अनुपम स्त्री
खड़ी देहली पर यौवन के रंग-बिरंगे, स्वप्न सजाकर
मद से सराबोर आकर्षित दोनों नयन खोलकर
देख रही थी अखिल विश्व में
रूप और यौवन के अपने प्रतिबिम्ब को।

तभी एक दिन
कथा सुनी थी जनश्रुतियों में
जिसके शौर्य और विक्रम की
वही शान्तनु, अश्वमेध के वीर रचयिता
मछुए की कुटिया के दर पर
भिक्षा पात्र हृदय का लेकर,
राज-पाट, हीरा-मोती के,
अगनित थाल सजाकर
मौन खड़े थे, माँग रहे थे
प्रणय भीख चीवर कन्या से गंगा तट पर।

मछुआरा था
पर था चतुर, सुजान अनोखा।
माँग लिया था राज्य हस्तिनापुर का उसने
पुत्र मत्स्यगन्धा का बैठे
महाराज के उस आसन पर

जो प्रतीक था बहुत काल से
भरत के शौर्य विक्रम, विलास का
सत्ता के उस सिंहासन पर।

मिली सुन्दरी चीवर कन्या,
यौवन की मादक खुमारी के
कुछ क्षण और बढ़े थे।
देवपुरुष-सा देवव्रत वह युवा वयस का
पुत्ररत्न या तत्क्षण हुआ राज्य से वंचित।

विडम्बना थी—
मोह काम, मद से पीड़ित उस राजपुरुष के
जीवन के स्वर्णिम लक्ष्यों को
कैद किया चीवर कन्या ने
मोहसिक्त मांसल बाँहों में।

हे अनंग! अपने स्वभाव अनुरूप प्रसन्न थे
तुम राजा की टीस बढ़ाकर
दिन-प्रतिदिन मद-मोह बुद्धि कर।
तुम्हें सफलता मिली, पुत्र ने जब स्वीकारा
अनुचित कठिन शर्त चीवर की।
गिरे शान्तनु युग से स्थापित आदर्शों से
जब मोहित हो रूप-रंग पर
अपनी तृषा-तृष्टि-हित केवल
राज-पाट सब दाँव लगाकर।
जब भीष्म प्रतिज्ञा हुई धरा पर।
धरा, गगन, पाताल
लोक के सभी निवासी
मानव किन्नर और अनन्त तुम भी
देवलोक के सभी देवगण
सबके सब रह गए मौन
न कोई कुछ भी बोला था
जब ज्ञान ध्यान के प्रबल पुंज
शान्तनु पुत्र ने भीष्म प्रतिज्ञा लिया धरा पर।

नहीं राज्य का त्याग किया था कभी एड या शान्तनु ने
न माता को, पिता, पुत्र को छोड़ बिलखते।
परिव्राजक का भेष लिये वे वन की राह गए थे।
अखिल विश्व के सभी प्राण में
प्रतिच्छाया ने देखी उसने
नहीं लिया संकल्प कभी था
मुक्ति मार्ग पाने का जग में।

हे अनंग! तुमने देखा था
ऐसे राजपुरुष को
भटक रहा जो वन-कानन में
जन के लिए विकल हो
कठिन साधना में निमग्न जो खोज रहा हो
महाऔषधि जग के विविध दु:खों की
जरा, व्याधि की, मृत्यु और जीवन की।

पर यह ऋषिवर
नहीं सहज मानव धरती का
नहीं खोजता मत्स्य सुन्दरी
त्याग अनेक अपूर्व कामिनी
छोड़ सभी कुछ वह आया है,
करूँ मृत्यु का वरण अगर न मोक्ष मिले तो,
यह संकल्प लिये बैठा है।

हे अनंग! जीते हैं तुमने युद्ध बहुत तीनों लोकों में
पर यह समर अनूठा जिसमें भिक्षुक एक सैन्य, सेनानी
अस्त्र-शस्त्र से हीन, नहीं है तन पर भी साज, कवच
केवल है संकल्प और बस इसी अस्त्र के सम्मुख तेरी
वृहद-वाहिनी भागी पीठ दिखाकर।
हे अनंग! है स्मरण तुम्हें क्या कोई ऐसा समर,
कहीं पर, किसी काल में, द्वापर, त्रेता या कलियुग में
जहाँ तुम्हारी सेना हारी
सिर्फ एक मानव के सम्मुख ऐसे गिरा समर में?

बन्द करो उपदेश बहुत दे चुके,
याद मत मुझे दिलाओ हार
दंश हृदय को जिसका साल रहा है।

अवसर पाकर तभी दुष्ट मन कामदेव का
चीख-चीखकर बोल उठा था—

तेरा मन है एक, वही मैं बोल रहा हूँ
यह अन्तर्मन कौन, कहाँ से, क्यों आया है?
दुरभिसंधि यह, पाखंडों का यह ढकोसला
यह प्रलाप, यह अर्थहीन और
शंकाओं से ग्रस्त घिरा है।
बन्द करो वाणी जो तुमको कठिन घड़ी में
समर भूमि में हतोत्साह करती है,
विस्मृत करो बहाकर उसका समय लहर के
उठते-गिरते क्रुद्ध भँवर में।

अन्तर की वाणी यह दुष्टा
तुम्हें हटाकर दूर कुपथ पर
लक्ष्यहीन कर, पद से च्युत कर
देकर झूठ दुहाई भू के
मानव के कल्याण कार्य की,
बहकाकर, भूतल पर लाकर
जगत व्याप्त षड्यंत्र, छलों में
तुम्हें फँसाकर, भरमाएगी
खंडित कर व्यक्तित्व तुम्हारा
स्वयं हँसेगी, मुस्काएगी।

सुरा-सुन्दरी हित जो व्याकुल
मद, विलास में लिप्स सदा जो
धरती के ऐसे मानव के
पूज्य देवता एक तुम्हीं हो।
ज्ञानी, संन्यासी, अपराधी
या उद्दंड धरा के वासी

तेरे पुष्प शरों से दंशित
घूमा करते बँधे तार से
और उन्हें तुम नचा-नचाकर
उन पर राज्य किया करते हो।

उसी धरा पर, उन्हीं प्राणियों के सम्मुख तुम
शीश नवाकर, हाथ जोड़कर, क्षमा माँगकर
कल्पित मोक्ष प्राप्ति के श्रम में हाथ बँटाओ?
भूल स्वयं की शक्ति, भूत को और भविष्यत्, वर्तमान को
विस्मृति की चादर से ढककर, भूलोगे क्या तुम स्वयं आपको?
देवगणों की मान-प्रतिष्ठा खाक मिलाकर
स्वर्गवासियों के गौरव को धूल मिलाकर—क्या पाओगे?

सिर्फ लांछना, और प्रताड़ना व्यंग और अपमान
धरावासी का क्षण-क्षण
भ्रान्तिपूर्ण, दलदल, कीचड़ से परिपूर्ण जगती की राहें
क्षुद्र स्वार्थ के कारण उठती अपनों पर अपनों की बाँहें।
हे अनंग! धरती पर जाकर मिट जाओगे, पिस जाओगे।
षड्यंत्रों में, छलनाओं में सिमट-लिपटकर रह जाओगे।
अतः भूल अन्तर की वाणी को करो समर की फिर तैयारी
जीतोगे इस तुच्छ मनुज से, बाजी जिसे तुमने हारी।

दो व्यक्तित्व काम के दोनों अपनी बात अड़े थे,
कामदेव बाह्यान्तर, अन्तर के संघर्षों बीच खड़े थे।
क्या सच है, क्या झूठ है, कौन उसका हितकारी
भूत, भविष्यत्, वर्तमान में कौन कहाँ कितनी उपकारी।

सोच रहा था मार राह अब एक बची कि...
तभी मार की अन्तरवाणी
पुनः लक्ष्य कर बोल उठी थी—

हे अनंग! मत करो समर आयोजन फिर से
सैन्य और सेनानी सब हैं गए युद्ध को छोड़ कभी के,

काम, मोह, मद और विलास के अस्त्र सभी निष्फल हैं
रति, तृषा के नयनबाण भी हुए सभी असफल हैं।

चलो लौटकर स्वर्ण निलय में
जहाँ प्रतीक्षारत सब व्याकुल
बाट जोहते सब आने की
भारी मन से सब हैं आकुल।

फले धरा का पुण्य, मुक्ति का गान उसे गाने दो
जन्म-मरण के महाजाल से निकल उसे जाने दो।
नहीं साधारण मनुज धरा का, वह कोई योगी है
पुत्ररत्न वह वसुन्धरा का, न कोई भोगी है।

हे अनंग! आशीष दो उसको
शुभाशीष दो चलो यहाँ से
देखो दूर क्षितिज के तट पर
देखो समय भाल पर अंकित—

अखिल विश्व के सभी जीव में,
आत्मा एक अमर है
प्रेम कलश से सदा प्रवाहित
रस उसका जीवन है।
बुद्धि, स्मृति की शाखाओं पर
जो चरित्र के सौम्य कुसुम हैं
अन्तः चक्षु खोलकर देखो
ये चरित्र के पुष्प बदलकर
बनें कर्म के मीठे फल हैं।

खिन्न और उद्विग्न
हार से बहुत भयातुर
शंकाओं से घिरा मार तब
बार-बार यह सोच रहा था—
मानूँ किसी बात
कौन सम्मान बचाकर

कठिन परीक्षा के इस क्षण में
ले जाएगा उचित मार्ग पर।

तीन क्रुद्ध बाह्यान्तर उसका
पुनः बहुत कुछ
कहने को बलबला उठा था—
पर अनंग के मुख पर कुछ अद्‌भुत भावों को
निर्मित, परिवर्तित देखा था।
क्षण में रूप बदलकर उनको
नया रूप धरते देखा था
जिसे देखकर, विचलित होकर
कुछ न कहना उचित मानकर,
भयातुर वह मौन रहा था।

मार हो गया दूर बहुत
बाह्यान्तर, अन्तर के तुमुल युद्ध से।
ज्ञान चक्षु जो खुला हार के बाद
मार ने उससे देखा
तरु के नीचे ऋषि मस्तक पर
थे प्रकाश के पुंज घूमते
और हाथ में धर्मचक्र-सा घूम रहा था।
नहीं हुआ विश्वास, स्वयं पर
देखा आँख खोलकर फिर-फिर
विस्मित और चकित हो देखा
आभा एक निराली ऋषि के मुखमंडल पर
घूम रही अनवरत शान्ति का सुख देती थी॥

पर फिर भी साहस बटोरकर
बोधिसत्व के पास पहुँचकर
मार ढिठाई से बोला था—
हे सिद्धार्थ! उठो आसन से
योग्य नहीं तुम, मैं केवल हूँ
अधिकारी अपूर्व आसन का।

बोधिसत्व ने मौन तोड़कर पूछा—
कहो मार! क्या पूरी की है
दस वे पारमिताएँ जिससे
इस आसन को तेरे लिए छोड़ दूँ?
वे उप-पारमिताएँ कितनी
कहाँ? कौन सी पूरी की हैं?
बोलो सच-सच

कौन-कौन से त्याग किए हैं
जग के पाँच महान् त्याग में?
नहीं लोकहित, नहीं जाति-हित
कभी किया है कोई पुण्य आचरण तुमने
फिर कैसे, क्यों इस आसन का
अधिकारी कहते अपने को?

युद्ध हारकर
सूझ-बूझ अपनी सब खोकर
मार अचानक चीख उठा था—
पाँच महान दान में तुमने
कौन-कौन से दान किए हैं?
पारमिताएँ कब और कहाँ पूर्ण कीं तुमने?
सर्वश्रेष्ठ आसन पाने के अधिकारी कैसे हो?
साक्ष्य कौन सा? साक्षी तेरा कौन यहाँ है?

बोधिसत्व के मुख पर अद्‌भुत
आभा हुई प्रकाशित
और उसी क्षण हाथ दाहिना
चीवर से निकाल पृथ्वी को
इंगित कर बोले थे—
मैंने क्या-क्या दान किए हैं?
इसकी सर्वश्रेष्ठ साक्षिणी तू है
तू अवचेतन, ठोस, धरा माता ही मेरे
पुण्यकर्म की है गवाह इस क्षण में।

भूमिस्पर्श मुद्रा देखा था धराधाम ने।
सज्जन में आनन्द और दुर्जन में तत्क्षण
शोक भयानक समा गया था
बची-खुची सेना अनंग की
जिसे जहाँ जो राह मिली थी
भागी प्राण बचाकर।

कामदेव चिन्ता में व्याकुल
सोच रहा था चरण-स्पर्श कर
क्षमा माँग लूँ?
झिझक गया पर
साहस नहीं जुटा पाया था
और उसी क्षण अन्तर्वाणी के आग्रह पर
निकल पड़ा आकुल-व्याकुल हो
अपने स्वर्ण-निलय को।

हर्ष और विस्मय, विषाद के
तीखे-मीठे अनुभव लेकर
पर तन-मन दोनों से हारे
अन्यमनस्क-सा कामदेव था
बढ़ा निलय की ओर,
क्षमा की और खीझ की
दृष्टि डालकर तरु के नीचे
बोधिसत्व पर।

एकादश सोपान

ऊँ शान्ति

मार पराजित देख लोक ने
'ऊँ शान्ति' का घोष किया था।
निर्मल था आकाश
धरा पर आह्लादित होकर सरिताएँ
इठलाती, बलखातीं लौटीं
स्वच्छ वारि ले पूर्व मार्ग पर।
थे तड़ाग आपूरित जल से
वन-प्रान्तर में, वृक्ष कुंज ने
मरमर स्वर में नाद किया था।
हृदय-प्राण में, तन में, मन में
धराधाम के जड़, चेतन में
कष्ट, दु:खों से मुक्ति प्राप्ति का
एक नया विश्वास जगा था।

मार पराजित
विहँस उठा था कण-कण जग का,
प्रमुदित हुए जगत के प्राणी
शुभ्र चाँदनी, ने धरती पर
राशि-राशि थे माती बिखरे।
सद्य:स्नाता हुईं दिशाएँ
रजत किरण में
वन, प्रान्तर, धरती सब निखरे।
मुखर चाँदनी के स्वागत में
बन-ठन आई निशा सुन्दरी।

स्वागत में महर्षि के सबने
गाये गीत,
हर्ष की लोरी।

कालखंड के उन बीते संहारक क्षण में
प्रकृति मार के क्रूर प्रहारों की दर्शक थी।
मगर देखकर सुखद विजय अन्तिम घड़ियों में
अस्ताचल पर रुके सूर्य से
शेष किरण के हार माँगकर
उद्भाषित कुछ स्वर्ण सरीखे
और चमकते उनमें कुछ रक्ताभ रंग से,
तीन पहर के श्रम से दीपित दिवस देव ने
डाल गले में शाक्य ऋषभ के
नमस्कार कर, विदा माँगकर
संध्या के संग गए
निशा की अगवानी में।

तन-मन निर्मल धरा, गगन का
शान्त, स्निग्ध आत्मा मुखरित थी।
सभी कुवृत्तियाँ—
क्रोध, द्वेष, ईर्ष्या, माया की
भाग छिपीं अज्ञात लोक में।
प्रेम, दया, करुणा, ममता ने
तन-मन की पीड़ा समेटकर
शीतल, सुखद, प्रेरणादायी
भाव हिलोरों से दुलराकर
प्रेरित किया पुनः गौतम को
महामुक्ति के पावन पथ पर।

बोधिसत्व
निरपेक्ष भाव से
देख पराभव कामदेव का
लगे सोचने—

कितना क्षणभंगुर जीवन और
सुख, सौरभ, सम्मान धरा का।
महाशक्तिशाली, बलशाली
तीन लोक ब्रह्मांड सकल में
भय, पीड़ा, संत्रास साथ जिसके चलते हों
क्षण में महाप्रलय जो करता
वही मार जिससे सारी दुनिया डरती हो
स्वयं पराजित, भागा प्राण बचाकर।

पतन हुआ है अहंकार का
उस घमंड का
अकड़, ऐंठकर जो चलता था।
उसी मार की आज पराजय
देता क्या संकेत?
अर्थ क्या इसका?

एक सत्य की शाश्वत जग में
मरणशील वसुधा के प्राणी
स्वर्ग या कि धरती के सब सुख
अस्थायी हैं, तृणवत् सारे
दु:खदायी सारे हैं भू पर

सुख-दु:ख जनित मनुज की आहें
मुक्ति प्राप्त करने की चाहें
मोक्ष मिले जग के प्राणी को
सरल, सुगम ऐसी जो राहें
अंकित कर लूँ, उन्हें बता दूँ
यह संकल्प पुनः लेता हूँ।

प्रजा, स्वजन, माया, ममता के
बन्धन तोड़ पहुँच पाया हूँ
ज्ञान प्राप्ति के इस पड़ाव तक।
क्रूर मार के ये प्रहार भी
निष्फल हुए, मिटीं बाधाएँ

मुक्ति मार्ग के अन्वेषण का
सम्भव लगता पथ प्रशस्त है।

विदा धरा है, धरावासियो।
विदा सकल ब्रह्मांड, विदा हे।
जन्म-मरण के कष्ट जाल को
नष्ट करूँ, प्रण दुहराता हूँ।
गमन-आगमन की पीड़ा की
महाऔषधि लेकर आऊँ
मृत्युंजय बनने का भू पर
अमृत कलश खोज मैं लाऊँ
दृढ़ प्रतिज्ञ मैं, शुभाशीष दो
सफल हुआ तो पुनः मिलूँगा
या प्रयास के क्रम में मिटकर
एक नई श्रमस्थली बनाकर
तुम्हें नमन कर मिट जाऊँगा।

मौन हो गए
भूल धरा को
जग प्राणी को
जग के सुख-दुःख
जगत भाव को।

अहंकार, अभिमान—
नम्रता और अहिंसा
अन्वेषण की चाह,
रोकने का दुर्दम प्रयास भी,
सद्गुण, दुर्गुण, सभी प्रवृत्तियाँ
मार और ऋषि के प्रभाव में
जो अद्भुत था धरा धाम पर
किन्तु अन्त में कुवृत्तियों की
हुई पराजय
जीता सद्गुण
जीता मानव वीर प्रणेता।

सभी वृत्तियाँ
भूल स्वाभाविक गुण, दोषों को
मिलीं, मिटीं, अस्तित्व भूलकर
बोधिसत्व की राह बिछ गईं
बनी स्वच्छ सोपान
ध्यान के प्रथम चरण में
प्रथम याम में
पूर्णचन्द्र की महारात्रि में।

वैशाख मास था।
धूल, धूप, धुक्कड़ से ऊबकर
दिवस छिपा जा अस्ताचल में।
धरती के झुलसे प्राणी ने
दंशित, जलचर, थलचर नभ ने
ली राहत की साँस
ग्रीष्म का एक और दिन
दाग छोड़ घातक प्रहार का
अभी गया था
थका-थका-सा
जा प्रतीचि की गोद छिपा था।

अनुपम अवसर
शान्त, सुखद, परिवेश मनोहर
बोधिसत्व
सब बाधाओं पर विजय प्राप्त कर
पूर्ण चाँदनी से आच्छादित
प्रथम याम में लगे बिचरने।

आरोहण के प्रथम चरण में
देखा सदियों पूर्व स्वयं को
अगनित बार जन्म ले-लेकर
भिन्न-भिन्न योनियों बीच में
कभी धार में, कभी किनारे

कभी भँवर में डूब निकलते
और कभी आ लगते तट पर।

महाकाल के परा खंड में
परम्परागत समय-काल की गणना से भी परे
कौसमीक समय धार में बहते पाया स्वयं आपको,
जहाँ 'आज', 'कल' की परिभाषा अर्थहीन थीं,
और जहाँ इतिहास स्वयं अपने को खोकर
वृहत्काल के चक्रव्यूह
बुझा-बुझा सा, नतशिर खड़ा दीन लगता था।
मात्र अंश, क्षण, पल सा लघु अपने स्वरूप को
महाकाल के वृहत् भाल पर
टंका देख आश्चर्यचकित था।
यह था वह परिवेश जहाँ पर
महाकाल के अबूझ अंक में
देखा शाक्यऋषभ ने अपने भिन्न-भिन्न कितने
स्वरूप को।

एक नहीं
सैकड़ों जन्म धारण करते, मिटते देखा फिर
गमन-आगमन की परिधि में,
वह परिधि जो अन्तहीन थी, जो अटूट थी
दृश्य लोक से परे दूर थी।
घूम रहे थे बार-बार वे
नया रूप धारण करते थे
भ्रमण कर रहे इन रूपों में
धरावासियों के कष्टों की
मुक्तिकामना लिये हुए थे।

सदियों बाद धरा पर आए
हुए अवतरित कपिलवस्तु में।
मात्र पाँच सौ वर्ष पूर्व जब
प्रभु यीशु ने किया उपकृत
धराधाम को महात्याग से।

शाक्यमुनि से बुद्ध बने वे
मानव को पीड़ा-कष्टों से त्राण दिलाने
मोक्ष मार्ग का कोमल अंकुर
जन-जन में पनपाया उनने।

इन्हीं जन्म के रोमांचित दृश्यों में देखा
एक जन्म को,
शुभारम्भ उस महापंथ का
जिस पर चलकर
शाक्यमुनि से बोधिसत्व,
फिर बुद्ध बने थे।

क्यों कर, कैसे और कहाँ पर
निखिल विश्व के किस कोने में
वह नन्हा सा दीप जला था
कठिन साधना का रस पीकर
जो प्रकाश का पुंज बना था।

प्रश्न उठा ज्यों
देखा त्योंही
चौबीस पीढ़ी पूर्वजन्म को
आदि बुद्ध दीपंकर ने आशीष दिया जब,
कपिलवस्तु में जन्मग्रहण कर
शाक्यमुनि से बुद्ध बनोगे।

मेघा तब था नाम
ज्ञान के महत् पुंज थे।
मंत्र उन्हें कंठस्थ सभी था
वेदों के ज्ञाता अपूर्व थे।

हिम-आच्छादित नगपति के
मृदुल, हरित अंक में शोभित
महामहर्षि के आश्रम में
ज्ञान ध्यान की शिक्षा पाकर

गुरुदक्षिणा के प्रबन्ध में
नगर-ग्राम में भ्रमण हेतु
बाहर निकले जब
दीपावती नगर पहुँचे थे।

दीपावती सजी दुलहिन-सी
हास्य-लास-परिधान पहनकर
विहँस रही थी विनय मूर्ति बन
अगवानी में आगन्तुक के
जो महान् थे, आदिबुद्ध थे।

कौन अतिथि? कौन पर्व था?
बनकर-ठनकर, सजी-सँवरकर
दीपावती स्वर्ग-रूपा-सी
किससे मिलने की आशा में
मन्द-मन्द मुस्कुरा रही थी?
तभी दिखी ब्राह्मण बाला वह
कमल पुष्प लेकर हाथों में
खड़ी राजपथ पर आशा में
प्रभु दीपंकर आएँगे जब
पुष्प भेंट कर, शुभाशीष ले
जीवन धन्य करेगी।

दो तरुण
भाव के धनी
स्वप्नदर्शी दोनों ही।
अध्यात्म और लौकिक कर्मों के
ज्ञानी, कल के मार्ग-प्रदर्शक।
सूत्रधार दोनों थे कल के
और भविष्य के सृजनहार थे।
मिले राजपथ पर दोनों थे
नयनों में संकल्प एक थे—
भवसागर के पार पहुँचने
की, कोई राह खोजकर

जग कष्टों में त्राण दिलाने
वे दे जाएँगे भू-वासी को।

चक्रवर्ती सम्राट खड़े थे।
वृहत् राजपथ भरा जनों से
नृत्य, हास, उल्लास रंग से
विविध पुष्प से, उपहारों से।
भरे सभी हर्षातिरेक से
आदि बुद्ध की अगवानी में।

मेघा विह्वल
पद्म पुष्प को हृदय लगाकर
श्रद्धानत हो
फेंका उनको आदि बुद्ध पर।
आश्चर्यचकित थे सभी देखकर
कि वे पुष्प कमल के सुन्दर
लटक रहे थे, निराधार थे
घेर बुद्ध के आभा मंडल।

विह्वल मेघा
जल का पात्र किनारे रखकर
हिरण-छाल का वस्त्र बिछाकर
साष्टांग कर लेट गया था
आदि बुद्ध के चरण कमल पर

अपने सर के बाल हाथ में लेकर मेघा
आदि बुद्ध की चरणधूलि को लगा झाड़ने
उन्हें साफ कर, तलवों को सहला-सहलाकर
अश्रु धार से पद्मपाद का प्रक्षालन कर
मौन हृदय की भाषा में वह लगा पूछने—

हे प्रभु! क्या मैं कभी
तथागत और अर्हत बन,

धर्मचक्र लेकर धरती पर आ पाऊँगा?
प्रभु के पदचिह्नों पर चलकर
प्रभु उपेदशों का प्रसार कर
युग-युग की उसकी पीड़ा का
क्षरण, शमन क्या कर पाऊँगा?
माया से आवेष्ठित जग के प्राण-प्राण में
साहस, संबल, बोध जगाकर
भवसागर के पार उन्हें पहुँचा पाऊँगा?
हे धर्मचक्र के महाप्रवर्तक!
आशीष दें कि
धर्मचक्र धारण करने की
शक्ति प्राप्त कर
देव, मनुज जो भी हों भू पर
उनके हित में
कर पाऊँ मैं
धर्म प्रवर्तन।
चिर सहचर मैं बनूँ धर्म का
भू-मंडल के सद्कर्मों का
ज्ञान, तपस कर ग्रहण आपसे
बुद्ध बनूँ मैं आकर भू पर।

प्रभु दीपंकर ज्ञान से पूर्ण बुद्ध थे।
जान गए थे, मेघा था अपूर्व ज्ञान से दीप्त
नरोत्तम।
अन्तर की शक्ति जागृत कर
ज्ञान, पुण्य, सद्गुण अर्जित कर
लेकर दृढ़संकल्प, अडिग आया था मेघा
प्रभु चरणों में एक अनूठा याचक बनकर।
न छल कोई, न प्रवंचना
न कोई कलंक था उसके
उज्ज्वल औ' दीप्ति चरित्र पर।
दीपंकर आह्लादित थे,
प्रसन्न थे पाकर
एक अपूर्व शिष्य को सम्मुख

ज्ञान-दान का अधिकारी जो
नत था उनके चरण कमल पर।

एक गहन सन्नाटे का साम्राज्य छा गया
तभी अचानक दीपावती के राजपथों पर।
हर्ष-ध्वनि से गुंजित था क्षण भर जो पहले
सभी शोर, कोलाहल, जनरव
रुका अचानक किसी शक्ति के संकेतों पर।
सभी चकित थे देख बुद्ध के मुख पर
उस पूर्व आभा मंडल को
जिसकी किरण अटूट स्नेह की धार बनी-सी
बरस रही थी मेघा के मस्तक पर, मुख पर।

तभी मौन का गहन, शान्त परिवेश तोड़कर
गिरा दूर अम्बर से आती देववाणी-सी
आदि बुद्ध दीपंकर के श्रीमुख से निकली—

'आयुष्मान् वत्स हे मेघा!
समय अकथ यात्रा के क्रम में
वामन-पग से तीन लोक में
परमाणु में, अणु में, ठोस तरल में
अखिल विश्व, ब्रह्मांड सकल में
बढ़ता जाएगा अनन्त की अगम धुरी पर।
जड़ चेतन में, चर और अचर
सभी के तन में,
रूप अनेकों निर्मित होंगे
पुनः विनिर्मित होंगे क्षण में
भू, आकाश सभी लोकों में
नई सृष्टियाँ बसकर, बनकर
पुनः बसेंगी, पुनः मिटेंगी।'

'हे मेघा!
कितनी शताब्दियाँ साक्षी होंगी
परिवर्तन के महादृश्य की

कोटि-कोटि परिवर्तन के इस महायज्ञ में
तपकर, गलकर,
शुद्ध स्वर्ण सम दीपित होकर
काल खंड के किसी एक दिन
किसी स्थान में जन्म ग्रहण कर
निश्चय बुद्ध बनोगे।
मेघा! ताप हरोगे भू का उस दिन
जिस दिन बुद्ध बनोगे।'

विह्वल मेघा,
अश्रुधार से प्लावित करता
दीपंकर की हृदय भूमि को
अविश्वसनीय दृष्टि से मानो
पूछ रहा था—
'हे प्रभु क्या मैं
सचमुच बुद्ध बनूँगा?'

'बुद्ध बनोगे
युग-युगान्तर बाद
अनेकों अनुष्ठान, आयोजन में
अर्जित कर मेघा और अधिक
अवर्णनीय गुण और योग्यता
मुझ समान ही निश्चय बुद्ध बनोगे।'

'मुझ सदृश तेरी काया में
महापुरुष के बाईस चिह्न रहेंगे
और तुम्हारा गात्र अपूर्व अस्सी चिह्नों से शोभित होगा।
प्राप्त करोगे तुम विशेष वे धर्म अठारह
जिसे प्राप्त कर बना शुद्ध मैं।'

'चार शक्तियाँ अर्जित कर तुम
अपने में विश्वास बढ़ाकर
अर्हत और तथागत बनकर
जनहित में जीवन अर्पित कर

बुद्ध बनोगे धरा धाम पर।
वसुधा पर मानव समाज के
सभी धर्म के, सभी कर्म के,
सब तथ्यों के, विश्वासों के
विज्ञाता, पंडित बनकर तुम
अतुलनीय, अनुपम नेता बन
जन का कष्ट हरोगे।'

'स्वयं पार कर
जन-जन को तुम भवसागर के पार करोगे।
स्थितप्रज्ञ बन
वसुधा के सारे प्राणी को मन:शक्ति तुम दे पाओगे।
चिरवांछित निर्वाण प्राप्त कर
मुझ सदृश तुम
सहज मार्ग निर्वाण प्राप्ति का
जन-जन को दिखला पाओगे।'

'धर्मचक्र की छाया में तेरे अनुयायी
एक वृहत् परिवार गठित कर
तुम्हें समादृत कर धरती पर
आशा और विश्वास जगाकर
एक संघ में दीक्षित होकर
एक रहेंगे बहुत वर्ष तक।'

'बुद्धं शरणं गच्छामि
धम्मं शरणं गच्छामि
सघं शरणं गच्छामि'
मंत्रगाण यह गुंजित होगा
भू पर युग-युगों तक।
बौद्ध धर्म फैलेगा भू पर
दूर-दूर तक, बहुत दूर तक।
भिक्षुक तेरे याद करेंगे
धर्म प्रचार के पावन क्षण में
श्रद्धा-सुमन चढ़ाकर।

'बुद्ध आज मैं,
दिव्यज्ञान का, धर्मचक्र का
महाप्रणेता।
मुझ सदृश तुम भी हे मेघा।
आनेवाले, अनजाने भविष्य में
किसी एक दिन बुद्ध बनोगे।
वसुधा का तुम ताप हरोगे।
सुख-समृद्धि बाँटोगे जग में,
देव, मनुज जो कोई हों,
दुःख-संताप हरण कर उनका
शान्ति दान देकर उनको तुम
निश्चय बुद्ध बनोगे।'

'शुभाशीष लो,
करो तैयारी उस भविष्य की
जो आएगा युगों-युगों के बाद
मगर निश्चय आएगा क्योंकि उस दिन
हे मेघा! तुम बुद्ध बनोगे।'
शाक्य ऋषभ के
पूर्व जन्म की एक कथा का
पटाक्षेप ज्यों हुआ
तुरन्त ही उनके द्वारा
प्राणदान के महायज्ञ का
दृश्य दूसरा खुलने लगा नयन के सम्मुख।

कालखंड के अचिह्नित, अनजाने युग में
किसी वर्ष में किसी एक दिन
बोधिसत्व ने जन्म लिया था
वीर महारथ महाराज के यश से तपित
कुलीन वंश में।
महासत्व था नाम,
प्राण से प्रिय थे सबके।
महाप्राणांद अग्रज थे उनके
महादेव लघु भ्राता भी थे।

शाक्य ऋषभ के
पूर्व जन्म की एक कथा का
पटाक्षेप ज्यों हुआ
तुरन्त ही उनके द्वारा
प्राणदान के महायज्ञ का
दृश्य दूसरा खुलने लगा नयन के सम्मुख।

कालखंड के अचिह्नित, अनजाने युग में
किसी वर्ष में किसी एक दिन
बोधिसत्व ने जन्म लिया था
वीर महारथ महाराज के यश से तपित
कुलीन वंश में।
महासत्व था नाम,
प्राण से प्रिय थे सबके।
महाप्राणांद अग्रज थे उनके
महादेव लघु भ्राता भी थे।

राजमहल की मनोहारिणी पुष्पवाटिका
ऋतु वसंत था।
रूप और गन्धों से पूरित
भाँति-भाँति के पुष्प खिले थे,
मन को हरते, मचल रहे थे।
एक सघन वन के कोने पर
सबल वृक्ष का लिये सहारा
यौवन भार सँभाले लिपटी
विहँस रही थी
पुष्पांकित, कोमलांगी लतिका।

पुष्पवाटिका की शोभा से
हुए प्रभावन
महाराज पटरानी संग में
घूम रहे थे आनन्दित
मादक सुगन्ध के सुप्रभाव में।

एक घने बाँस का झुरमुट
झुके बाँस की देख नम्रता
पत्तों की हरियाली के सुन्दर वितान में
आकर्षित हो बाँस पत्तियों की
शोभा से
कुछ कर लें विश्राम सोचकर
ठहर गए उसकी छाया में।

आशंकित हो महाप्राणांद बोले भाई से
मुझको डर है न कोई खूँखार जानवर
महाराज पर करे आक्रमण और
उन्हें हानि पहुँचा दे।
महादेव ने कहा—उन्हें भी कुछ ऐसा ही भास
हो रहा।
नहीं मुझे परवाह तनिक भी अपने तन की
किन्तु बिछुड़ना प्रिय कुटुम्ब से
यह विचार कर कष्ट बहुत होता है।

महासत्व थे लीन स्वयं
मन के उठते भावों में,
अपने अग्रज की बातों को सुना
और कुछ नहीं सुना था
पर उनसे सहमति प्रकट कर
ऊपर उठकर अग-जग के परिवेश और
सुख-दु:ख के सारे प्रभाव से
सहज अलग हो मानवीय वेदना दंश से
बोले अपने भ्राताओं से—

न कोई डर और न कोई दु:ख है मुझको
यह विशाल वन, वृहत् वृक्ष
जिसकी सुखद, घनी छाया में
ऋषियों के आश्रम अनेक हैं
जिनमें जप, तप और यज्ञ के आयोजन होते
अनेक हैं।

मेरा रोम-रोम पुलकित है
ऐसा होता है प्रतीत मुझको इस क्षण में
धराधाम पर जन्मग्रहण का अर्थ समझ पाऊँगा
जीवन का अमूल्य उपहार यही पाऊँगा
बन्धन मुक्त हुए पंछी-सा मुक्तगान गाऊँगा।

कुछ ही दूर चले तो देखा
बाघिन एक पाँच बच्चों को
साथ लिये थी विकल विज में
क्षुधा, प्यास से व्याकुल होकर
पड़ी अशक्त, निर्बल थी वन में।

बोले बड़े कुमार दुखित हो
भोजन नहीं मिला इनको तो
छोड़ेंगे सब प्राण आज ही,
ज्वाला से पीड़ित हो बाघिन
अपने बच्चे स्वयं खाएगी।
ताजा मांस, गर्म शोणित से
क्षुधा-प्यास मिटाती है इसकी
कहाँ मिलेगा महापुरुष जो
इन्हें बचाए प्राणदान कर मृत्यु-ग्रास से।

महादेव दूसरे कुमार थे
व्यग्र, दुखित होकर बोले वे
नहीं कदापि यह सम्भव है
शोणित, मांस, दान कर कोई
पेट भरे हिंसक पशुओं का।
बाघिन बहुत थकी लगती है
बच्चे पाँचों क्षुधाग्रस्त हैं।
इतनी है कमजोर कि बाघिन
स्वयं शिकार न कर सकती है।

महासत्व छोटे कुमार थे
ज्ञान, शील में किन्तु बड़े थे।

मन की व्यथा रोककर बोले—
क्षणभंगुर अपने शरीर पर
सब मानव भू का मोहित है
जो भीतर से हाड़-मांस का
नाशवान पुतला केवल है।

फिर भी भू पर महापुरुष हैं
धर्म-कर्म से जो दीपित हैं,
अन्य प्राणियों की सेवा हित
जो जीवन अर्पित करते हैं।
पर-पीड़ा उनकी पीड़ा है
करुणा, दया, धर्म है उनका
धर्मदेव वे
जिस शरीर में भी वे रहते
योनि रूप का भ्रम न होता
बार-बार अपनी काया के
दान-यज्ञ का वह है होना।

परेशान तीनों कुमार थे।
महासत्व पर पुण्य अंश थे।
हृदय उदधि के शान्त औरी
विस्तृत तल तट पर
शील और बलिदान धर्म ने
त्याग लहर का रूप ग्रहण कर
वैचारिक के तट टकरा कर
मानो जगा नींद से उनको
प्रेरित किया कहा फिर उनसे
धीरे और गम्भीर गिरा में—
'सुनो! धरा के विरल प्राण हे महासत्व।
यह अवसर है उपयुक्त
प्राण के महादान का।
उत्सव विरल करो आयोजन,
भूतल से अपने प्रयाण का।

यह शरीर जिसकी सेवा तुम करते रहे निरन्तर
और रहे आकंठ डूबते सांसारिक यौवन-विलास में।
वस्त्र अलंकृत
स्वादपूर्ण भोजन प्रकार के
कोमल सेज, संगिनी मधुमय
और अनेकों सुख-साधन से
करते रहे श्रृंगार अभी तक, इस शरीर को,
जो क्षणभंगुर,
जो निश्चय ही किसी एक दिन
ज्वर, जड़ता या जन्म-मरण से
तार-तार हो, मिट जाएगा।
फिर ऐसे तन की सेवा क्यों
अकृतज्ञ जो, माया, मोह, स्वार्थ में लिपटा?
क्यों इतना उपचार अपावन इस शरीर का?
कंचन-सी काया यह कितनी हाय अकिंचन?
क्यों न आज सत्कर्म करो
दे दान इसे भूखी बाघिन को?
और बचा लो मृत्यु ग्रास में फँसे प्राण
इन नव-शिशुओं के,
और संग में उनकी माँ के।

छह प्राणी के प्राण बचेंगे
मिट जाएगा यह शरीर पर
शायद मिले तरणि वह तुमको
गगन-आगमन की पयोधि को
पार कर सको जिसके बल पर
ठोस धरातल की जड़ता के ऊपर उठकर
तरल धार के दंशपूर्ण तीखे प्रवाह से बचकर
परिवर्तन में निहित यंत्रणा छू न सकेगी फिर से तुमको
रंग, रूप, मधुगन्ध और सौरभ, पराग सब
मिलकर सब कुछ महाशून्य में,
सब अमूर्त हो बन्धन मुक्त करेंगे तुमको।

महासत्व, तन की संज्ञा से ऊपर उठकर
धरा-धर्म के केन्द्रबिन्दु से ऊपर जाकर
परम-आत्म के गुण, सद्गुण सब कुछ जागृत कर
पीड़ा, घृणा, मोह, ममत्व की
कुवृत्तियों पर विजय प्राप्त कर
लिया महासंकल्प शरीर के प्राणदान का
जो मानव के लिए कठिन है—
दुष्कर और असम्भव भू पर

प्राणदान का महामहोत्सव कर जाऊँगा पार जहाँ पर
दंश, हर्ष का या पीड़ा का, निर्गुण, सगुण किसी
अनुभव का
स्पर्श नहीं होता है मन में धरा लोक के महाप्राण पर
पार पहुँच जाऊँगा तब मैं महाभयानक उस सागर के
जहाँ पहुँच अस्तित्व स्वयं 'मैं' का खो जाता
जहाँ पहुँच 'मैं' हाँ या न हूँ
यह विवाद सारा मिट जाता।

प्राणदान का दृढ़ व्रत लेकर
परिजन, स्वजन, सकल भूतल पर
प्रेमदृष्टि अन्तिम बरसाकर
महासत्व ने फेंक दिया अपना शरीर आहार मानकर
क्षुधा, प्यास, ज्वाला से पीड़ित बाघिन के सम्मुख धरती पर।
महासत्व थे द्रवित देखकर
थी बाघिन कमजोर अत्यधिक
एक इंच भी खिसक न पाई।
मिला उसे आहार मनुज के गर्म मांस का
किन्तु अशक्त थी, खा न पाई।

त्यागमूर्ति थे दयावान थे
पास नहीं था खड्ग या कि हथियार और भी,
हिंसा से थे दूर, अहिंसा के थे परम् पुजारी।

लिया हाथ में धारदार बाँस का टुकड़ा
गला काटकर शोणित से लथपथ शरीर को
बाघिन के मुख के सम्मुख में दिया डालकर।

निर्बल बाघिन
खून गन्ध से बनी भयंकर
जागृत हुई भूख की ज्वाला
गुर्राकर, क्रोधित होकर वह
उछल चढ़ गई
महासत्व के अर्धमृत, घायल शरीर पर।

भूख की ज्वाला से संतप्त
दिनों के बाद मिला आहार
मांस का, गर्म खून का
तड़प रही बाघिन, बच्चों को।
क्या मालूम था? उसकी क्षुधा,
भूख-ज्वाला को तृप्त किया था
एक अहिंसक महापुरुष ने
जो धरती का वरदपुत्र था
अपने महादान से जिसने
मानवता को अमर किया था।

शाक्यमुनि ने
बोध प्राप्त करने के पहले
देखा अपने पूर्व जन्म को
और धरा पर बुद्ध बने
तब बतलाया था—
'महासत्व वह मैं ही था, आनन्द'
सहस्त्र शताब्दियों पूर्व
समय के किसी खंड में
एक जन्म में।

ब्रह्मलोक के भिन्न-भिन्न खंडों में उनने
जन्म लिया था कभी पक्षी में, कभी पशु में

कभी नाग थे, कभी हिरण थे
राजकुमार कितने जन्मों में।
भिन्न-भिन्न परिवेश
जन्म के थे पड़ाव भी भिन्न, अनेकों
आते रहे धरा तक जब तक
बोधिसत्व कितने जन्मों में।

द्वादश सोपान

ध्यान लोक में

एक-एक कर ध्यान लोक में
रहे देखते पूर्वजन्म के सुकृत्यों को
हर्षित कभी, व्यथा से पीड़ित मुरझाए भी
किसी जन्म में कुछ प्राणी की चेष्टाओं को
देख हुए हैरान और शरमाये भी।

इन्हीं जन्म में एक जन्म पर
बोधिसत्व की दृष्टि रुक गई,
वह अपूर्व बलिदान सहज में
देना क्या सम्भव था?

किसी काल में
एक जन्म में
एक मुनि थे।
क्षांतिरति था नाम
क्षमा के मूर्तरूप थे।

नहीं रोष का दोष कहीं था
वन में पर्णकुटी में रहते।
राग और मानव-वृत्तियों से बहुत दूर थे।
पुष्पभार से झुकी लताओं का
वितान था ऋषि आश्रम पर,
जिन्हें घेर अपनी बाँहों में वृक्ष अनेकों
छाया का प्रबन्ध करते थे।

शुभ्र सरोवर एक दिशा में
शोभित, गुंजित भिन्न-भिन्न पुष्पों, कलरव से।
राही आते, श्रोत आते और भक्तजन
स्नेह-सिक्त वाणी-मिठास से हृदय तृप्त कर
जनहितार्थ भावों से प्लावित
वे जाते थे ग्राम, नगर, गन्तव्य स्थान को
दान-मान-सम्मान सौंप ऋषि के चरणों में।

दूर-दूर तक यश फैला था।
प्रेम, दया वात्सल्य भाव से
आश्रम नित मुखरित रहता था।
'वसुधा सकल कुटुम्ब हमारा'
का वह आश्रम मूर्त रूप था।
वेद-ऋचाओं के व्यावहारिक सरल गान से
मुखरित रहता उसका कण-कण
जिसे श्रवण कर, उसको पीकर
आनन्दित थे ऋषि, शिष्यगण।

चीता, बाघ, शेर, रीछ सम क्रूर जानवर
छोड़ प्रवृत्ति हिंसा और घातक प्रहार की
शावक, मृग या अन्य अहिंसक के संग रहते
बन्धु-बान्धवों जैसे हिल-मिल उस आश्रम में।
ऋषि की करुणा का प्रभाव था
जीव, जन्तु, पक्षी, मानव सब
एक हृदय से, एक भाव से
ऋषि आश्रम के सब वासी थे
तन की संज्ञा यद्यपि भिन्न थी।

वन-प्रान्तर से सटकर उत्तर
राज्य एक था।
अधिपति राजाकामी थे
क्रोधी और महा निष्ठुर थे,
भूमिपाल रागी-रसिया थे

कलि था नाम
सभी परिचित थे।

तभी एक दिन
वन-क्रीड़ा हित
चतुरंगिणी सेना को सजकर
रानी, पटरानी संग लेकर
दास-दासियों से सेवित वे
एक बड़ा काफिला राजा कर
निकल पड़े मृगया विहार में वन के भीतर।

वन-विहार
अंगनाएँ संग में।
मदिरा का प्रभव तन-मन में।
सुरा-जन्य मादकता ने उकसाया तन को
मदिरा में माते तन में भरमाया मन को
बेलगाम मन काम-अश्व की रास छोड़कर
लगा विचरने कामुकता के भीषण वन से
कामुकता के बाँध एक-एक कर
लगे टूटने अलि-गुंजन के काम राग से।
सभी दिशाएँ तमश्छन्न हो उठीं प्रहर में
मानो काम-अग्नि का धुआँ, भोग-हवि पाकर फैला हो
कलि और संगिणी सखी के अंग-अंग में।

राजा कहीं, कहीं ललनाएँ
और कहीं सेनाएँ उनकी
अपनी क्रीड़ा में विभोर सब
लगे घूमने वन-प्रदेश में।

मद प्रभाव में
उफनाती यौवना अंक में
रास रचाकर
जो वीभत्स, कुत्सित, अनकथ थे

पड़े रहे बेहोश धरा पर
समय-स्थान की संज्ञा खोकर।

गहन नींद में सुध-बुध खोये
देख नृपति को सोये वन में
रानी, पटरानी, कामिनियाँ
इठलाती सब चलीं विजन में

होड़ मची थी,
अद्‌भुत था सादृश्य
लताओं में, ललना में।

ललनाएँ कलि की रहती थीं दूर
प्रजा की दृष्टि बचाकर रंगमहल में
लतिकाएँ भी दूर वनांगन में लहरातीं
नजर बचाकर सघन वृक्ष के सबल अंक में।

अंग-अंग पर खिले सुगन्धित विविध पुष्प से
ललिकाएँ उन्न उरोज की मादकता से
घायल कर मन को तरसातीं।
ललनाओं के अधर-पल्लवों के
रक्ताभ वर्ण मादक उतने ही
जितने मादक कुसुमांगी-लतिका के पल्लव
पाटलवर्णी

हलचल करती, धूम मचाती
पहुँचीं आँधी के समान
ऋषि के आश्रम में।
ठिठक गईं वे
देख शान्त परिवेश वहाँ का।
सहम गया उनका अल्हड़पन
पलक मारते रुका सभी कुछ।
अट्टहास, कहकहा, ठहाका
समा गया आश्रम के रव में।

करुणा, क्षमा, शान्ति की गंगा
जो आश्रम के कण-कण में भरती मिठास थी
अवगाहन कर उस सलिला में
मद-विलास-उल्लास भूलकर हुई चमत्कृत।

आश्रम,
एक अपूर्व शान्ति का स्थल था
वनवासी, गृहस्थ, प्रजागण
कलि से त्रस्त वहाँ आते थे
ऋषि के प्रेम और करुणा से
ढाढ़स, साहस वे पाते थे।

पशु-पक्षी में, जीव-जन्तु में
लता-वृक्ष में, मनुज मात्र में
सद्वृत्तियों की धार फूटकर
शीतलता प्रदान करती थी।

हुई प्रभावित
मौन हो गईं
जो अब तक उच्छृंखल, विकल थीं,
भूल स्वभाव, शोखी, चंचलता
सरस, राजकुल की ललनाएँ
ऋषि आश्रम के धर्म भाव में
मिलकर एकाकार हो गईं।

ऋषि प्रभाव से
परिवर्तन अपूर्व था।
नयन बाण के तीक्ष्ण, दूरगामी कटाक्ष को भूल
लाज-शील भर का आँखों में
करुणा का प्रसाद पाने हित्
ऋषि के सम्मुख
बन विनम्र, श्रद्धा से नत थीं।

तभी पधारे महाराज कलि भी आश्रम में।
देखा उनकी अंगनाएँ, ललनाएँ
प्रणत भाव से ऋषि के सम्मुख
मंत्र-मुग्ध थीं, मौन खड़ी थीं।

एक सुरा, दूसरी दुर्बुद्धि
दोनों ने उकसाया कलि को—
'योगी नहीं, महाभोगी है
मेरी प्यारी अंगनाओं को
बहकाकर, भरमाकर ऋषि ने
लाया है अपने आश्रम में।'

चापलूस भी सजग हो गए
हाथ जोड़कर बोले कलि से
कपटी, महाविलासी है यह
ललनाओं को यहाँ बुला कर
राजवंश की मर्यादा, गौरव पर
बहुत बड़ा आघात है।
दोषी है यह, अपराधी है,
इसे कठोर सजा दें प्रभुवर।
प्राणहरण कर नर्क भेज दें
दुस्साहस फिर करे न ऋषिवर

जैसा नाम तथा गुण कलि का
हाथ-पाँव कटवाया ऋषि का
हाहाकार मचा आश्रम में
परम शान्त पर मन था ऋषि का।
छिन्न-भिन्न हो गया अंग था
क्रोध नहीं पर था राजा पर
चिह्न नहीं कटुता का कुछ भी
न कोई विकार था मुख पर।

कुछ क्षण पहले जहाँ शान्ति की
छाया सुखद, घनी थी,

वहीं हठात् क्रोध की ज्वाला
तत्क्षण फूट पड़ी थी।
खबर सुनी, दौड़े सब आए
भिन्न-भिन्न कुल से आए वे
चीख उठे थे सभी क्रोध से
नाग देव, गन्धर्व, मनुजगण
दूर, निकट वन के कोने से
निकट, पहाड़ी, ग्राम, टोल से
नगर, प्रान्त से, कुटी, आश्रम से
मुनि, ग्रामीण किसान आए थे।

क्षमाशील मुनिगण भी भूले
क्षमा, धैर्य, जब देखा उनने
कलि राजा के क्रूर कर्म से
महामना ऋषिवर अपंग थे।
जो कलि के दारुण शासन से
त्रस्त, भाग आश्रम में रहते
ऋषि के प्रेम, मधुर वाणी से
मन की व्यथा भूल जो पाते
पीड़ा से व्याकुल हो देखा
उसी दुष्ट ने, उसी नीच ने
ऋषि को किया अपंग और
दारुण आघात किया था।

व्यथित जनों के आर्तनाद से आश्रम सिहर रहा था
कुपित भीड़ का जन-मानस क्रोधाग्नि से उबल रहा था।
अप्रत्याशित घटना कोई घटनेवाली थी।
क्षांतरति पर स्थितप्रज्ञ, गम्भीर मौन थे
कोई भी प्रभाव अवयव के कट जाने का
परिलक्षित था नहीं जरा भी मुख मंडल पर।

मृत्यु ऋषि की?
सहम गए सब

होगा ऐसा नहीं
होगा ऐसा नहीं
मृत्यु राजा की होगी।

क्रुद्ध भीड़ ने
जो पाया, ले लिया हाथ में
और चल पड़ी नगरकोट को
जहाँ छिपा था राजा जाकर।

प्रतिहिंसा की ज्वाला क्षण-क्षण
तीव्र-तीव्रतर होकर भड़क रही थी,
माँग रही थी प्राण-आहुति उस राजा की
जो नृशंस था, महादुष्ट था, कामी और पापी था।
क्रोध-अग्नि की उबल रही थीं लाल शिखाएँ
और व्याप्त थीं उस समूह में जन-जन की दर्दीली आहें,
समय निकट था जब राजा का वध होना निश्चित था
अंग-भंग का मृत्युदंड ही मात्र एक प्रायश्चित्त था।

धैर्य, क्षमा को भूल, चले वे
क्षण भर की भी देर
उन्हें अब सहन नहीं था।
घूम रही थी मृत्यु महल में
और कभी आश्रम के अन्दर।
होगा सर्वनाश राजा का
या फिर प्रजा मारेगी
क्षमा, धैर्य की शिक्षा ऋषि की
आज व्यर्थ जाएगी।

पीड़ा, क्रोध, व्यथा, हलचल से।
मुनि थे दूर धरा-दुःख-सुख से।
धीर, शील, गम्भीर मौन थे।
वे साधना में निमग्न थे।

चरण उठे ज्यों कुद्ध भीड़ के
प्रतिहिंसा के लिए, उसी क्षण
ऋषि की वाणी गूँज उठी आश्रम में—

हे ऋषिगण! क्या भूल गए तुम
क्षमाशील अपने स्वभाव को
हे गन्धर्व, नाग, यक्षगण
ग्रामीण और शिष्यगण मेरे
हुए असफल श्रम सेवा क्या
व्यर्थ हुए उपदेश हमारे?

नहीं शमन होता हिंसा से कभी क्रूरता या हिंसा का
नहीं क्षरण होता विकार से किसी बड़े, छोटे विकार का।
नहीं कष्ट का कभी अन्त होता है जग में देकर कष्ट कष्टदाता को
नहीं व्यथा मिटती है मन की देकर कठिन सजा हन्ता को।
राज-धर्म से च्युत होने का बोध उसे होने दो,
हे शिष्यो! राजा को अपनी सजा स्वयं पाने दो।
मैं प्रसन्न हूँ, स्वस्थवित्त हूँ
नहीं कष्ट तन-मन में मेरे।
ये अवयव, ये अंग हमारे, अलग पड़े जो देख रहे हो
अभी, इसी क्षण, लौट सभी आएँगे फिर से इस शरीर में मेरे।

अगर क्रोध का, कुवृत्तियों का मैंने शमन किया है,
करुणा, शान्ति और धीरज का प्रवचन तुम्हें दिया है,
और स्वयं अपने जीवन में उनको ग्रहण किया है,
निर्वासित कर उन्हें सदा के लिए हृदय से
आर्तजनों को अगर क्षमा का और दया का मैंने दान दिया है,

तो मेरा यह देह पूर्ववत्
पुनः बने अक्षय, अखंड इस क्षण में
शंकाएँ सब मिट जाएँ जो हैं शिष्यों के मन में।

बजी दुंदुभि नभ, आँगन में
और नगाड़ा भू पर
देव, मनुज सब चकित हो गए
देख ऋषि को पुनः पूर्ववत्।
आश्चर्यित था जन-समूह
ऋषिवर की काया पूर्ण स्वस्थ थी
तन था वही, अंग थे वे ही
सब कुछ था पहले जैसा ही
पर महर्षि के मुखमंडल पर
आभा एक निराली क्षण-क्षण
उद्भासित होकर मिट जाती
पुनः प्रकट हो शिष्यगणों की
पीड़ा हरती, आशा बँधाती।

क्षमाशील वह विरल तपस्वी
महाप्राण थे, बोधिसत्व थे
पूर्वजन्म का त्याग देखकर
निर्विकार थे, परम शान्त थे

अपने पूर्वजन्म को देखा
वर्ष सहस्त्र, शत-शत वर्षों में,
महाकाल के आवर्तन में
भिन्न-भिन्न परिवेश बीच अद्भुत रूपों में
कारण-कर्म, मरण-जीवन के
अविच्छिन्न जग के प्रवाह में
कर्मनिष्ठ, लक्ष्य से प्रेरित
एक-एक कर, कष्ट साध्य सोपान पार कर
बोधिसत्व बन, आज बुद्ध बनने के क्रम में
तरु के नीचे गहन तपस्या लीन हुए थे।

निर्वाण चाहिए
नहीं और कुछ

एकमात्र उद्देश्य यही था।
तन-मन की संज्ञा को खोकर
तोड़ सभी बन्धन धरती के
मिटा बूँद का रूप महोदधि
के, विशाल, विस्तार रूप में
मिटकर अमर-मिलन चाहते थे।

त्रयोदश सोपान

महारात्रि का प्रथम प्रहर

महारात्रि का प्रथम प्रहर था विदा ले रहा
उन्हीं क्षणों में स्मृतियों के अम्बार
हंस के पंक्तिबद्ध झुंडों से
दूर क्षितिज के पास अवस्थित
हृदय सरोवर से यात्रा पर
निकले विकल पथिक से।
अवचेतन से उठे
चेतना के उपजाऊ सजग खंड पर
लगे फैलने एक-एक कर
कहने लगे कहानी कितनी
बोधिसत्व के पूर्व जन्म पर।

उत्तम ध्यान शिखर पर पहुँचे
तभी दूसरा प्रहर रात्रि का आ पहुँचा था
और साथ में लाया था उपहार विलक्षण
दिव्य चक्षु का जो अनुपम था, अद्वितीय था
बोधिसत्व के ज्ञान प्राप्ति के पावन पथ पर।

बोधिसत्व ने बुद्ध-दिव्य-चक्षु से देखा
अखिल विश्व, उसके वाणी को।
दिखा सकल ब्रह्मांड एक निर्मल दर्पण-सा
परिलक्षित होती थीं जिसमें जन्म-मरण की
युवा-जरा के संघर्षों की, वृद्धि क्षरण की
घटनाएँ अद्भुत, दुर्लभ-सी
अविच्छिन्न, अविरल धारा-सी।
मानव के अपकर्म, कर्म की

यात्राएँ देखा धरती पर
दंडित, कभी पुरस्कृत देखा
भिन्न-भिन्न जग के पड़ाव पर।

घृणा रक्त से प्लावित सरिता में उनको अकुलाते देखा
कहीं द्वेष के ज्वलित खम्भ से टकराकर चिल्लाते देखा
कहीं विषद के लौहपात्र में औंधे पड़े बिलखते देखा
कहीं विलास के अंगारों पर सिंकते और तड़पते देखा।

कहीं प्यास से विकल प्राण को
रक्षाहित जल की तलाश में
ज्वलित अग्निसम मरूभूमि में
मृग-मरीचिका को जलधारा
मान, पराजित, दंशित देखा।

न मिटी दाह, न मिटी प्यास
मरु की तपिश रेत ज्वाला में
बार-बार धोखा खाकर भी
आहत उन्हें, बिलखते देखा।

भूख, थकान, प्यास की पीड़ा
से अशक्त, निर्बल जीवों को
द्वेष, कलह अंकुश से घायल
शोणित लथपथ, रक्त वमन कर
गिरते, उठते, कोड़े खाकर
पीड़ा से चिल्लाते देखा।

जन्मघड़ी में रोते देखा
आते ही माता की ममता
प्यार स्वजन का, सखा बन्धु का
अपरिमित उनको पाते देखा।

पर आश्चर्यचकित हो उनको,
रास-रंग, वैभव विलास में
आते ही खो जाते देखा।

आते ही खो जाते देखा।
धराप्रेम को श्रेय मानकर
भू से सब कुछ जाते देखा
नश्वरता को मान अमरता
विदा-घड़ी में रोते देखा।
यात्रा से आक्रान्त धरा पर आकर मानव
बड़ी कल्पना और बड़े सपने रचता है
स्वर्गलोक को खींच धरा पर ले आने के
व्यूह बनाता, और बड़ी बातें करता है।

ज्यों-ज्यों पर है समय बीतता
जग के इस नूतन पड़ाव पर
आँखों पर अज्ञान-कुहासा छा जाता है।
उद्गम गेह भूलकर तब वह
जग पड़ाव पर रुक जाता है।

दूर गेह की स्मृतियाँ सभी पुरानी पड़ती
बाट-घाट जब भूल मोह में फँस जाता है,
तभी एक दिन भोग-मोह के चक्रव्यूह में उसे घेरकर
कुवृत्तियों का सप्तरथी हमला करता है।

फोड़ कवच-संकल्प रथी का
स्थापित परम्परा, मूल्यों का
श्रेय, प्रेम में जब विभेद
वह समझ न पाता
तभी आक्रमण होता उस पर
भोग, मोह सम दुर्बलताओं का

रह जाना है उसका दृढ़ संकल्प
स्वर्ग को खींच धरा पर ले आने का
रह जाना है ध्रुव प्रण उसका
नये मूल्य से नये सृजन को
रेखांकित फिर से करने का।

दिव्य दृष्टि का
ध्यान शक्ति का
मन, मस्तिष्क, हृदय, अवचेतन
और चेतना-सब ऊर्जा का
हुआ सम्मिश्रण सबल रूप में।
मिश्रित ऊर्जा, शक्तिशालिनी
हुई प्रवाहित प्रबल वेग से
पहुँची जब सर्वोच्च शिखर पर
जो पाया, देखा, अपूर्व था
कठिन साधनाजनित सत्य वह
देखा जो कल्पना परे था।

फटा कुहासा
खुला परत-दर-परत रहस्य वह
जो अब तक अदृश्य, अबूझ था।
लगा स्पष्ट होने क्षण-प्रतिक्षण
जन्म-मरण का जो रहस्य था
प्रश्नचिह्न जो लगा जन्म के सम्मुख अब तक
वही उभरकर लघु से वृहत्तर
बढ़ता गया, विशाल हुआ था।
ध्यान मग्न हो बोधिसत्व पहुँचे जिस स्थल पर
महिमामंडित परम ज्ञान का वह आदर्श शिखर था।

आया ध्यान धरा पर मानव ईश्वर की पूजा है करता
परमात्मा है स्त्रष्टा उसका, उसे मानता अपना त्राता
उसका अंश सभी प्राणी में, लाखों लाख योनि से होकर
करता है संचरण, शास्त्र ऐसा है कहता
इसे अकाट्य प्रमाण मानकर, सब कुछ उसका
झेला करता।

आदिकाल में भय था उसको अग्नि, वायु, जल से, अजगर से
गर्जन करते मेघ, जिन्हें वह अर्घ्य चढ़ाता भय से, डर से।
समय शिला पर श्रमबूंदों से लिखा नया इतिहास उन्होंने
स्थापित कर प्रभुत्व उन्हीं पर, अब तक इन्हें डराया जिनने

बना प्रतापी, शक्तिमान, शासन किया जीतकर उन पर।
फिर भी कौन उठा ले जाता, जब चाहे पृथ्वी से छीनकर
कौन शक्ति वह सखा, बन्धु-बान्धव से ले जाता उसे छुड़ाकर
लक्ष योनि के किसी पड़ाव पर, उसे छोड़ आता है
क्यों होता है जन्म धरा पर किस कारण वह भटक रहा है?
इतना कष्ट सहन कर क्यों वह स्थायी गेह नहीं पाता है?
कहाँ छिपा वह जगत्पिता, वह चिन्मय, वह स्वामी
दीनबन्धु, वह अलख-निरंजन जो सबका पालन करता है
करुणामय, करुणानिधान, त्रिभुवननाथ वह जो स्रष्टा है
क्यों अपने पुत्रों को इतना व्याधि-कष्ट देता रहता है?
क्यों जग के झंझावातों में उन्हें देख वह चुप हो जाता
क्यों माटी के मूल खिलौने समझ उन्हें तोड़ा करता है?

हर प्राणी की आत्मा में निवास है उसका
अंशदान देता अपना और नये-नये प्राणों को गढ़ता।
महाबली, वह अन्तर्यामी, सब प्राणी का वह रक्षक है
जब चाहे वह जिसे बुला ले, सब प्राणी का वह भक्षक है।
देखा नहीं किसी ने प्रभु को, पर सब उसको पिता मानता
दाता भू पर सब कष्टों का, फिर भी दयावान कहलाता।
धराधाम की आत्माएँ स्वयं को, परमेश्वर का रूप मानतीं
है उनका विश्वास, उन्हीं से बिछुड़, उन्हीं में जाकर मिलतीं।

क्या यह सच है? लगे ढूँढ़ने मानव के निर्माणकार को
ध्यान लोक में लगे खोजने सब के स्रष्टा-सृजनहार को।

प्रथम याम में देखा अपने पूर्व जन्म को
द्वितीय याम में मिली उन्हें वह दिव्यदृष्टि जो
असाधारण श्री, जो अपूर्व थी।

भोग, विलास, माया, ईर्ष्या से रहे प्रताड़ित जो जीवन भर
संचित दुष्टकर्मों का फल वे भोग रहे थे इसी धरा पर।
नरक कष्ट या स्वर्ग सुखों का भोग, मात्र क्या नहीं कल्पना
सद्कर्मों या अपकर्मों का फल मिलता है स्वर्ग, नरक में, केवल छलना

द्वेष, घृणा, हिंसा के कारण, आजीवन वे पीड़ा सहते
इतनी व्यथा, अपार यंत्रणा, कौन मूल में? क्यों दुःख पाते?

जन्म, मरण, कष्ट का कारण
कौन जन्म का दाता, हर्ता
उठते प्रश्न, खोजते उत्तर
समुचित उत्तर मिला न सत्वर।
बोधिसत्व निर्लिप्त हो गए
समय, स्थान, की जब संज्ञा से
महारात्रि के तृतीय प्रहर में
जन्म-ग्रहण क्यों? अन्तर्मन ने
उत्तर माँग बोधिसत्व से।
गहराई वह रात
शान्ति का अद्‌भुत सन्नाटा छाया था।
कुछ अद्‌भुत संकेत चीरकर अन्धकार को
हुए प्रकट, फिर मिटे
और फिर व्याप्त हो गए भू, अम्बर पर।
आभा मंडल क्षितिज-शिखर से
चला एक ज्योति से पूरित
मानो होकर विदा उषा से
दिन नायक ही स्वयं चले हों
गहन रात्रि को दिवस समझकर।

कुछ क्षण में ही वह प्रकाश का पुंज अलौकिक
पहुँचा बोधिसत्व के सम्मुख
घेर उन्हें, स्थिर होकर उन पर
घेर वृक्ष को, भूमि खंड को
घेर सकल परिवेश वहाँ का
जान पड़ा इंगित करता कुछ
किसी सत्य के उद्‌घाटन का।

प्रज्वलित थी किरण प्रभा वह
निकली, किया प्रवेश उसी क्षण
बोधिसत्व के मन मन्दिर में।

आलोकित हो उठा
स्थूल तन और सूक्ष्म मन
दैहिक सभी इन्द्रियाँ और सब अवयव।
प्राणवायु भी आलोकित हो उठा उसी क्षण

करता जो संचरण देह के अंग-अंग में
जो आधारशिला आत्मा का
जिसके कारण दीपित रहता है शरीर का
कण-कण
यही प्राणवायु जब संग छोड़कर
किसी समय भी चुपके किसी राह से होकर
हो जाती अदृश्य ब्रह्मांड के किसी वितान में
हो जाता निष्प्राण बोलता-चलता मानव
चुकता तेल, दीये की बाती बुझ जाती है ठीक
उसी क्षण।

एकत्रित ऊर्जा अपरिमित
मंथन करने लगी वेग से
लगी खोजने दुर्लभ था जो ज्ञान
अपरिचित रहा मनुज था जिससे अब तक
नहीं जानता किस कारण से
उसका जन्म हुआ भूतल पर।
इसी खोज में बोधिसत्व भी भटक रहे थे
बीहड़, जंगल, वीरानों में,
कभी मनुज के बीच, कभी हो अलग,
तपस्या के आँगन में।

केन्द्रित ऊर्जा और ध्यान से
लगे खोजने सभी लोक में
उस स्त्रष्टा को जो रहस्य था, कहीं छिपा था
आदिकाल से किसी लोक में।

व्यर्थ हुआ अन्वेषण उनका
मिला न उनको वह स्त्रष्टा जो

सर्व-शक्ति-सम्पन्न स्वयंभू
मानव जिसको पिता मानता।
रचनाकार, महाशिल्पी वह
सब प्राणी का गढ़नेवाला
मिला न कोई बोधिसत्व को
जन्म-यज्ञ का रचनेवाला।

तो फिर कौन प्राण का दाता?
क्या प्रकृति कारण हो सकती?
गहन, सूक्ष्म अवलोकन पर भी
दिखा न उनको कहीं प्रकृति में
ऐसी कोई कला, पराक्रम
जो कारण हो मनुज वंश के जन्म ग्रहण का

तो क्या आविर्भाव धरा पर
व्यर्थ, अकारण श्रेष्ठ मनुज का?

जंगल-झाड़, पहाड़, नदी, सोते, झरनों से
हिम आच्छादित नभ को छूते गिरिशृंगों से
हिंसक जीव-जन्तु के भय से
और अनेकों विपदाओं से
आपूरित धरती को जिसने
श्रम, श्रमश्रु से और शोणित से
कौशल और चातुर्य बुद्धि से
गढ़ा, बनाया इतना सुन्दर
स्वर्ग लोक भी जिसे देखकर
मानव से ईर्ष्या करता हो
उस मानव का जन्म धरा पर
किन कारण से? कैसे? और कहाँ से होता?

लक्ष्यहीन, कारणविहीन
वह अकस्मात् अवतरित हुआ हो
कालखंड के किन्हीं क्षणों में

ऐसा नहीं कभी हो सकता।
सर्वश्रेष्ठ रचना अकारण
यह कैसे हो सकता सम्भव?

न स्रष्टा
न प्रकृति
और न कोई अगर आत्मा?
तो फिर मानव आया कैसे,
किन कारण से,
किन राहों से,
किन गेहों से
इतनी दूर धरा पर?

ध्यान लोक में
गहन विचारों के मंथन से
हुआ सत्य उद्भासित उस क्षण
जो अपूर्व था और विलक्षण।

'भव' हे कारण सभी जन्म का
यही जन्म कारण है जग का
जरा, व्याधि का, विविध कष्ट का,
और अन्त में कारण वही मरण का
स्पष्ट हुआ यह सत्य
खोजता जिसे मनुज था
जन्म-जन्म से, कितने युग से,
बोधिसत्व कितने वर्षों से।
पड़ा आवरण अब तक जिस पर
वही सत्य था खड़ा विहँसता
कृतज्ञता की दृष्टि डालकर
बोधिसत्व से यह था कहता—

'भव' से जन्म
जन्म से 'मृत्यु'
'भव से जन्म
जन्म से मृत्यु'

विविध कष्ट, यंत्रणा धरा के
सब कुछ जन्म-ग्रहण के कारण।

'भव से जन्म, जन्म से मृत्यु'
बार-बार यह सत्य गूँजने लगा धरणि पर
व्याप्त हुआ वायुमंडल में।
खुला द्वार उस ज्ञान मार्ग का
जो जाता था दृश्य जगत से दूर वहाँ तक
मार कुंडली बैठ जहाँ पर छिपा रहस्य था छद्म भेष में
जो भव था, केवल भव था
जो कारण था जन्म मूल में।

हुआ जन्म का प्रथम आगमन
मृत्यु नहीं आई थी संग में।
वह आई थी बहुत युगों के बाद
मनुज की कुवृत्तियों से वसुंधरा को
असह्य बोझ से मुक्ति दिलाने
सृष्टि रचयिता की भगिनी को
अपनी ज्येष्ठा सहोदरा को।

और तभी से
मृत्यु, जन्म बनी सहचरी
नाविक बनकर रुकी रह गई
भवसागर के दृश्य और अदृश्य तटों पर
गमन-आगमन के लहरों से
मथित और उद्वेलित जग में
कूल-किनारा पाने की आशा में व्याकुल
भटक रही आत्माओं को मुक्ति दिलाने
पीड़ित, हर्षित, दुखी, सुखी को
ले जाने उस पार धरा से
अपरिचित अनजान तटों पर।

हुए चमत्कृत बोधिसत्व थे
मिला जन्म का कारण वह 'भव'

जो ओझल था सहज दृष्टि से
जो रहस्य था भू पर अब तक।

जो 'भव' जन्म-मरण का कारण
जो 'भव' विविध कष्ट देता है
उस भव का है कौन विधाता
उसको कौन जन्म देता है?

महत् प्रश्न का
भिन्न-भिन्न परिवेश ग्रहण कर
भिन्न-भिन्न रूपों में वह
होता प्रकट, पुन: छिप जाता
बोधिसत्व के मन से था वह।

जिज्ञासा, फिर खोज, गहन अन्वेषण
यक्ष प्रश्न से उठे हृदय में,
कुछ अबूझ, कुछ अर्थहीन थे
कुछ स्पष्ट, कुछ अर्थपूर्ण थे
सभी पूछते भव का कारण।

दिव्य दृष्टि से,
मन-ऊर्जा की विपुल शक्ति से
ध्यान, ज्ञान के सत प्रयोग से
लगे खोजने 'भव' का कारण।

जग प्रवाह में देखा उसने
शील और संयम के ध्वज को।
साथ-साथ देखा था उसने
कहीं 'काम' और आत्मवाद को
जो निमग्न था आत्मप्रशंसा के गीतों में।
चकित हुए देखा जब उसने
माया, भोग, विलास, लोभ को
ईर्ष्या, घृणा और तृष्णा को
रूप बदलकर, शील ओढ़कर

ललचाते मानव समाज को
अपने दुष्कर मोहपाश में
भूल सभी अध्यात्म, आराधना
नाच रहे थे माया के संग
क्षणभंगुर और मधुर नृत्य में।
भूल जन्म की मूल भावना
माया-मोह-पाश में बिंधकर
मान उन्हें सर्वज्ञ
कर रहे थे चरण वन्दना।

शील, साधुता, सत्य, अहिंसा
करती सतत प्रयत्न
छुड़ाकर मनु-पुत्रों को
जग के भीषण मोहपाश से
ले जाए जग के सुमार्ग पर
जहाँ करें अर्जित ऐसा 'भव'
जो निर्मल हो, सुखद, स्वस्थ हो,
सहज, सरल सोपान बनें जो
पुनर्जन्म के अनजाने, अगले पड़ाव पर

मगर ताक में खड़ी कुवृत्तियाँ
भोग, लोभ, वैभव, विलास की
छद्म भेष में सतत चाहतीं
क्षण भर मिले, पकड़ ले जाएँ
सत् को छोड़ असत् के पथ पर
जहाँ पहुँचकर खो दें सब कुछ
स्वाभिमान, सम्मान और गौरव जीवन भर
षड्यंत्रों में सफल वृत्तियाँ
अन्धकार की अगम गुहा में उन्हें ठेलती
और बाध्य करती है उनको
चयन करें वे असत् कर्मभव
जिसके कारण मानव भटकें उन पड़ाव पर
जो स्थापित हैं आवागमन मार्ग के कितने
दर्दीले, तीखे कटाव पर

कष्ट साध्य कितने चढ़ाव पर।
ये वृत्तियाँ ही उपादान की
सद् या असत् कर्मभव कारण
सद्वृत्तियाँ प्रेरित करतीं सुमार्ग पर
कुवृत्तियाँ बहलातीं उनको
और खींच ले जातीं उनको
काम-भोग, भीषण कुमार्ग पर।

संयम, शील, सत्य का आश्रय
या असमय कुदृष्टि दोष से
काम, भोग, वैभव-विलास से
अगनित उपादान के मेले
उलझाते, भटकाते मनु को
दोषपूर्ण कर्म-भव पाते
और विवश हो जिसके कारण
पुनर्जन्म में वे फँस जाते।
उपादान क्यों? किसके कारण
कौन सृष्टि में स्रष्टा इसका?

दिव्यदृष्टि से देखा आकर्षक तृष्णा को
जो घेरे थी उपादान को सखी, सहचरी बनी संग में
रूप और लावण्य ओढ़कर, अपना असली रूप छिपाकर
विवश कर रही मानुपुत्रों को, कुत्सित चाहों के कुमार्ग पर।

तृष्णा जगती
विविध लालसा संग में लाती
तृप्ति चाहती इच्छाओं की विधि श्रृंखला।
मनु का पुत्र भटक जाता तब
क्षणभंगुर क्रीड़ा के सुख में
क्षणिक तुष्टिहित खो देता वह
स्वाभिमान, सम्मान, सभी कुछ।
कौन जन्म देता तृष्णा को
कौन पालता इस कुटिला को?

उपादान जिसके कारण भव
भव के कारण गमन-आगमन
तृष्णा उपादान का कारण
जो भव के कारण का कारण।

गहन तपस्या से वर्षों की
आलोकित था उनका तन-मन
प्रश्न उभरते एक-एक कर
समुचित उत्तर मिलते क्षण-क्षण।

मन-दर्पण में पड़ी दिखाई कुटिल वेदना
वही वेदना जन्मदायिनी उस तृष्णा की।
मानव हो बेहाल वेदना के दंशों से
बदहवास दौड़ा करता है सारहीन जग के मरुस्थल में
मृगमरीचिका के दंशों से क्षण-क्षण बढ़ती प्यास तृष्णा की।
फण काढ़े तृष्णा जगती है
विविध चाह की स्फुलिंग शिखाएँ
तन-मन को जर्जर करती है
अपने भीषण काल दंश से
भरमाती, उनको डसती है।

वही वेदना स्वयं जन्म लेती उस क्षण में
होता जब संयोग वस्तु का
ज्ञान इन्द्रियों के माध्यम से
सूक्ष्म, सूक्ष्मतर मानव मन से।
मन, वस्तु, इन्द्रियाँ
तीन का संगम
जिससे होता जन्म स्पर्श का।
यही स्पर्श जन्म तब देता
कुटिल वेदना को जो आती
भावुक मन के उपकुलों पर
इठलाती, इतराती आती, मोहक रूप सजाकर
जन्म साठ हठ करने लगती, जग के सुन्दर, प्रेय वस्तु पर।

नयन राह पर जब भी होती भेंट
स्पर्श का किसी वस्तु से
जो मोहक, अनुपम, सुन्दर हो
तो विह्वल हो स्पर्श चीखता
यही चाहिए, अभी चाहिए।
इसे प्राप्त करने में सुख है
ऐसा सुख जो वर्णन से है परे
और गर नहीं मिले तो असह्य वेदना
विरह व्यथा की ज्वलित शिखा के
क्रूर दंश-सी तन-मन को घायल करती है।

दूर, निकट या बगल पार्श्व से
कोकिल कंठा के गायन की
या स्वर लहरी किसी वाद्य की
वितरित करती है मिठास जब कर्ण द्वार पर
तब मादक सुगन्ध की लहर तैरती
दस्तक देती मनु-मन के उद्वेलित तट पर
इच्छा से संतप्त मनुज की ज्ञान इन्द्रियाँ
चक्षु, क्षेत्र, प्राण से कम्पित
मानव मन की भाव-लहरियाँ
प्रेरित करतीं एक-दूसरे को व्याकुल हो।

प्रेय, श्रेय का भेदन भूलकर
उठती मदमाती सुगन्ध से
सम्मोहन की विरल अवस्था
सुध खो तृष्णा नहीं जानती
क्या खोती, क्या अर्जित करती
कौन कर्मभव? कैसा? कितना?

मन पनघट पर
एक-एक से बढ़कर दुर्लभ
रूपवती, लावण्य-ओज से बेसुध,
या पावन गंगा धरा लोक की
लाल, नील, लोहित रंगों को

गगन मार्ग में दिनकर के माध्यम से
प्रेषित करतीं जब प्रतीचि के स्वर्णअंक में
उठते भाव अनेकों मन में एक-एक कर
ज्ञान इन्द्रियाँ विवश, व्यथित हो चाह दंश से
अनुप्राणित करतीं व्यक्ति-व्यक्ति को
सत् और असत् भाव के स्वर से।
महामिलन के इस अवसर पर
कुछ होते हैं काम प्रताड़ित
खोते अधिक, स्वल्प पाते हैं
कुछ निर्मल, उदात्त भाव से
प्रेरित होकर अर्जित करते
पुण्य और बहुमूल्य कर्म-भव।

एक श्रृंखला
अद्भुत, अभिनव
कड़ी-कड़ी से जुड़ा फलाफल
जो निखारता मनु स्वरूप को
और बनाता उसे पुरोधा
जन्म-यज्ञ का, मरण-पर्व का।

स्पर्शजनित इतना फल-प्रतिफल
मुट्ठी भर बस धूप, शेष दिन
पश्चात्ताप-ठंड से विह्वल।
षष्ठ आयतन जो देता है जन्म स्पर्श को
उसका स्रोत कहाँ से, कैसे
कौन जन्म देता है उसको?

क्या यह स्पर्श स्वयंभू है जो
कारण है इतने कष्टों का?
कौन प्रेरणा देता इसको
क्या कारण इसके उद्भव का?

ध्यान लोक में
प्रकट हुआ वह अंकुर कोमल

हटा धरिण के आँचल को जो
झाँक रहा था विस्मित, विह्वल,
धरा गर्भ में गला, पचाकर
बीज स्वयं को लुटा चुका था
क्रम न टूटे प्राणयज्ञ का
नव अंकुर को जन्म दिया था।

अंकुर बढ़ा
बढ़े थे अवयव
दो कोंपल का जन्म हुआ था।
अंकुर,
पुन: विहँसते पत्ते
सबका उद्भव मृत्यु-यज्ञ से
जन्म-मरण के धूप-छाँह से।
आयोजक था स्वयं बीज वह जन्म यज्ञ का
मिटा पूर्ण अस्तित्व, अनाम हो
चिर निद्रा में सो जाता वह आहुतकर्ता महायज्ञ का।

अंकुर उगता
तभी तने, पत्ते लगते हैं।
षष्ठ आयतन भी धरती पर
'नामरूप' के संग आते हैं।
नामरूप के बिना चक्षु या
श्रोत्र, प्राण का, या रसना का
क्या सम्भव अस्तित्व धरा पर?

नामरूप का क्या कारण है?
कौन, वहाँ से, कैसे इसको
भेजा करता क्षण-क्षण हर पल?

बोधिसत्व अब पूर्ण ज्ञान के प्रबल पुंज थे।
ज्ञान लोक की सीमाएँ सब टूट चुकी थीं
पहुँच गए थे उस मंजिल तक, जिसके आगे
ज्ञान प्राप्ति के लिए और अब कुछ भी शेष नहीं था।
इसी ज्ञान के शीर्ष शिखर से देखा उनने

नामरूप का कारण था विज्ञान स्वयं वह
जिसका उदय स्वयं आश्रित था नामरूप पर।
जगता जब विज्ञान तभी तो नामरूप अस्तित्व धरा पर ले पाता
किन्तु वही विज्ञान नहीं सम्भव है, नामरूप के किन धरा पर।
जन्म, उदय का और वृद्धि का, एक-दूसरे का कारण है
प्रत्यय है विज्ञान जहाँ से नामरूप जीवन पाता है
वहीं नामरूप जीवन पाकर आश्रयदाता बन जाता है
उसी चेतना का जिससे वह अपना रूप ग्रहण करता है।
नागरूप विज्ञान महज एक-दूसरे का पूरक है।
निर्मित और विनिर्मित सब के कार्य और कारण का फल है।

अद्‌भुत है सम्बन्ध
एक के बिना दूसरा
नहीं जन्म लेता या पलता।
यही चेतना, यही नामरूप
बनता है दर्शन जीवन का
ये आधारशिला बनते हैं
जगी चेतना से भव तक का।
दर्शन यही प्रकाशित करता
आलोकित करता उस पथ को
जिस पर जन्म-मरण चलता है।

निमित्त और नैमित्तिक का
वैज्ञानिक है सम्बन्ध
और दर्शन अपूर्व है।
कारण से फल कारण बनता
नये फलाफल, नये कर्म का।

कुछ भी नहीं समझ से बाहर
नहीं कोई अदृश्य शक्ति है
जिसके कारण जन्म-मरण का
वृद्धि-नाश का, धरा धाम पर
उद्‌भव और पराभव होता।

चिन्तन के अविरल प्रवाह में
बोधिसत्व ने अवगाहन कर
मानसरोवर के मराल सम
मोती चुनकर जो पाया था
चरम सत्य अनुपम अपूर्व था।
'जन्म' स्वयं ही कारण बनता
कष्ट, व्याधि का, जन्म-मरण का।
कारण जन्म, निवारण उसका
मोक्ष, प्राप्त करना जीवन से
जन्म-जन्म से, पुनर्जन्म से।

भूल सत्य को खोज
और बुद्धत्व प्राप्त कर
बुद्ध हो गए।
पुनः उसी क्षण ध्यानमग्न हो
लगे खोजने क्या निदान है जन्म-ग्रहण का
जो कारण है सब कष्टों का, जरा-मरण का।

जन्म-निरोध सम्भव है क्या?
जन्म नहीं लेना सम्भव है?
क्या मानव कर सकता ऐसा?
कैसा जप-तप? कौन क्रियाएँ? कौन विधाएँ?
कैसा ध्यान? साधना कैसी?
ज्ञान? भक्ति? या किन राहों से
जन्म-निरोध करना सम्भव है?

ध्यान लोक में
उत्तर मिला उसी क्षण उसको
जन्म नहीं लेना सम्भव है।
गर निरोध हो उपादान का।

उपादान की जननी तृष्णा
गर तृष्णा का ही विनाश कर सके मनुज तो
उपादान का भी निरोध करना सम्भव है।

तृष्णा लेती जन्म वेदना की लहरों से
जिन पर चढ़कर चाह अनेकों
भरमाती मानव के मन को
और अलभ्य को पा लेने की हठ करती है।
अस्तु वेदना का निरोध ही
आहत कर सकता तृष्णा को
उसे मिटाकर, नष्ट-भ्रष्ट कर
उपादान से जनित कर्मभव
का वर्जन करना सम्भव है।
षष्ठ आयतन ही कारण हैं उन स्पर्शों के
जिन्हें नष्ट कर कुटिल वेदना का निरोध करना सम्भव है।
नामरूप का ही निरोध कर इन्हें नष्ट करना सम्भव है।

नामरूप को तभी मिटाया जा सकता है
गर विज्ञान नष्ट हो जाए
जो इसका है जनक धरा पर
और स्वयं जो आश्रित रहता नामरूप पर।

विज्ञान मूल में संस्कार है
तो निरोध करना आवश्यक है संस्कार का
संस्कार गर मिट जाए तो विज्ञान मिटाया जा सकता है।

संस्कार का जन्म अविद्या के कारण है
अस्तु अविद्या को विनष्ट कर
संस्कार का है निरोध सम्भव इस जग में।

बोधिसत्व अब पहुँच गए थे
यात्रा के अन्तिम पड़ाव पर
सत्य-धाम पर जिसके लिए
छोड़कर सब कुछ, राज-पाट, परिवार, बन्धु को
विपदाएँ अनेक झेली थीं
आज सत्य का दर्शन पाकर
बोधिसत्व से बुद्ध बने वे।
सब लुभावने प्रेम छोड़कर

श्रेय सत्य को समझ-बूझकर
अकथ परिश्रम से मानवहित
अमृत-कलश ढूँढ़ लाए थे।

महासत्य के अन्वेषण के कठिन मार्ग में
मिली नहीं आत्मा कोई जो अमर कहानी
सृजनहार भी मिला नहीं कोई भूवासी का
और न समुचित कारण कोई ढूँढ़ सके थे
हुआ अवतरण क्यों मानव का वसुंधरा पर।

परमज्ञान तक पहुँचे थे वे जिन राहों से
वे शोभित थे अष्टांगिक सम्यक् विचार से
इसी मार्ग का अवलम्बन का शान्ति मिली थी
मिला जिन्हें परमार्थ और वे बुद्ध बने थे।

चतुर्दश सोपान

अन्वेषण के कठिन मार्ग

बाधाएँ, विपदाएँ कितनी
दैत्याकार रूप धारण कर
कदम-कदम पर उन्हें डराती
अन्वेषण के कठिन मार्ग पर
बोधिसत्व पर डिगे नहीं, न डरे तनिक भी।
खोज निकाला था कारण जो
बन रहस्य छिपकर बैठा था
जड़ में विविध दु:खों के।
हुए सफल थे पा लेने में
कारण-कार्य, निमित्त-नैमित्तिक
जो सिद्धान्त नियंत्रित करते
सृष्टि सृजन को और क्षरण को।
इसी ज्ञान की महाप्राप्ति ने
बोधिसत्व से बुद्ध बनाया
देव, मनुज, गन्धर्व, सबों ने
हर्ष और उल्लास मनाया।

ज्ञान, ध्यान, तप, त्याग, साधना
सब कुछ फलित हुआ था
शत-शत कल्पों पूर्व उन्हें जब
आदिबुद्ध दीपंकर ने आशीष दिया था।
काल भाल पर, अबूझ और उन्नत ललाट पर
बहुत सृष्टियाँ निर्मित और विनिर्मित होंगी
कवलित होकर पुनः बसेगी, पुनः मिटेगी
काल समय के महासिन्धु में अवगाहन कर

अर्जित पुण्य कर्म के बल पर
काल खंड के किसी एक दिन पर
हे कुमार 'मेघा' तुम निश्चित
बोधिसत्व से बुद्ध बनोगे।
वही शुभाशीष, वही सत्य साकार हुआ था
'मेघा' बुद्ध बने थे, जग ने मुक्ति द्वार पाया था।
कारण-कर्म, मरण-जीवन के अविरल, अनजाने प्रभाव में
लक्ष्य प्राप्ति की व्याकुलता में, भिन्न-भिन्न जग के प्रवाह
बोधिसत्व से बुद्ध बने थे और जगत का त्रास मिटाने
जन्म-मरण के भँवर बीच में पड़े मनुज के पार लगाने
मुक्ति दिलाने, तरु के नीचे पुनः तपस्या लीन हुए थे।
ज्ञान प्राप्ति से आह्लादित हो
उरुवेला में
उसी बोधि की मृदुल छाँह में
मौन, धीर, गम्भीर
निरखते रहे ध्यान में अन्तर्मन को,
उसी स्थान को, उसी समय को
जहाँ और जब उन्हें प्रधम सम्बोधि मिला था।
आसन एक उसी पर बैठे रहे सात दिन
सुबह-शाम, दोपहर, रात-दिन।
परम मुक्ति से परिप्लावित हो रहे निरन्तर
सम्बोधि से हो रहा भीगता बाह्य और अभ्यन्तर।

बीता जब सप्ताह मूल में बोधि वृक्ष के
उठे, गए अजपाल वृक्ष के नीचे।
पुनः सात दिन बैठे रहे एक आसन में
निर्विकार हो, हुए निमग्न ज्ञान चिन्तन में

इन्हीं दिनों में 'हुंहंक जातिक' एक विप्र ने
अभिवादन कर, कुशल-क्षेम उपरान्त, विनम्र हो
प्रश्न एक था पूछा। ब्राह्मण कौन?
कौन सा धर्म बनाता है ब्राह्मण को?
कौन बनाता है ब्राह्मण को?

ताड़ गए जो व्यंग छिपा था महत् प्रश्न में।
जान चुके थे कुप्रचार जो ब्राह्मण कुछ करते थे
बुद्ध बड़ा ब्राह्मण द्रोही है।
काम द्वेष, ईर्ष्या का उसने
स्वयं शमन नहीं किया है
कैसे वह उपदेश मनुज को दे सकता है?
नव सम्बोधि प्राप्ति का कैसे वह दावा करता है?
डींग हाँकता है वह केवल, लोगों को ठगता है।

मृदुल ह्रास छाया था मुख पर
ब्राह्मण कौन? सुना अज्ञानी!
नहीं जन्म से कोई ब्राह्मण
निरभिमानी, संयत, ज्ञानी है
ब्रह्मचारी, ब्रह्मवादी वह है
सदाचार का, ज्ञान-ध्यान का वह है पालनकर्ता
पाँच गुणों से युक्त मनुज ही है ब्राह्मण कहलाता

बीता यह सप्ताह, सात दिन
उठे बुद्ध होकर प्रसन्न छाया से।
वृक्ष वृहत् अजपाल मौन था
धन्य-धन्य था। इतना समय बिताया उनने
बोधिवृक्ष के बाद उसे ही दिया मान या प्रभु ने।
वहीं पार्श्व में खड़ा मौन था
वृक्ष महामुचलिन्द; प्रतीक्षा में था कब से
प्रभु गौरव दे उसे अन्य-सा
बैठ सघन उसकी छाया में।
स्वप्न हुआ साकार जल्द ही
समदर्शी प्रभु आए, बैठे
चिन्तन करते रहे सात दिन
आनन्दित मुचलिन्द झूमने लगा गर्व में
मन्द-मन्द, मर-मर के मीठे ध्वनित हर्ष में।

बैठे ही थे घटा उमड़ने लगी चतुर्दिक
सात दिनों तक घटा घोर, घनघोर घेरकर

रही बरसती धराधाम पर, महाप्राण पर।
वर्षा मूसलाधार, चमकती रही मेध की अंकशायिनी
क्रुद्ध दामिनी ठहर-ठहरकर।
चलती रही बयार महा गर्जन-तर्जन में
अंग-अंग को कँपा रही थी
ऐसी ठंड लिये थी संग में।

प्रकट हुआ मुचलिन्द नाग
इस कठिन समय में।
लिया लपेट अंक में अपने
और बचाया प्रभु को उसने।
वर्षा, हवा, महाठंडक में
कवच बना वह तन को ढककर
हुआ धन्य वह प्रभु सेवा में।

दिवस तक चला युद्ध अनवरत, भयंकर
प्रभु बैठे थे अविजित अचंचल।
सकल सृष्टि, मानव, प्राणी ने
सबने झेला था प्रकोप वह निडर भाव से
जो आया था शायद उन्हें डराने।
जीत धरा के ही प्राणी की हुई अन्त में
क्योंकि प्रभु थे साथ परीक्षा की घड़ियों में।

वर्षा रुकी, ठंड भागा था
पवन शान्त हो प्रभु के चरण लगा सहलाने।
मुचलिन्द नाग बालक स्वरूप में
खड़ा हो गया हाथ जोड़कर
'प्रभु आज्ञा दे' की आशा में।

तभी हुई वाणी मुखरित थी
प्रभु बोले 'उदान में'

वही सुखी, सन्तुष्ट हुआ करता है जग में
जिसमें संयम, सदाचार है

पाता वह निर्द्वन्द्व सुखों का सागर जग में
सभी कामना त्याग उसे वैराग्य मिला करता है।
वैराग्य साधना का मीठा फल
वही मनुज पाता है जग में
कठिन तपस्या और संयम जिसका संबल है।

विदा लिया मुचलिन्द वृक्ष से
आए प्रभु तब 'रामयतन' के नीचे
वहीं एक आसन में बैठे
हुए निमग्न पुनः चिन्तन में।

दिवस बीतने लगा
और प्रभु भी विमुक्ति के
रसास्वाद में सराबोर हो
रहे निरखते जग प्राणी को
विविध कष्ट के आर्तनाद में।

प्रथम बोधि जब मिला उन्हें था
दिवस अनेकों बीत चुके थे।
भूख-प्यास से दूर मगर वे
रस विमुक्ति का ही पीते थे।
रहे घूमते उन वृक्षों, स्थानों के नीचे
जहाँ बैठकर मुक्ति-ज्ञान का बोध हुआ था।

तभी एक दिन
उत्कलवासी दो व्यापारी
नाम तपस्सु और मल्लिक था
पहुँचे 'गया' जहाँ पर प्रभुवर
थे निमग्न मुक्ति-गायन में।

शकट रुके
रुक गया कारवाँ
मल्लिक, तपस्सु बहुत दुखी थे

ज्ञात हुआ था जब से उनको
निराहार थे, न कुछ खाया, न पिया था
बीत गए सप्ताह सात थे।
किया परिश्रम, बहुत निहारा
मिला न भोजन, न सामग्री
वहाँ कहीं पर आस-पास में
उनका भी उपहार कभी का चुका
स्वदेश में जो लाए थे अपने संग में
बचा मात्र कुछ मंठा और मधुपिंड शेष थे।
श्रद्धा सुमन चढ़ाकर उन पर
विनय, शील से उनको ढककर
आदर और सम्मान सम्मिलित बाढ़ लिये आँसू के
पहुँचे वे प्रभु के समक्ष में प्रेम और श्रद्धा के बल पर।

तन की संज्ञाविगलित एकाकार हुई थी।
भूल सकल परिवेश, स्वयं को
आसन छोड़ तथागत खड़े हो गए
'भक्तों के वश होते हैं भगवान'
दृश्य अलभ्य, अनुपम अपूर्व था।
भरे कंठ से बोले दोनों
ग्रहण करो ये तुच्छ भेंट
कुछ मंठा है, कुछ लड्डू हैं
और नहीं कुछ बचा शेष है।

द्रवित हुए प्रभु
तन-मन की निष्कपट अर्चना को निहारकर।
पात्र नहीं था पास
ग्रहण जिसमें वे करते
कुछ खाने को या पीने को।
भूख-प्यास तिलांजलि दे
पी विमुक्ति रस तरु के नीचे
दिवस अनेकों बिता चुके थे।
नजर पड़ी उस शिलाखंड पर
जो सदृश था एक पात्र के

उठा लिया, स्वीकार किया मधुपिंड और मंठा को उसे
बड़े चाव से लड्डू खाकर, मंठा भी पिया उसी पात्र में

भोजन हुआ समाप्त
बुद्ध के मुखमंडल पर, तृप्ति भाव अंकित थे,
और भक्त भी पूर्ण तृप्ति में
आह्लादित, आकुल थे।
कौन तृप्त थे अधिक
भक्त या कि भगवान्
आँकना बहुत कठिन था।

मल्लिक, तपस्सु सविनय नत थे
कृतज्ञता से झुके हुए थे।
चरण पकड़कर बोले प्रभु से—
'नये धर्म में हमें शरण दे'
धर्मदेशना आप हमें दे
बुद्धं शरणं गच्छामि
धर्मं शरणं गच्छामि।

नयन उठे, देखा था प्रभु ने
भाव निष्कलुष, स्फटिक हृदय थे
धर्मदेशना के अधिकारी
मल्लिक, तपस्सु बड़े सरल थे।

उठा दाहिना हाथ वरद मुद्रा में
धर्म, ज्ञान की ज्योति निकलकर
दोनों के तन-मन से होकर
सूर्यप्रभा-सी गई सींचकर
हुए परिष्कृत मल्लिक, तपस्सु
नये धर्म में दीक्षित होकर।

धर्मप्रवर्तन के क्रम में थे
बने अनेकों भक्त, शिष्यगण
श्रावक बने, उपासक कितने

नये धर्म में आश्रय पाकर।
देवी कितनी बनी भिक्षुणी
आई बुद्ध शरण को पाकर।
पर गौरव पाया दोनों ने
प्रभु से धर्म ज्ञान को पाकर
धर्मदेशना पाकर दोनों
हर्षित और प्रफुल्लित होकर
निकल पड़े वे नये मार्ग में
बौद्ध धर्म के यश गान में।

बुद्धं शरणं गच्छामि,
धर्मं शरणं गच्छामि
नये धर्म का उदयकाल था
संघ स्थापना में विलम्ब था।

सात दिनों तक
समयतन वृक्ष के नीचे
दुहराया प्रतिलोम और अनुलोम प्रभु ने
नये धर्म की परम शान्ति धारण कर।
उठे और वे करने लगे विहार पुनः
अजपाल वृक्ष के नीचे आकर।

करते रहे विहार
सोचते रहे मोक्ष पर
और उसे पाने की विधि पर।
चिन्तन के इस काम में उनको
शंकाओं ने घेर किया कुछ प्रश्न अटपटे
नये धर्म की ग्राह्यता पर
संशय ने भी किया प्रश्न कुछ खोटे।

उद्विग्न बहुत थे,
मन में उठे वितर्क अनेकों
लगे सोचने—
मुझे धर्म का ज्ञान हुआ जो

उसका अर्थ समझ आएगा इस जग को
लोग जहाँ के काम लिप्त है
तृष्णा में संलग्न सित्त है
उनके लिए समुत्पाद बोधगम्य है।

मुझे मिला जो वह
शान्त, प्रशान्त, उपशान्त बहुत है।
सभी तर्क से परे, कल्पनातीत अधिक है
उत्तम है, पर वे क्या समझे जो अशान्त है।
बोधगम्य वह नहीं धरा के जनसाधारण मानव के हित
पर ज्ञानी और श्रेष्ठ जनों के लिए गम्य है।
है परमार्थ, शमन करता है जग के भव-तापों का
अनादान है, लेन-देन से परे धर्म है।
उज्ज्वल है यह धर्म, मार्ग इसका उत्तम है
किन्तु समझ से परे, नहीं यह बोधगम्य है।
तो क्या मेरा कठिन परिश्रम सब है निष्फल
नहीं योग्य मानव सेवा के, हित इसमें मेरा ही केवल।
तो कैसे कहूँ घरावारी को—मैंने क्या पाया है?
या इतने वर्षों के तप में मैंने सब खोया है?
तो क्या उदासीन बन घूमूँ मैं भू तल पर
निरपेक्ष हो कुछ न बोलूँ नई प्राप्ति के फल पर
या मैं उचित समय की तब तक करूँ प्रतीक्षा
समझा पाऊँ जब मैं जग को नये धर्म की दीक्षा
या काम वासना से पीड़ित को होने दूँ बेहाल
खो जाऊँ मैं जग कोलाहल में बनकर फिर कंगाल?

शंकाओं के तीव्र घर में
दूर बहुत वे निकल चुके थे
पता नहीं कब तक द्विविधा में
पड़े सोचते, रहे विकल थे?

आदिबुद्ध ने तभी पुकारा
अन्तर्मन ने भी झकझोरा
ललकारा स्मृतियों ने उनको

संकल्पों की याद दिलाया—
किसके लिए छोड़कर सब कुछ
यशोधरा, राहुल, माता को
राजपाट और कपिलवस्तु को
वर्षों-वर्ष घने जंगल में
सरिता तट, आश्रम, नगरों में
खाक छानते फिरे निरन्तर?
धरा कष्ट के समाधान हित
साधक, ऋषि, तपस्वी बनकर
विविध दु:खों को रहे झेलते
और अन्त में पाया तुमने
नया धर्म वह मुक्ति और निर्माण मार्ग का।

चिन्तन में आलोक नया उभरा था फिर से
अन्तर मन और आदि बुद्ध के मीठे स्वर ने
संकल्पों, स्मृतियों के चुभते उपालम्भ ने
विवश कि वे सोचें फिर से
करें विवेचन नये धर्म पर नई दृष्टि से।

करुणा के नूतन स्वर उभरे
चिन्तन के प्रवाह थे बदले
नूतन था विश्वास, दीप आशा के निखरे
आलोक ज्ञान का फैला फिर से
संशय के बादल थे बिखरे।

प्रश्न उठे
मन के निगूढ़ कोने में—

भूलूँ कैसे उन ज्वलन्त यादों को
भूलूँ कैसे किए गए वादों को
स्वप्न मानकर इन्हें भुला दूँ
नहीं कदापि यह है सम्भव
जान बुलबुला इन्हें मिटा दूँ
सिर्फ कठिन ही नहीं, असम्भव।

नये धर्म की जो महान् उपलब्धि मिली है
उसे प्रचारित करूँ विश्व में
उसे समर्पित कर मानव को
नया धर्म स्थापित कर जग में
करूँ निर्वहन जग को दिये वचन को।
नया धर्म जो मिला, शान्त है
तर्कपूर्ण, गम्भीर, रजोगुण रहित,
कान्तिमान, सम्पन्न गुणों से,
स्वाभाविक है और प्रशान्त है।

अगर नहीं उपदेश करूँ मैं ऐसे नये धर्म का जग में
कैसे मनुज मुक्ति पाएँगे जन्म-मरण के मन में
आवागमन राह पर काँटे बिछे हुए हैं कब से
शायद कर्म-भावों के कारण भू पर आया जब से।
इन कष्टों को दूर करेगा, नया धर्म यह मेरा
ज्योतिर्मय जग को कर देगा, तोड़ तिमिर का घेरा।

अन्य धर्म से परे धर्म यह निरासक्त है
निर्मल है यह धर्म, गगन की तर स्वच्छ है
चित्त, विचारों परे गुह्यतम
सब धर्मों में है यह उत्तम
मुक्ति और निर्वाण प्राप्ति का
मार्ग कठिन यह पर सर्वोत्तम।

समझ नहीं पाया अब तक जो
किसी सिद्ध, साधक ने भू पर
वह अब स्पष्ट हुआ है मुझको
सम्बोधि प्रथम की क्षमता पाकर।

आदिकाल से पीड़ित करती
रहीं भ्रान्तियाँ उनको जग में
काम प्यास की रूप यौवना
भरमाती है उनको मग में।

करुणा-कलश खोज लाया हूँ
खड़ा विश्व के अखिल मंच पर
किन्हें बुलाऊँ, दौड़ रहे सब
माया के तीखे कटाक्ष पर।

अदृश्य लोक में पराशक्ति है
पिता मान उसको भजता है
नहीं जानता भुजबल अपना
सभी श्रेय उसको देता है।

कैसे तृप्त करूँ मैं इनको
आदिकाल से ये पीड़ित हैं
ये असाध्य रोगी है भू के
कठिन व्याधि से सभी ग्रसित हैं।

नया धर्म बतला सकता है
माया से बचने की राहें
उन्हें बचा सकता है जिनको
दंशित करती जग की चाहें।

मैं उबार सकता हूँ उनको
जग माया के विकट जाल से
निर्वासित कर सकता मानव
चिन्ताओं को स्वयं भाल से।

ऐसा पर सम्भव तब होगा
परिवर्तन हो उनके स्वभाव में
धर्म, कर्म और युग स्थापित
रूढ़िग्रस्त उनके विचार में।

क्या ऐसा वे कर पाएँगे?
क्या उनको समझा पाऊँगा?
नहीं अगर तो—

मौन रहूँगा
निरपेक्ष हो चिन्तन गहन करूँगा।
नये ज्ञान की गर अविजित शृंग शेष हो कोई
ध्वज मानवता का फहराकर उन पर विजय करूँगा।
ज्ञान श्रेष्ठता नये धर्म की
भू, नभ और पाताल लोक में
रहनेवाले सभी प्राण को
स्थापित कर दिखला जाऊँगा।

पर ऐसा क्या सम्भव होगा?
स्वयं बुद्ध ही द्विविधा में थे।
नये धर्म का करें प्रवर्तन
या वे करें प्रतीक्षा तब तक
समय बने अनुकूल कभी, या
बना रहे प्रतिकूल अगर तो
पुनः तपस्याशील बने वे
और खोज वह धर्म पुनः जो
हो स्वीकार धरावासी को?

तभी पुकारा अन्तर्मन ने
जहाँ बैठ सद्ज्ञान, सहजबुद्धि मानव को
राह बताती जब वह भ्रमित हुआ करता है।
इसी ज्ञात ने सहापति भगवान रूप में
संशय शापित, विकल देखकर उन्हें पुकारा—

हे भन्ते! भगवान॥
धर्म का अमृत बाँटो वसुंधरा पर।
धरा धाम पर ऐसे भी प्राणी अनेक हैं
धर्मदेशना जो चाहते हैं।
सही धर्म की राह नहीं मिल पाती उनको
इस अभाव के कारण ही वे
होते हैं पथभ्रष्ट, कुमार्गगामी होते हैं।
सुगत। देखिए मगध राज्य में
जो फैला है, वह अधर्म कितना दूषित है?

हे समेध! हे सार्थवाह॥
चढ़े धर्म के शिखर श्रृंग पर
करे घोष, उद्‌घोष
कहे जन-जन को जग में
'नया धर्म जो मैंने पाया
वह जनहित में श्रेष्ठ और उदात्त बहुत है।'

बाँटों उनमें प्राप्त किया जो बुद्ध आपने
नया धर्म निर्माण मुक्ति का
अज्ञान कुहासा तुरन्त हटाकर
यह दिखा दे उन्हें मुक्ति का।

खोलो द्वार धर्म का अपना
आने दो भूले-भटकों को नये धर्म के मुक्त गेह में
बरसाओ करुणा जल शीतल नये धर्म का
जी भरकर पीने दो युग से प्यासे सभी मनुज को
एक बूँद की भी प्यास नहीं हर जाए ऋषिवर
शेष धरा की अमिट चाह में।
हे उत्ऋण-ऋण के साधक।
पराक्रमी हे। विजयी हे संसार समर में
मिले विजय-श्री धरा लोक के
सब प्राणी को भीषण भोग समर में।

नये धर्म के पारंगत हैं
हानि-लाभ से परे आप हैं
वाणी विचार में आप विशुद्ध हैं
धरा कर्म-भव में प्रबुद्ध हैं
सिद्धि प्राप्त कर आप बुद्ध हैं।

विजय प्राप्त कर सब आसव और मल पर
घृणित चाह और जग की सब तृष्णा पर
धर्म नया जो ढूँढ़ा प्रभु ने जग मानवरहित
त्राण मिलेगा जग को अपने सभी दु:खों पर।

शंकाएँ सब मिटीं
ज्ञान की आभा बिखर गई थी।
शुद्ध चक्षु से देखा प्रभु ने मानवता को
जो बुराइयों से पीड़ित थी।
नरकलोक की गाथाओं से भयाक्रान्त जग
स्वर्गलोक से सुख-सपनों में विचर रहा था।
आशान्वित था किसी एक दिन
कल्पवृक्ष के छाँह तले वह जो चाहेगा, पा जाएगा
रूपवती उर्वशी, मोहिनी के चिरयौवन से खेलेगा
स्वर्ग-देव सम अतुल सुखों का भोग करेगा।

छलनाओं में फँसे मनुज को देख
दुखित हो लगे सोचने
तभी उसी क्षण उसी विश्व में देखा उनने
वे कुशाग्र, वे धर्मपरायण जो दानी थे, जो ज्ञानी थे
जो स्वभाव से आस्था रखे धर्मभाव में
और खोजते धर्मगुरु जो दीक्षा देकर
उन्हें ले चले धर्मलोक के मुक्ति मार्ग में।

विहँस उठे प्रभु।
हर्षित और प्रफुल्लित होकर
गाथाएँ जो कहा उन्होंने
सुना सृष्टि ने, जगप्राणी, मानव समाज ने।
काम थम गया
अमृत वर्षा हुई धरा पर,
तृषित जगत के चर और अचर, प्राण ने, जड़ ने
छककर पिया, तृप्त और आनन्दित होकर।
तन-मन की संज्ञा से बेसुध
गोत्रहीन, बनकर अनाम वे
लगे श्रवण करने वाणी जो
गिरि निर्झर सम मृदुल ह्रास में
सम्बोधित कर लगी जगाने—

हे धरावासियो! सुनो!
सुनो! मैं गौतम बोल रहा हूँ।

स्वत: त्याग कर राजपाट में, कपिलवस्तु को छोड़
बहुत वर्षों से गिरि-कानन में, सरिता तट पर,
ग्राम-नगर में दर-दर भटक रहा था।
कठिन तपस्या, विविध साधन के माध्यम से
जन्म-मरण का, पुनर्जन्म का कारण खोज रहा था।

सुनो! मिला वह सत्य मुझे है बोधिवृक्ष की मृदुल छाँह ही
मगध देश में, निरंजना के तट पर उरुवेला में
पाया मैंने नया धर्म है मुक्ति और निर्वाण प्राप्ति का
इसे प्राप्त कर, अर्हता बनकर मैं पुकारता
सुनो धरा के प्यारे वासी! गौतम बोल रहा हूँ।

खर्ब-खर्ब कल्पों में मैंने
रूप अनेकों धरे और
अर्जित कर कितने पुण्य-कर्मभव
बुद्ध बना मैं और बना आचार्य
धरा के नूतन, अभिनव नये धर्म का।

सीतिभूत, मलरहित एक मैं
नहीं दूसरा मुझे सदृश है कोई जग में
मैं अर्हन्त, मैं श्रेष्ठ ज्ञान का दाता शिक्षक
देव, मनुज, गन्धर्व, असुर के सब लोकों में
मैं ही हूँ वह 'जिन' जिसको खोज रहे तुम भू पर
था संशय में पड़ा अभी तक
पर वे बादल छँटे, प्राण, मन सब निर्मल है
धर्म प्रचार करूँगा अब मैं निश्चय भू पर।

सुनो! धरा के वासी। सुन लो॥
बुद्ध नहीं आते हर युग में
और नहीं बुद्धत्व प्राप्त होता है सबको
चाहे करे तपस्या कितनी कठिन और कितनी भी दुष्कर।

महाकाल के एक खंड के अगनित वर्ष बीत जाने पर
घोर तपस्या और यंत्रणा में तप-तपकर

युग-युगान्तर, पता नहीं कितनी सदियों तक
बोधिसत्व बनकर करते जो विरल साधना
वही एक दिन परम ज्ञान की सिद्धि प्राप्त कर
बोधि प्राप्त कर बोधिसत्व से वे बनते हैं बुद्ध
धर्मदेशना पाकर उनसे बनते कितने ज्ञानी और प्रबुद्ध
बना बुद्ध, जिन बनकर अब मैं, खड़ा प्रतीक्षा में हैं
आओ आसव त्याग, ग्रहण कर नये धर्म का दीक्षा में

धर्म श्रवण है कठिन,
कठिनतम आठ लक्षणों पर जय पाना।
बहुत युगों के बाद मिला है अवसर
भव सागर से पार उतरना।
मुक्ति पार का
बुद्ध एक अवतरित हुए हैं तेरे युग में
आज स्वर्ण अवसर आया है
श्रवण करो तुम श्रेष्ठ धर्म को
जो लाया हूँ मैं तेरे लिए खोजकर।
समय यही है
श्रद्धा प्रेम जगाओ मन में
बुद्ध पुकारते
सुनो! सुनो हे धरावासियो!
मुक्ति गान अब गाओ।

मिलते मनुज अनेकों जग में
पुरुष-रत्न मिलना मुश्किल है
नर-नारी की भीड़ सर्वदा
पर है कठिन बुद्ध को पाना।

उत्पत्ति दुर्लभ है जग में एक बुद्ध की
ज्यों दुर्लभ है स्वर्ग धरा पर लाना
मन विकार को त्याग, शरण में आओ
यह अपूर्व अवसर न कभी गँवाना।

मन गंगा के पावन तट पर
ज्ञान-ध्यान के वृक्ष लगाओ

श्रद्धा सुमन तोड़ डालों से
नये बुद्ध पर उन्हें चढ़ाओ।

उत्तम धर्म श्रवण करने से
क्षमा, शान्ति का दान मिलेगा

त्यागो सभी प्रमाद आज और इन्हीं क्षणों में
ग्रहण करो शिष्यत्व बुद्ध के नये धर्म में,
मिला धरा के लोगों तुमको सुअवसर है
बुद्ध हुए अवतरित तुम्हारे ही इस युग में।

पीड़ित मानव जब पुकारता
तब होता अवतरण धरा पर
बुद्ध नहीं आते हर युग में
कभी-कभी वे आते भू पर।
कालखंड की सीमा तय कर
मैं आया तुमको बतलाने
कर्मकांड, पाखंड, धर्म में क्या अन्तर है?
लक्ष-लक्ष निर्दोष रोज जो बलि चढ़ते हैं
वह हिंसा है, महापाप है, सत्य, अहिंसा परम धर्म है।
दीक्षित होओ अस्तु बुद्ध के नये धर्म में
आओ बुद्ध शरण में
आओ धर्म शरण में।

आओ भोगी, आओ योगी,
आओ ज्ञानी, आओ ध्यानी,
आओ अस्थिर है, हे स्थिरात्मन!
रात्रिकाल के अन्धकार में
भटक रहे जीवों के मन में
धर्मप्रदीप जलाने आया,
तुममे ज्ञान जगाने आया,
धर्म प्रचार करूँगा जन में
भव-भय-ताप हरूँगा जग में।

सुना उदान प्रभु का जग ने
गन्धर्व, देव, मानव, किन्नर ने।
हुए प्रसन्न जानकर उनसे
प्रभु उद्यत, संकल्पशील थे,
परिचित करने जग-मानव को
अपने अभिनव नये धर्म को
वे भू पर अवतरित हुए थे।

उल्लासमग्न, हर्षातिरेक में
स्तुति वे करने लगे बुद्ध का—

हे उद्धारक! हे दुःखत्राता!
हे करुणानिधि! हे सुखदाता!
तुमने कल्प करोड़ वर्ष तक
आवागमन मार्ग पर चलकर
दुःख, भय, मुक्त धरा को करने
सही यंत्रणा, अकथ कष्ट तक।
माया, भोग, लोभ, तृष्णा का
किया शमन तुमने विरक्त हे
किया हरण तुमने विमुक्त हे।
हे भ्रमरहित, त्रास के नाशक
हे भयरहित, प्रेम के शासक
हे जननायक, महानाम हे
है नमस्कार! शत-शत प्रणाम!!

भव-भरा-हता धरालोक के
महाचिकित्सक धरा रोग के
दोषरहित हे, लोभहीन हे
जगबन्धन से तुम अलीन हे
हे प्रकृष्ट, हे मोहहीन
हे नये धर्म के नये धाम
है नमस्कार! शत-शत प्रणाम॥

उत्तम, प्रशान्त हे, शान्त श्रेष्ठ हे
बोधिज्ञान के सर्वश्रेष्ठ हे
हे पीड़ा, कष्ट, यंत्रणा साधक
हे लोभ, मोह, माया के नाशक,
हे सुख वसंत, हे शिशिर साम
है नमस्कार! शत-शत प्रणाम!!

हे देवनरों के प्रिय महान्
हे धरती के धीमनत् शान
हे मुनि! यशस्वी धराप्राण
महिमामंडित हे ज्ञानवान
हे प्रभो! जगत की तरणिधाम
है नमस्कार! शत-शत प्रणाम!!

काम, विषय, रति से विरक्त हे
धरा प्रेम में अनुरक्त है
हे अन्वेषक अमृत तत्त्व के
हे शिल्पी मानव महत्त्व के
हे जन्म-मरण पथ के विराम
है नमस्कार! शत-शत प्रणाम!!

हे निर्वाण, मोक्ष के दाता
नये धर्म के हे नव-नेता
पीड़ा, कष्ट, असत् के हर्ता
मोक्ष मार्ग के हे प्रभु ज्ञाता
हे पुण्यशील, हे मोक्षकाम
है नमस्कार! शत-शत प्रणाम!!

शुद्ध समाधि प्रज्ञा-निधि प्रभु हे
जन्म-मरणघाती मुनीश्वर हे
हे शक्ति, शील, करुणा के धारक
नये धर्म के हे ध्वज वाहक
हे शाक्य ऋषभ, हे नये राम,
है नमस्कार! शत-शत प्रणाम!!

नाश करो प्रभु
कर्मकांड, पाखंड, अधर्म का
दीक्षा दो प्रभु नये कर्म का
शिष्य बनाओ नये धर्म का।
हम प्रसन्न, विह्वल, आनन्दित
शरण हमें लो प्रभु आह्लादित
सभी ललककर, सभी दौड़कर
शरण गहे, प्रभु करें प्रार्थना—

'बुद्धं शरणं गच्छामि
धर्मं शरणं गच्छामि!'

अभिनन्दन, स्तवन, अर्चना
देव, मनुज की करुण प्रार्थना
सुनकर बोले प्रभु उदान में—

सुनो! सुनो!! हे मगधवासियो!
सुन लो दृढ़ निश्चय जो मेरा
भ्रमित मनुज को नये धर्म की दीक्षा दूँगा
जन्म-मरण के चक्रव्यूह से मुक्त करूँगा
नया धर्म स्थापित करने का व्रत लेता हूँ
स्थित प्रज्ञ हो वचन तुम्हें देता हूँ।
आओ आवागमन पथ ठुकराकर
करो प्राप्त निर्वाण धरा से सत्वर।

पर आने के पूर्व
सभी पूर्वग्रह छोड़ो।
हिंसा छोड़ो
निरपराध की बलि को रोको।
होगा सिद्ध प्रयोजन सबका
होगा नाश धरा माया का
तमो रजोगुण त्याग धरा का
होगा नाश क्षुद्र काया का।
खोलो नयन, खोल दो मन को

सुनो गूँजता जो कण-कण में
धरालोक, पाताल, गगन में
मुक्ति और निर्वाण धर्म का
वैचारिक-वैभव-विराट् का।

खोल रहा हूँ
द्वार आज मैं नये धर्म का
ग्रहण करो हे मगधवासियो
पुण्यलाभ-फल नये धर्म का।
पीते रहे हलाहल अब तक
छलनामय, जूठे अधर्म का
त्यागो इसको, पान करो तुम।
नये धर्म के अमृत सुरस का।
मिला तुम्हें सौभाग्य धरा पर
नये धर्म में दीक्षित होकर
नये बुद्ध का नया शिष्य बन
करो प्रचार तुम नये धर्म का।

> मूक दिशाएँ मुखर बनी और
> भिक्षा पात्र हाथ में लेकर
> गई बुद्ध के पास
> समर्पित कर अनन्त संगीत सृष्टि का
> लौटी धन्य-धन्य वे होकर
> दीक्षा पाकर स्वयं बुद्ध से नये धर्म का।

मात्र एक संयोग
या कि था पूर्व नियोजित
सार्थवाह था एक जा रहा
उसी समय में उसी राह पर।
आनन्दमूर्ति, धर्मावतार का रूप देखकर
सार्थवाह के दो सेठों ने
श्रद्धा और सम्मान जताया
पत्र, पुष्प, मंठा, लड्डू की
पहली भिक्षा उनको देकर।

मन के दृढ़ संकल्प
और तन ने तब मिलकर
धर्म प्रचार करने की ठानी
ग्रामनगर में आगे चलकर।
तभी उठा था प्रश्न एक जो
नूतन और महत्त्वपूर्ण था

नया प्रश्न था—
किन राहों पर, किन पात्रों को
नये धर्म का ज्ञान प्रभु दें
नये धर्म के अनुष्ठान में दीक्षित करें
प्रसार-प्रचार में किन्हें संग लें।

प्रश्न खड़ा था समाधान हित
तभी हृदय में उठे एक
नूतन विचार में उलझ गए वे
हुए निमग्न गहन चिन्तन में—

ज्ञानवान कोई महर्षि या मानव
गर जो मिले उन्हें इन क्षण में
धर्म प्रचार करने के पहले
करें विवेचन नये धर्म का
गूढ़ तत्त्व और सार निचोड़ें
इसको सरल, सुबोध बनाएँ
गर हो समझ परे मानव का।

तो सम्भव है जान सकूँ मैं
नये धर्म की गुणवत्ता को
महिमा और महत्ता को भी?

मुनि अराड के
उद्रक रामपुत्र के आश्रम
स्मृति पटल पर चमके, हुए उपस्थित उस क्षण।
उनका वहाँ प्रवास हुआ था

सुने ज्ञान के प्रवचन कितने उन दोनों से
जो मीठे थे, ध्यान, साधना में प्रेरक थे
किन्तु नहीं थे वे यथेष्ट पाथेय राह के
मुक्ति और निर्माण खोज में।
फिर भी वे गुणवान, योग्य थे
नये धर्म की जो विवेचना कर सकते थे
गुण-अवगुण बतला सकते थे।

ऋषि अराड से शिक्षा ली थी
सर्वप्रथम उनसे समाधि की।
सांख्य शास्त्र के थे प्रकांड विद्वान, आराधक
पर सन्तुष्ट नहीं कर पाए ऋषिवर जिज्ञासु गौतम को।
था अपूर्ण अराड का धर्म
जानकर, गौतम चले ये थे।
आज बुद्ध थे खड़े विश्व के अखिल मंच पर
लेकर नूतन धर्म सत्य से जो पूरित था
और पूर्ण था
अस्तु उन्हें अभिलाषा थी कि
नये धर्म के प्रति जगाये वे विश्वास
प्रथम अपने विरोधियों के ही मन में
जो महान् विद्वान् उस समय थे विभिन्न धर्मों के।
पर क्या था संयोग?
सात दिन मात्र पूर्व ही
ऋषि अराड ने
धरा धाम से विदा लिया था
और मृत्यु को वरण किया था।

उद्धक रामपुत्र तो होंगे?
वे देंगे निर्भीक और निष्कपट राय
मुझको अपने नये धर्म पर।
छोड़ अराड के आश्रम गौतम
जिज्ञासा ले धर्मज्ञान का
रामपुत्र के पास गए थे।
मेधावी थे, पंडित चतुर, सुजान ऋषि थे।

मानाथा आचार्य और आश्रम में रहकर
सम्प्रदाय, मत और धर्म पर
उनके स्पष्ट विचार सुने थे।
आत्मा एक अमर सब तन में
तन मिटता पर वह न मिटता
करता है संचरण योनियों में वह निर्भय
पुनर्जन्म की कठिन राह पर ठहर-ठहरकर।
असहमत थे, अमर आत्मा की संज्ञा को नहीं मान
नहीं तर्कसम्मत उनका मत
हो निराश वे आश्रम छोड़ गए थे
आज तथागत पूर्ण धर्म लेकर आए थे
सोच रहे थे—

उद्धक रामपुत्त ने उनको जो उपदेश दिया था
समझाया था धर्म उस समय जो प्रचलित था
धर्म जिसे वे पूर्ण समझते, मैंने उसे अपूर्ण कहा था।
जो भी हो मतभेद, आचार्य मेरे ज्ञानी हैं
रक्खूँगा यह पूर्ण धर्म मैं उनके सम्मुख
समालोचना, खंडन-मंडन या मीमांसा
के, जो शब्द कहेंगे ऋषिवर
उन पर गहन विचार करूँगा
तब रक्खूँगा नया धर्म जन-जन के सम्मुख।

पर अभाग्यवश रामपुत्र भी
धरा छोड़कर गए उसी दिन।
काया मिली पंचभूतों में
दूर गया था प्राण खोज में
नये गेह के लिए किसी नूतन पड़ाव पर
जिसकी कथा सुनाई उनने थी गौतम को
अमर आत्मा के गीतों में ध्यानमगन अपने आश्रम

प्रश्न जहाँ का वहाँ रह गया
समाधान न मिला उन्हें अपने विचार का

ज्ञानी है वह कौन धरा पर जिससे पूछे
सही समीक्षा नये धर्म पर।

सहसा याद उन्हें हो गया
निरंजना तट, सघन वृक्ष की झुकी डालियाँ।
निराहार से वे अशक्त थे
चंचल चित्त, दुर्बल विचार थे
जो समाधि में लीन नहीं होता था
ध्यान-योग में पूरी तरह विफल थे।
जिसका मन प्रसन्न होता है
होती सफल समाधि उसी की
और वही फल पा सकता है।

भूख-प्यास से ग्रस्त
थकावट से अस्वस्थ मनुजमन
कैसे ध्यान-ज्ञान पा सकता?
यह विचार कर कृशतनु ऋषि ने
निरंजना में स्नान किया था।
प्रेमभाव से प्रेरित होकर ठीक उसी क्षण
गोपराज की पुत्री सुघड़ सुजाता आई।
स्वर्ण थाल में पायस लेकर
भाव विभोर हो बोधिसत्व ने पायस ग्रहण किया था
बहुत दिनों का दुष्कर जो उपवास उसे तोड़ा था।

तोड़ ज्यों उपवास, मानकर भ्रष्ट उन्हें
जो पाँचों भिक्षुक साथ छोड़कर चले गए थे।
उन्हें जान पाखंडी, तपस साधनाहीन, अधर्मी
हुए विमुख प्रतिकूल राह पर गमनशील।
प्रभु ने सोचा
किया विचारों का मंथन तो
बोला नया धर्म था उनसे

परखो मुझको सर्वप्रथम
अपने विरोधियों को समझाकर

उन्हें प्रभावित गर कर पाए
तो प्रचार करना जन-जन में
होगा सरल, सहज सम्भव तब।

बुद्धत्व प्राप्त कर
बुद्ध नहीं भूले थे उनको
नये धर्म के अन्वेषण में
साथ चले जो कुछ पड़ाव तक।
छोड़ गए थे साथ विधर्मी मान उन्हें जो
नये धर्म की दीक्षा देकर
धर्म मार्ग पर उनको लाकर
प्रेम, शान्ति का दीप जलाकर
उन्हें जगाना वे चाहते थे

कहाँ मिलेंगे वे भिक्षुक गण?
पता लगाया, खोज कराया
हुए प्रसन्न यह जान तथागत
उन दिनों वे ऋषिपतन में थे विहार में।
खबर मिली चल पड़ें तुरन्त वे
धर्म प्रकट करने भिक्षुक पर
पहले समझाएँगे उनको वे
मान अधर्मी चले गए जो
सबसे पहले उन्हें छोड़कर।
मनु मरते हैं
जीवन, लेकिन मृत्यु-परे है।

कितने युग से,
कब से मृत्यु घूम रही है—
द्वार-द्वार पर
किसके पास नहीं जाती है
भिक्षाटन में।
ऋद्धि-सिद्धि में
रिक्ति-तिक्ति में
विलसित-वेष्टित

बाल, युवा, वय-विद्ध-वृद्ध
नर-नारी जो भी
काकुल, व्यंथित, दुखी मिलते हैं,
पार सभी को पहुँचाती है।

ऐसा क्या कोई क्षण होता
मृत्यु जरा सी कहीं ठहरकर
शीतल-मन्द-समीर-पुरस्कृत
किसी वृक्ष के नीचे रुकती?
या आमोद-भवन की सुरभित
नृत्य-कला में कभी उलझती?
क्रम उसका चलता रहता है,
पर, मानव के जीवन का पथ
कहीं क्षुण्ण है?
कभी क्षुण्ण है?
जीवन मृत्युंजय है।

परिशिष्ट

1

हे! पूज्य पिता

हे पूज्य पिता! बूढ़ी गायों का दान करें मत
सफल यज्ञ से प्राप्त पुण्य का ऐसे सरण करें मत
वाजश्रवस थे मुद्रित, दान पर उनका ध्यान नहीं था
औपचारिकता निभा रहे थे, फल का ज्ञान नहीं था।
दु:ख से कातर ऋषि कुमार नचिकेता व्याकुल था
उन्हें रिझाने, उन्हें बुझाने, बार-बार कहता था।
ऋषिवर पर थे समझ न पाए नचिकेता का आग्रह
सफल यज्ञ के दान मध्य क्यों करता रहा दुराग्रह
मैं भी हूँ सम्पत्ति आपकी, धन अमूल्य मैं पिता आपका
मुझे दान में देंगे किसको, पूरा हो संकल्प आपका।

पलक मारते घटी अचानक
वह अप्रत्याशित घटना
सहम गया, रह गया मौन
जब अहम् प्रश्न हो गया गौण।

दृश्य जगत से दूर
कहीं खोया-खोया-सा
नचिकेता व्याकुल था।
हुआ सजग जब
लगा पूछने प्रश्न स्वयं तब

क्या मैंने अपराध किया
गर कहा पिता से
यज्ञ सफल कैसा भी हो पर

दान यज्ञ अनुरूप नहीं हो
कर्ता पुण्य नहीं पाता है
कठिन परिश्रम महायज्ञ का
सभी व्यर्थ जाता है।

पर अब मैं कैसे समझाऊँ?
मैं तो दान दिया धरती का
तुच्छ एक प्राणी हूँ
पिता श्रेष्ठ के दिये श्राप से
धर्म, ज्ञान से हीन धरा की
मात्र मूक वाणी हूँ।

क्यों मुझे मृत्यु स्वीकार करेगी?
मैं अबोध, अभिशप्त, अकिंचन
हूँ अज्ञानी पुत्र धरा का
सिद्ध मृत्यु का कौन प्रयोजन
होगा मुझसे स्वर्ग धाम का।

मुझे दान में दिया पिता ने
तब शायद वे बहुत क्रुद्ध थे?
मैंने तो बस याद दिलाया भर था उनको
बूढ़ी गाएँ दुग्ध रहित गर
गईं दान में ऋषि-मुनियों को
तो शायद विपरीत फलाफल
सफल यज्ञ का उन्हें मिलेगा?

क्यों दिया मृत्यु को दान मुझे
क्या मैं इतना निकृष्ट हीन?
क्या अपराध किया मैंने
जो किया पिता ने मुझे दीन?

कहा नहीं कुछ
मैं बालक जा मृत्यु गेह में
क्या माँगूँगा? क्या लाऊँगा?

क्या विशेष है स्वर्ग लोक में
नहीं प्राप्त जो धरा धाम में
क्या-क्या लाऊँ? कितना लाऊँ?
नहीं जानता पूज्य पिता श्री
आप चाहते हैं क्या मुझसे
मुझे भेजकर मृत्यु पास में?

सिर्फ यही दुःख शाल रहा है
नहीं जान पाया मैं अब तक
पिता श्रेष्ठ की इच्छा क्या है?
मैं उद्यत हूँ
जो भी हो उनकी अभिलाषा
उन्हें पूर्ण करने हित मैं यह
अपना तुच्छ प्राण दे सकता।

कल्प वृक्ष या कामधुन हो
या हो स्वर्ग लोक की गंगा
पूज्य पिता श्री गर आशीष दें
सभी छीन ला सकता भू पर
उनका पुत्र अभागा।

गंगा जिस पर नाज स्वर्ग को
वहाँ अभागिन है वह कितनी?
अपने द्वय रंगीन तटों पर
चाहे रास मनाए जितनी?
आलिंगन में बद्ध सिहरते
देव, अप्सरा, औ' ऋषियों को
परिरंगभन में औ' चुम्बन में
अर्जित सारे पुण्य लुटाकर
छोड़ स्वर्ग के सुख-वैभव को
भू पर गिरते उन्हें देखती।

परगंगा मेरी धरती की
पतित-पावनी, मोक्षदायिनी

दीन-हीन उमराव सभी को
मुक्त हृदय से पुण्य प्रदायिनी।
प्रेरित करती धरा पुत्र को
धर्म-कर्म अर्जित कर अपने
नव पड़ाव का मार्ग सरलकर
जब आमंत्रण मिले मृत्यु से
हँसते-गाते छोड़ धरा को
जीवन नया ग्रहण करने में।

वह गंगा गर ले आऊँ मैं
यहाँ पहुँचकर लज्जित होगी
देख भगीरथ की पुत्री को
जो बन जाह्नवी धरती की
दैविक, दैहिक ताप मिटाती
अन्तरतम की ममता देकर
दूर लोक से आकर भूले धरा पुत्र को
भव सागर की धार पार कर
भिन्न-भिन्न कितने पड़ाव कर
नये गेह की राह दिखाती।

गहन विचारों से आन्दोलित
नचिकेता जागा जिस क्षण में
स्मरण हुआ उसी क्षण उसको
क्रोध वशीभूत पिता श्रेष्ठ ने
दिया मृत्यु को उसे दान में।
अपने कुल की मर्यादा का
जप-तप औ' सम्मान-मान का
पूज्य पिताजी की आज्ञा का भी
पालन करना धर्म मानकर
प्रस्तुत हुआ तुरन्त नचिकेता
स्वर्ग लोक के कठिन मार्ग पर।

सोच रहा था
जिस शरीर की खेती पर

बार-बार धरती पर
उस शरीर के मोहजाल में
रह जाऊँ धरती पर?

आत्मा है गर अमर चिरन्तन
नित-नवीन, धरती का स्पन्दन
लिप्त रहूँ जग के प्रत्यक्ष में
या विराट का करूँ नमन?

जिज्ञासु मन सजग हुआ ज्यों
लगा पूछने क्या रहस्य है?
मृत्यु औ' उसके अनुचर का
भूमंडल के सब प्राणी पर
आधिपत्य, एकाधिकार का?

क्या सम्बन्ध स्वर्ग का भू से
क्या कारण इनके बन्धन का?
प्रश्न अनोखे लिये चला वह
शंका, दुविधा ग्रस्त बढ़ा वह
ऋषिक्रोध से शापित
मृत्यु द्वार पर पहुँचा भू का
वरद पुत्र अभिशापित।

मृत्यु गेह में आई ज्योंही
देखा एक कुमार था आकुल
तीन दिवस से राह देखता
मिलने को था व्याकुल।

दुखी हुई थी जान मृत्यु
उसके अतिथिवर
भूखे प्यासे रहे द्वार पर
नहीं हुआ सत्कार योग्य थे
जिसके नचिकेता से ऋषिवर।

अभिवादन में शीश झुकाकर
की कुमार की सहज अभ्यर्थना
और दिया सम्मान माँगकर
शुभाशीष और क्षमायाचना।

प्रथम भेंट की परिचर्चा से
विस्मित मृत्यु, चकित थी
पाकर ज्ञानी पुत्र धरणि का
मुदित और हर्षित थी।

पात्र विरल था
सब प्रकार से सुयोग्य था
अस्तु दिया वरदान तीन
उन तीन रात्रि के लिए
बिताया जिसको नचिकेता ने
मृत्यु द्वार पर जब वे शायद
प्राण हरण के लिए किसी का
धरा लोक पर गई हुई थीं।

भेंट मृत्यु से
दूर धरा से स्वर्गलोक में
सुखदा तीन वरदान प्राप्त कर
नचिकेता आनन्दमग्न था।

क्या माँगूँ? पहले क्या माँगूँ?
आए याद पिता श्री पहले
क्रोधित दुखित बहुत शायद थे
श्राप दिया जब और मृत्यु के
गेह उसे भेजा जब उसने।

आज्ञाकारी पुत्र
पिता से बहुत स्नेह था।
माँगा था वरदान मृत्यु से
जब वह लौट धरा पर जाए
मिलें पिताश्री मुदित, प्रसन्न, विह्वल हो उससे

नहीं अतीत की छाया कोई पड़े जरा-सी
पुत्र-पिता के मधुर मिलन पर।

एवमस्तु, ऐसा ही होगा
पिता तुम्हारे होंगे अति प्रसन्न देखकर
वापस कुशल मृत्यु के घर से
जीवित तुमको धरा-धाम पर।
परम प्रसन्न, हर्ष आपूरित
अश्रुधार में तुम्हें भिगोकर
मंत्रमुग्ध हो, गले लगाकर
आलिंगन में तुम्हें बाँधकर
बार-बार चूमेंगे तुमको
मस्तक तेरा सहलाएँगे।
खोया मान, पुनः वापस पा
चिन्ताओं को त्याग पूर्ववत्
अति प्रसन्न वे मुदित मिलेंगे
रुद्ध कंठ पर बोल नहीं कुछ भी पाएँगे।

वत्स! दूसरा वर अब माँगो
जो चाहो, प्रसन्न हो माँगो
मैं हर्षित हूँ मिला शिष्य मुझको तुम जैसा
स्वाभिमान से दीप्त
ज्ञान से पूर्ण धरा का।

पूज्यपिता को स्वस्थ जानकर नीचे भू पर
अति प्रसन्न नचिकेता ने माँगा दूसरा वर

हे मृत्यु बताएँ आज मुझे वह
अग्नि कौन सी, जिसे साधकर
जाते अति विशिष्ट मानवगण
छोड़ धरा को स्वर्गलोक में
साधनभूत अग्नि क्या सचमुच
स्वर्ग सुखों को दे सकती है?

है मृत्यु ज्ञात है सिर्फ आपको
गूढ़ रहस्य इस यज्ञ अग्नि का
मैं जिज्ञासु, अगर योग्य माने मुझको तो
ज्ञान-दान दें यज्ञाग्नि के गूढ़ अर्थ का।
बतलाएँ वह अग्नि कौन सी
जिसे साधकर, जिसे प्राप्त कर
अनुष्ठान वैदिक कर्मों के साधक पूर्ण किया करते
तोड़ धरा के सारे बन्धन वे अमरत्व प्राप्त करते हैं।

क्या यह सच है
कहते हैं जो लोग धरा पर
कि आचार्य, मुनि साधक गण
इसे साधकर, सफल यज्ञ कर
धरती छोड़ स्वर्ग को जाते
भूख-प्यास या विजय-पराभव
सबसे होकर मुक्त, स्वर्ग में वे रहते हैं
वृद्धावस्था पास न आती
जरा, जन्म से पुनर्जन्म से
कोई कष्ट नहीं पाते हैं।

कृपा करें, हे मृत्यु।
धरावासी के मन की
उलझन, शंका सभी मिटा दें।
क्या अदृश्य-दृश्य के पीछे, आज
स्पष्ट कर मुझे बता दें।
ऋषि-मुनियों के, संत जनों के
कठिन तपस का क्या रहस्य है?
साधारण जन भी प्राप्त कर सकें
राह सुगम वह मुझे बता दें।

मुखमंडल था दीप्त
प्रसन्नता फूट रही थी
अग्नि रहस्य की कथा बताने
उद्यत् ज्योंही हुई मृत्यु थी।

हे नचिकेता!
स्वर्ग प्राप्ति के प्रमुख मार्ग हैं
यज्ञ, अध्ययन, दान धरा पर।
वैदिक कर्म यहीं तीनों हैं
होते हैं सम्पन्न तभी जब
भौतिक अग्नि प्राप्त कर समिधा
आह्वानित हो हवन कुंड में
तुष्ट और सन्तुष्ट हुआ करती है।
सृष्टि उदय का, स्थिति विनाश का
सब का कारण यही अग्नि है।
उषा काल या सान्ध्य समय में
या तपते मध्यान्ह प्रहर में
सुख, विछोह, तेज जो देता
इसी अग्नि की एक लहर है।
यही अग्नि जन-जीवन-धारक
जो जठराग्नि कहाती जग में
इसी अग्नि का एक रूप है।
ब्रह्मचर्य उद्भासित आह्वनीय से होता
दक्षिणाग्नि का रूप ज्वलित है इसी अग्नि में
तृतीय चरण में जो बल वानप्रस्थ को देता।

यही अग्नि यज्ञाग्नि, सहायक जो होती है
उस मानव को कठिन तपस्या जो करते हैं
अनुष्ठान को सफल बनाती यही अग्नि है
साधक पाते स्वर्ग, मूल में यही अग्नि है।

मृत्यु सजग थी
परख रही थी
नचिकेता कितना ज्ञानी था?
जो उपदेश दिया था उनने
"यज्ञविधि या यज्ञ-अग्नि का
यज्ञ-कुंड के ईंट चयन का
उन विधियों का जुड़ी हुई जो
यज्ञाग्नि आहुत करने में"

इन्हें कहाँ तक ग्रहण कर सका
नचिकेता अपने अन्तर में।

नचिकेता
बुद्धि कुशाग्र थी
धरणि धाम का विरल पुत्र था।
शंकाओं की परछाई को देख
मृत्यु के मुखमंडल पर
नचिकेता ने उन्हें बताया
एक-एक कर सारे विवरण
अर्थ-भाव के साथ उसी क्षण।

मृत्यु चकित थी, अति प्रसन्न थी
शिष्य विलक्षण, सरल, विरल था
अग्नि रहस्य को स्पष्ट समझकर
ज्यों-का-त्यों सब बता दिया था।

तीक्ष्ण बुद्धि के धनी शिष्य को
आह्लादित हो कहा मृत्यु ने
देती हूँ अतिरिक्त एक वरदान और मैं हूँ नचिकेता
धरा धाम पर अब से यह यज्ञाग्नि
सुलभ हो तेरे कारण
'नचिकेता अग्नि' कहलाएगी।

ब्रह्मचर्य, गृहस्थ तथा जब
वानप्रस्थ के त्रय आश्रम में
यज्ञ अग्नि आह्लादित होगी
सभी संत, साधु, संन्यासी
या गृहस्थ गण याद करेंगे
तेरे यश का गान करेंगे।

पूर्ण करोगे अनुष्ठान वैदिक कर्मों के
और स्वर्ग में आकर तुम भी
सुख विशेष को प्राप्त करोगे

जान सकोगे परम ब्रह्म को
परम शक्ति को प्राप्त करोगे।

पुरुष वही है श्रेष्ठ धरा पर
जो आचार्य, पिता, माता से
धर्म-कर्म की शिक्षा लेकर
ब्रह्मचर्य, गृहस्थ, वानप्रस्थ
इन तीनों आश्रम में रहकर
विधिवत् अग्नि चयन करते हैं
निर्धारित वैदिक विधियों से
हवन-होम प्रतिदिन करते हैं।
ऐसे महापुरुष धरती के
मेरे मृत्यु-पाश से बचकर
जीवन-शेष सौंप धरती को
जीवन मुक्त स्वर्ग में जाकर
सुख, आनन्द भोग करते हैं।
अग्नि रहस्य की परिचर्या से
मृत्यु बहुत विस्मित थी
ऐसा ज्ञानी शिष्य धरा का
पाकर बहुत मुदित थी।

सक्षम पाकर ज्ञान ग्रहण में
कहा मृत्यु ने ऋषि कुमार से
हे नचिकेता! हे विशिष्ट मानव धरती के
स्वर्ग अग्नि की विधि प्राप्त कर
माँगो अब वरदान तीसरा।

जान पिता का कुशल क्षेम औ'
यज्ञाग्नि की विधि प्राप्त कर
निर्भय होकर नचिकेता ने
प्रश्न मृत्यु से पूछा खुलकर—

वरण आपका कर मानव
भू छोड़ कहाँ जाता है?

और विदा ले मृत्यु आपसे
जीवन क्या करता है?

कुछ कहते आत्मा अविनाशी
कुछ कहते यह भ्रम है
आत्मा है अगर विश्व में
उसका गेह कहाँ है?

क्या सम्बन्ध मरण-जीवन का
कौन नियन्ता बोलें?
धरणि पुत्र की नियति कहाँ है
यह रहस्य बतला दें?

क्या आत्मा है अजर, अमर या
यह अनित्य है? या कि नित्य है?
या मानव की मात्र कल्पना
यह विचार क्या भ्रम है?

संशय है नीचे धरती पर
नहीं आप प्राण हर सकतीं
आत्मा अगर अमर, अक्षय तो
क्या हरती है शक्तिशालिनी
प्राण या कि तन भर मानव की?

पृथ्वी के उस वरद पुत्र ने
प्रश्न मृत्यु से पूछा
प्रश्न वहीं जो स्वयं मृत्यु की
सत्ता-सम्बन्धित था।

क्षण भर ठहर, झिझककर मृत्यु
बोली नचिकेता से—
सूक्ष्म विषय है
अणुधर्म यह बड़ा कठिन है
बड़े-बड़े विद्वान पूछते रहे युगों से

किन्तु आज तक संशय बना हुआ है।
अस्तु छोड़ यह प्रश्न वत्स
यह प्रश्न गूढ़ दुष्कर, दुसाध्य है।

नचिकेता था अडिग प्रश्न पर
आत्मज्ञान के अपने वर पर
दुहराता था प्रश्न मृत्यु से
औ' विनम्र होकर कहता था—

जान रहा हूँ मृत्यु। प्रश्न यह बड़ा कठिन है
आत्मज्ञान का विषय बड़ा दुर्बोध, विकट है
फिर भी मैं आग्रह करता हूँ
क्योंकि तीनों लोक मध्य में
आत्मज्ञान की ज्ञाता मृत्यु सिर्फ आप हैं।
नहीं प्राप्त यह ज्ञान और अन्यत्र कहीं भी
नहीं और उपदेशक कोई जैसी सक्षम आप मृत्यु हैं।
अस्तु माँगता सर्वश्रेष्ठ वर आत्मज्ञान का
और सभी वरदान तुच्छ है, सारहीन हैं।

महाविलक्षण जिज्ञासु को पाकर मृत्यु चकित थी
उत्तर उसके मूल प्रश्न का देने को उद्यत थी
पर उत्तर देने के पहले देकर उसे प्रलोभन
बाह्य सुखों का, राजपाट, ऐश्वर्य, भोग का
अन्तिम एक परीक्षा उसकी मृत्यु और चाहती थी
हुआ सफल तो मनवांछित वरदान ज्ञान का
और अगर असफल हुआ तो
बिना ज्ञान का दान दिये ही
धरा लोक जाने को उसकी मृत्यु
उसे विवश करना चाहती थी।

अधरों पर मुस्कान और
भरकर मिठास वाणी में
सहज भाव में कहा मृत्यु ने
हे नचिकेता! जटिल सूक्ष्म को छोड़ो

आवागमन धरणि पर क्या है?
राज इसे रहने दो।
आत्मज्ञान का दान छोड़कर
जो चाहो सो माँगो।

नचिकेता माँगो सारे सुख
पृथ्वी पर पूजित जो
स्वर्ग सुखों से बढ़कर धरती
मानव की इच्छित जो।

फिर वह दिया प्रलोभन
जिससे बचना बड़ा कठिन था
कामिनी और कांचन की माया
तोड़े, कौन पुरुष था?

मृत्यु भोग में उसे डुबाकर
प्यार जताकर औ' सहलाकर
उसे भुलाना चाह रही थी
कामिनियों के संग नचाकर।

माँगो हे श्रेष्ठ नर
धरणि के अपूर्व पर
सम्भव औ' असम्भव सब
शत-शत औ' लक्ष-लक्ष
भोग औ' विलास के
साधन, आनन्द सब।

हे धरणि के अपूर्व पुत्र
माँगो साम्राज्य और
सैन्य शक्ति जो अपार
रूप रंग-गन्ध सिक्त
भू के सौन्दर्य और
जीवन के भोग, प्यार।

शतायुषः पुत्र-पौत्र
सम्पत्ति अपार लो
हृष्ट-पुष्ट पशुओं का
सारा संसार लो।
सुवर्ण से सुमंडित
राजभवन, राज्य लो
माँगो जो आयु चाहो
स्वर्ग की श्रेष्ठ कृति
धरती पर ले जाओ।

दुनिया को पहचान लो
नचिकेता यह जान लो
धरा बड़ी है मानिनी
है रूपवती, कामिनी
पायल या पैंजनी से
किंकिणी, नुपूर से
आलिंगन, चुम्बन से
मादक मुस्कान से
देती हैं अपार सुख
ऊष्मा भरे प्यास से।

हे नचिकेता, ले जाओ जो कुछ भी चाहो
एक-एक से बढ़कर सुन्दर स्वर्ग अप्सरा
और कामिनी की सखी प्यारी
कांचन भी संग में ले जाओ
राज करो धरती पर जाकर चाहो जब तक
पर न पूछो, फिर माँगो
मेरा राज मुझी से।
आत्मा का अस्तित्व पूछकर
हे नचिकेता! क्या पाओगे?
भूलो वत्स! भूल सब जाओ
लौटो अपने धरणि धाम पर।

आग्रह करता हूँ मत पूछो
मृत्यु-पाश में फँसी जिन्दगी
कहाँ चली जाती है?
मरणशील या अमर आत्मा
किन पड़ाव को, कहाँ और कैसे जाती है?
वर देता हूँ, ऐसा वर जो
दिया नहीं धरती पर मैंने कभी किसी को
राजसूय या अश्वमेध-सा यज्ञ करो तुम
चक्रवर्ती सम्राट बनो तुम धरा लोक पर
धनैश्वर्य हो अतुल, पराक्रम अतुलनीय हो
सभी कामना जो भी चाहो तुरन्त पूर्ण हो
हे नचिकेता भू-मंडल का
शासक बनो यशस्वी।

हे नचिकेता!
माँगो जितनी बार
वही जो चाहो
पर न प्रश्नचिह्न खींचो तुम
मेरी ही सत्ता पर।
हे नचिकेता! प्रश्न करो मत
आत्मज्ञान या जन-जीवन के
अनजाने, उलझे विराट पर।

मैं तुम्हें जो दे रहा
आज और इस समय
वे सभी विश्व में
अनुपम, असाध्य है।
ग्रहण करो वत्स हे
सुख के साधन अपार
भूल किन्तु जाओ शिष्य
प्रश्न साथ लाए जो
मर्मभेदी बाण सम
मेरे अस्तित्व पर
सृष्टि के मूल पर।

लौट जाओ धरिण के
मोहक संसार में
गोत्र-मित्र से भरे
विश्व परिवार में।
सौरभ, मधुर गन्ध से
मालती सुगन्ध से
युक्त सभी भोग को
ले जाओ स्वर्ग से।

ऐसे हैं सुख यहाँ
स्वप्न तुल्य जो वहाँ
जिसका न आदि है
और न ही अन्त है।
माँगो या माँगो मत
ले जाओ जो भी चाहो
पर न दो चुनौती वत्स
मेरे अधिकार को।
पूछो मत तन को छोड़
आत्मा जाती है कब
कैसे, किस निवास को
अबूझ है यह तत्त्व वत्स
भूलो इस सवाल को।

नचिकेता अडिग था
प्रश्न उछालता रहा।
मृत्यु के समक्ष आत्मज्ञान का
प्रश्न फैलता गया
निस्सीम चिदाकाश में
उत्तर माँगता रहा।
शाश्वत वह प्रश्न था
धरती के पुत्र का
अद्भुत युयुत्सु था
पहुँचा था प्रश्न ले
मृत्यु के धाम में।

विनम्र, नम्र, ऋषि कुमार
उत्तर का अनुग्रही
निर्निमेष खड़ा रहा
मृत्यु के समक्ष में।
ध्यानमग्न हो नचिकेता ने
सुना, गुना जो कहा मृत्यु ने
श्रद्धालु श्रोता बनकर वह
श्रेय-प्रेय के दो घाटों पर
रहा तौलता सभी प्रलोभन।

मृत्यु लोभ, मोह के
भोग औ' विलास के
बाण फेंकती रहीं
भेद पर नहीं सकीं
उत्तर की आश को।

मृत्यु गम्भीर और मौन थी।
नचिकेता के लिए विकल थी
ज्ञान दान दूँ या भरमाऊँ
चिन्ता में आकुल-व्याकुल थी।
तभी सहज, धीमी वाणी में
नचिकेता ने कहा मृत्यु से—

संशय के तूफान उठ रहे मेरे मन में
शंकाएँ गर आप मिटा दें
तो शायद उत्तर मिल जाए
मुझको मेरे मूल प्रश्न का
और तीसरे वर का।

हे मृत्यु! स्पष्ट कर मुझे बताएँ
अगर शिष्य मैं योग्य आपका?
मनुज तृप्त क्या हुआ कभी भी
धन, ऐश्वर्य, भोग से भू पर?
कहें मृत्यु। क्या ये सुख-वैभव

मिलता मनु को सब दिन भू पर
या ये वैभव प्राप्त मनुज को
जब तक कृपा आपकी उन पर?
और कहें क्या कृपा आपकी
सब दिन रहती क्या मानव पर?

कौन भोगता धरा का
स्वयं भोग या जन-साधारण?
ज्ञानी, मुनिवर और तपस्वी
धरा लोक के कहते वासी

नहीं भोगते मनुज भोग को
भोग भोगता हर क्षण उनको
असीमित हैं भोग धरा के
पर जीवन है कितना सीमित?
कहें मृत्यु अब स्वयं आप ही
जान धरा के कटु सत्य को
लौकिक सुख को ग्रहण करूँ या
आत्मज्ञान का करूँ निवेदन?

धरा लोक के प्राणी कहते
लौकिक सुख जब हीन, क्षणिक हैं
होते वे आसक्त जिन्हें
परिणाम नहीं मालूम भोगों का
किन्तु धरा पर क्षीर-नीर का
सत् औ' असत् विचार-भाव का
करते हैं विभेद जो यात्री
फँसते नहीं कभी वे जग के
क्षणिक सुखों के इस दलदल में।
भवसागर से पार उतरकर
करते वे विश्राम मोक्ष के
चिरस्थायी आनन्द लोक में
वाजश्रवस ऋषि, संत, तपस्वी
ऐसा ही कहते हैं जग में।

अस्तु करें स्वीकार निवेदन
आत्मज्ञान का मुझको वर दें
मुक्ति मिले जग के बन्धन से
या अपना वर वापस ले लें।

मृत्यु अवाक् देखती रही
गुमसुम उदास सोचती रही
नचिकेता बन प्रश्न खड़ा रहा
बार-बार उत्तर माँगता रहा।

शाश्वत, अपूर्व प्रश्न
अशेष, अनुत्तरित प्रश्न
धरा के जन्म काल से
मानव का मूल प्रश्न?

नश्वर, अनश्वर कौन?
मृत्यु के बाद और
मृत्यु के पूर्व कौन?
परिभाषा, स्वरूप क्या
सच्चा है अर्थ कौन?

कड़वे इस प्रश्न पर
अपने अस्तित्व पर
तीखे प्रहार से
मृत्यु तिलमिला उठी
फिर मुस्कुरा उठी।

मैं प्रसन्न हूँ हे नचिकेता
तुमने मार्ग श्रेष्ठ अपनाया
छोड़ मोह, माया प्रवृत्ति को
तुमने बुद्धि अपूर्व दर्शाया
विरल पात्र तुम आत्मज्ञान के
दूँगी मैं वरदान वत्स हे

जो रहस्य तुम खोज रहे हो
उसे बताऊँगी सुपुत्र हे।

श्रेय, प्रेय दो मार्ग भिन्न हैं
दिवा, निशा ज्यों भिन्न-भिन्न हैं
प्रेम, अविद्या, श्रेय है विद्या
ज्ञानी जन ऐसा कहते हैं।
पर इसके विपरीत यथार्थ में जो जीते हैं
नित्य, अनित्य, सुख-दुःख में भेद सहन करते हैं
सत्य, असत्य औ' आत्म, अनात्म से जो परिचित हैं
हे वत्स! धरणि पर ऐसे ही मानव पूजित हैं।
विवेकशील जो पुरुष
जानकर परिणाम को
सांसारिक सुख छोड़कर
अपनाते हैं श्रेय को।
मन्दगति भूलते हैं
आसुरि को चूमते हैं
परोक्ष भूल जाते हैं
अपार दुःख पाते हैं।

विद्या और अविद्या क्या है
भेद करो तुम हे नचिकेता!
अपरा, परा के गुण-दोष की
व्याख्या करो धरणि के त्राता।

विद्या है प्रकाश
अविद्या अन्धकार है
पारस्परिक विरोध दोनों में
फल में दोनों का विरोध है।
सांसारिक सुख वत्स धरा के
सभी अन्त में दुःख ही देते
इस रहस्य को समझ सके जो
वे विद्वान, गुणी कहलाते।
पर इन सब दुःख-भोगों को

जो सुख मान लिपटकर रहते
कष्ट भोगते जन्म-जन्म तक
गहन अविद्या में वे जीते।

आत्मज्ञान जो सूक्ष्म, गहन है
इसको करो ग्रहण तुम
श्रवण, मनन, निदिध्यासन द्वारा
इसका करो वरण तुम।
आत्म तत्त्व का अनुभव पाना
तब तक दुर्लभ, बड़ा गहन है
जिज्ञासु जब तक स्वयं ही
कर पाता न मनन है।

आत्मज्ञान है सूक्ष्म, सूक्ष्मतर
जितना पवन है, गगन है
जो विद्वान शून्य अनुभव से
कभी न कर पाता दर्शन है।
स्वयं करे जो अनुभव इसका
उसको ज्ञान मिलेगा
न न्यायिक, न तार्किक भी
उत्तर दे पाएगा।

हे नचिकेता! परम सूक्ष्म वह
एक अनादि, सनातन
दुर्गमनीय परम सत्ता वह
नूतन और पुरातन।

निर्विकार आनन्द रूप वह
चिन्मय ब्रह्म, अबूझ सत्य वह
स्थिति, उत्पत्ति और प्रलय में
वह अविनाशी, सदा नित्य वह।

कारण, कार्य, अद्वैत-द्वैत के
मूल चराचर पूर्ण वही है

सकल, सृष्टि ब्रह्मांड लोक का
आदि, अन्त औ' मध्य वही है।

भेदभाव, विकल्प विविध के
कारण, गुण अनेक उसके हैं
कहीं ब्रह्म वे कहीं धर्म वे
प्रकृति पुरुष है, परमेश्वर है।

सर्वात्मक है, ज्ञान पुरुष है
नभ वायु में मूर्तहीन है
किन्तु सृष्टि में मूर्तवान बन
चेष्टा, नाश, जन्म, स्थिति वह है।

निर्विकार आनन्द रूप है
बन्धन, कर्म, मोक्ष के दाता
भिन्न नहीं कुछ भी है उससे
पर वह भिन्न जगत का स्त्रष्टा
उसके अभ्यन्तर सब कुछ है
फिर भी वह सबसे बाहर है
वह निगूढ़ है, बहुत दूर है
फिर भी वही सबों में स्थित है।

नव पड़ाव पर 'उसका' आना
जीवन की संज्ञा है
योनि छोड़ चुपके चल देना
मृत्यु की प्रज्ञा है।

सुख-दु:ख के झंझावात सदा
बहते हैं वहाँ धरा पर
फल मीठे प्रत्यक्ष जो दिखते
वे परोक्ष में दु:खकर।

सुख में राग विहँसता देखो
दु:ख में द्वेष छिपा है

मोह अविद्या में छिप जीता
निवृत्ति मात्र आशा है।

धरा धाम पर पहुँच मनुज को
निवृत्ति की राह बताओ
पाप-पुण्य के जग प्रवाह से
उनको पार लगाओ।

सब अपने कर्मों का फल
पाते हैं वहीं धरा पर
योग, साधना, धर्म आचरण
मार्ग श्रेष्ठ औ' सुखकर।
त्यक्तेन तेन भुंजीथा: धरा पर
सर्वोत्तम साधन है
निरासक्त हो सब सुख भोगे
उत्तम परिमार्जन है।

रथ शरीर है, बुद्धि सारथी
मन प्रग्रह, यह जीवन रथि है
अगर प्रशिक्षित इन्द्रिय घोड़े
मंजिल तब निश्चित है।

करो उपकृत धरा लोक को
अपना ज्ञान बाँटकर उनको
श्रम से मंडित जग जीवन है
यह रहस्य बतलाकर उनको।

अपने सत्कर्मों से मानव
जीवनकाल बढ़ा सकता है
धर्म आचरण से आत्मा को
वह उदात्त बना सकता है।

मनुज धरा पर हैं बहुतेरे
सौ वर्षों के जीवन जीते

मैं भी निकट सोचकर जाती
धरा पुत्र जो अमृतत्व हैं पीते।

ऐसे भी हैं पुरुष पुरातन
लाने जाती जिन्हें धरा से
मुझे रोक रखते इच्छा भर
आते वे अपनी शर्तों पर।

महापुरुष इच्छा-मृत्यु से
अपनी नियति स्वयं लिखते हैं
ठुकराते मेरा आमंत्रण
जब चाहे तब ही आते हैं।

नचिकेता! अद्वैतवाद या द्वैतवाद
या त्रयवाद के पूजक मानव
पूजा, योग तपस्या के स्वर
साध रहे कब से धरती पर
अमृत खोजकर लाए भू पर
कठिन साधना में रत मानव।

जीव स्वयं जीवन जीता है
कर्म-धर्म से अभिप्रेरित है
सद्कर्मों की मोक्ष उपज है
पर अस्तित्व नहीं मिटता है
मोक्ष प्राप्त करते जो मानव
उन्हें भोगते वहीं धरा पर।

अस्तु ब्रह्म का ज्ञान प्राप्त कर
जो तदात्म को स्थापित करता
वही महर्षि है धरा-धाम का
वह मानव आदर्श कहाता।

नचिकेता था मौन
भाव से भरा सरलमन अति ही विह्वल।

पाकर त्रयवर स्वयं मृत्यु से
चला मुदित हो अपने भू पर
वाजश्रवश, ऋषि, मुनि अनेकों
जहाँ प्रतीक्षारत थे कब से
नचिकेता की सिद्धि प्राप्ति पर।
मोक्ष मनुज की महा साधना
मोक्ष मनुज का चिरवांछित कल
जीव ब्रह्म में गर लय हो तो
भोगे कौन धरा का यह फल?
मोक्ष धरा की अमर कामना
मोक्ष मनुज के तप का फल है।
मोक्ष धरणि की विह्वल आशा
मनु पाते हैं इसी धरा पर।
मैं तो केवल धरापुरुष के
युग-युग के उन विकल प्राण के
अमर द्वार की
प्रहरी भर हूँ।

मनुकाया के परिवर्तन में,
विकल प्राण के आवर्तन में,
सहयोगी हूँ,
द्रष्टा भर हूँ।

कर्म-धर्म से निवृत भू से
महाप्रयाण को उद्यत जग से
दो कुलों के बीच
नदी के विकल तीर पर
मात्र एक मैं केवट भर हूँ।

महाप्रयाण की मैं निवेशिका
दु:ख, क्रन्दन में, हँसी-खुशी में,
राह कहीं न भूले कोई
मैं हूँ केवल पथ-प्रदर्शिका।
पहुँच घाट पर मैं मुड़ जाती

मगर वहाँ पर दृश्य अनेकों
निर्मित और विनिर्मित होते
नई योनि के, नव पड़ाव के।

कोटि सहस्र योनि के संग में
सूक्ष्म प्राण हँसता-मुस्काता
सूक्ष्म बीज से अक्षय वट का
मिलन वहीं पर है जो जाता।

मैं चकित, मौन
चुपचाप चली आती हूँ,
दिवा-निशा, में साँझ-सकारे
कालचक्र से खेल रहे जो
कुछ भारी मनु, दुःख में भीगे
अनासक्त, कुछ 'स्व' में खोये
भीड़ अपार खड़ी रहती है।

मैं कहूँ तुम्हें क्या नचिकेता
कि हारा कौन?
तुम या मैं?
कि जीता कौन?
मनु या मैं?

यह राह यहाँ से धरा धाम तक
निर्मित, त्याग, तपस्या का फल
जो मनु गुजरे इनसे होकर
वे जीते मृत्युंजय बनकर।

2

क्षर होता आकार

क्षर होता आकार,
सार-अक्षर-अविनश्वर।
प्राणी मरते,
जीवन कभी नहीं मरता है।
जीवन जीता सदा यहाँ पर
मृत्यु हारती सदा रही है।
होती कुछ व्यष्टियाँ पराजित,
पर समष्टि, जीवन अजेय है।
क्षण, पल, युग बीते कितने ही,
पर जीवन की शिखा ऊर्ध्वजा
जगत्पंथ को ज्योतिनिधि देती चलती है।
रणगत विजय-पराजय
महाविक्रमी यहाँ अनेकोनेक,
जो कृतान्तदम, मृत्युंजेता।
वे जीवित हैं
पुरुषार्थ जिनका जीवित है।

हारे हैं व्यक्ति भूतल पर
जीते हैं व्यक्ति भूतल पर
महापुरुष हैं यहाँ अनेकों
जो जीते मृत्युंजय बनकर।
स्थूल जगत की फलित कामना
या अमूर्त परछाईं भर भी
विचल-अचल सब अंग धरा के

रूप-रंग-रस-गन्ध-स्पर्श भी
सब मानव के फल कर्मों के—
साथ-साथ चलते रहते हैं।

कर्म पुरस्कृत हों या दंडित
छाया सब मानव जीवन के
जीवन के अध्याय प्रथम का
वही प्रणेता
अपना सब कुछ दान करे जो,
ऐसा दाता।
कितनी काया,
कितना जीवन
और अनेकों
दूर, निकट के महागर्भ में
सुप्त पड़े हैं।

कितनी बार धरा पर आना?
कितनी बार धरा से जाना?
यह अनन्त जीवन का क्रम,
निस्सीम युगों से सदा प्रवाहित
मूल सदा जिसका दूरस्थ है।
यह जीवन, जो
कहीं जगाता मधुर हास है,
और कहीं उल्लास जगाता,
अग्नि-नयन का तेज, कहीं भूकम्पित करता,
कहीं प्रेम से सिक्त पवन मन हर्षित करता
कितनी दुर्गम दूरी इसने मापित की है हँसते-गाते।

भक्ति-भाव से कहीं झुका है,
कहीं क्रोध से नाश किया है।
अहंकार नष्ट करें आर्यावर्त;
परशुराम पर नहीं झुका है।
कहीं परशु ले,
कहीं धनुष पर तीर चढ़ाये,

जीवन से जूझा करता है।
कहीं ऊष्मा की शुभ वेला में
मंत्रोच्चार किए सागर-तट,
कहीं नाश, निर्माण कहीं पर,
व्रत अपूर्व लेकर जीता है।

कहीं प्रचंड ज्योति का प्रेरक,
कहीं अतल श्रद्धा का पूजक,
गर्जन, तर्जन के स्वर साधे,
भक्ति, प्रणति का भाव सँभाले,
अन्धकार में बनकर दीपक,
सागर में बड़वानल बनकर,
प्रभंजनों पर अभय-चरण चढ़
जीवन को झेला करता है।
धनी वीर्य का, धनी शौर्य का
जीवन हे पुरुषार्थ धरा पर
इसी लक्ष्य पर सदा बढ़ा है।

अंशुमान की किरण नई है,
जीवन नई जँभाई लेता
पुनः प्रज्वलित यज्ञकुंड सब,
पुनः प्रेम का पुंज उमड़ता।
नये जीव चैतन्य धरा पर
पुनः सृजन में लीन, व्यस्त
कर्मातुर घूम रहे हैं।
दाग तुम्हारे क्रूर करों ने
द्रवित धरणि पर जो कल छोड़े
सभी मिटे, मिट चुके कभी के
कभी धुले, धुल चुके सभी हैं।

अनजान के जिस पंथ पर कल ले गई थीं
छीनकर जो अंश उसका दंश कल देकर गई थीं,
धरणि से जो दूर रौशन नर्क का भय कल दिखाया था,
प्राण को जो बाँधकर कल ले गई थीं

त्रास के वे सब कुहासे, कल बने जो, फट चुके हैं।
चीख की वह गूँज गायब हो चुकी है;
अश्रु के सैलाब पीछे जा चुके हैं।
कल यहीं से आप जब
आहार लेकर जा रही थीं
एक सुन्दर औ' सलोना,
प्राण हँसता आ चुका है।

मेरे कर्मफलों का लेखा,
आप करें या
जो भी कर लें,
पर यह सत्य सदा उद्भासित
कि यह न्याय जहाँ भी होगा,
तुरन्त फैसला, तुरन्त प्रवर्तन
नूतन योनी
नई अवधि ले
तैयारी वापस आने की
इसी धरा पर
करनी होगी।

किन्तु फैसला कौन करेगा?
मेरा अपना शौर्य
या कि मेरी कायरता?
मेरा अपना धैर्य
या कि मेरी अधीरता?
मेरा अपना पाप
या कि पुण्यों का लेखा?
जो भी हो,
वे सब अपने हैं।
इसी सहारे
नई कहानी पुनः लिखूँगा।

तुम आना फिर
नूतन योनि जमी चुक जाए,
जब अध्याय पुनः लिख जाए।

कथा-कहानी लिखकर जब मैं,
श्रान्त-क्लान्त,
स्वेदार्द्र, शिथिल-सा
सो जाऊँ अपने पड़ाव पर।
पर विस्मृत मंजिल की छाया
रूप, रंग, अरमान सँभाले
नवल पंथ जब
याद दिला दे
तब तुम आना।

और अचानक जग जाऊँ
अगले पड़ाव पर आने को जब
तब तुम आना
तब तक आना।
तब तक घूमो—
द्वार-द्वार पर,
डगर-डगर पर,
तुम्हें मिलेंगे
नये मुसाफिर।
यात्रा के अभिनय से हर्षित
कुछ घबड़ाए, कुछ इठलाए,
मोह यहाँ पर बाँधे उनको।
पार उन्हें पहुँचाकर जब तुम
अनुभव का अम्बार समेटे,
आओगी फिर इसी द्वार पर
हर्षाकुल, उल्लास-चपल मैं
चला चलूँगा।
छोड़ पुरानी काया अपनी,
छोड़ यहाँ की माया सारी
छोड़ पुराने बोझ स्मृति के
भूलूँगा परिचित राहें सब
भूलूँगा सारे पड़ाव भी
जिनसे होकर चला बढ़ा हूँ।

नव-जीवन मिल जाएगा फिर,
नई कहानी पुनः लिखूँगा
नये विजन में—
पुनः सृजन के।
नये बीज बोऊँगा मैं फिर
नव जीवन के।
अंकुर, पल्लव
पुष्प और मीठे फल
नये जगत् में
नये रूप में
पुनः लगेंगे।

सृष्टि नई
इस नये रूप में
झूम उठेगी।
प्राण अमर है
नये गीत के बोल बजेंगे।
जीवन
या
मृत्यु
नश्वर है?
इसका उत्तर
तभी मिलेगा।

3

मृत्यु से साक्षात्कार

रूपसी
हे मृत्यु सुन्दर
आ गई उस दिन अचानक
आप मनु के द्वार
आत्मा के दो निरन्तर सजग प्रहरी
पिंगला, इड़ा ने पूछा नम्रता, सम्मान से
कौन है? क्या चाहती है?
यह सहज शालीनता शायद नहीं अच्छी लगी
क्रोध के अंगार से जलती, जलाती
हो गई अदृश्य मनु निवास में
कहाँ गई थी, क्यों गई
शायद मनु जीवन का प्रज्वलित दीपक बुझाने
दिव्य जीवन को मिटाने,
जो न था क्रीत दस देता
किन्तु तेरार अहम करता प्रश्न बारम्बार
वहाँ कहा है? कब मिलेगा?
मैं उसे लेकर ही जाऊँगी
पा सकी?
क्रोध औ' अपराध की
ले कालिमा वापस चली न?
लघुता में भी देख मानव ने तुम्हारे
धर्म-शहंशाह के फरमान को वापस किया है

विश्व के फेनिल तटों पर
वह गिरा है, फिर उठा है

हार की या जीत की सब मंजिलों को
मुस्कराकर, अस्मिता अक्षुण्ण रखकर
उसने मुट्ठी में कसा है।
क्यों अस्त्र-शस्त्रों से सुसज्जित
बोल, मृत्यु! बोल! आई भला क्यों आप
ऐसे यशस्वी मनु पुत्र के द्वार।

क्या इसीलिए
कि सृष्टि के आरम्भ से
कुछ पुत्र मनु के
मृत्युंजयी की कामना से
मृत्यु की ही आहूति देते रहे हैं
क्योंकि उसने सृष्टि के लीकों, अलीकों में,
अपने किए की छाप छोड़ी है?
क्योंकि उसने सृष्टि के हर क्षण बदलते रंग को
सम्भाव्य, सुन्दर रूप की पहचान दी है?
क्योंकि उसने सृजन के ही मंच पर,
अपने विधायक से कहा है
भाग्य की या कर्म की रेखा बनाने के लिए
पैर पर सर रगड़कर
पेट पर
क्षुधा को शान्त करने
स्वान की सी वन्दना मैं कर न पाऊँगा।

ऐसे मनु के पुत्र के दर्शन हुए क्या
जो शाहंशाह के दरबार में, आँखें मिलाकर
सत्य की ही सत्य बोला है?
और हे धर्मपुत्र होकर विवश स्वयं आपको
स्वयं आपको हिमगिरि-अभियान में,
श्वान बन चलना पड़ा है?

क्षमा करना, मैं करूँ कुछ प्रश्न?
पर दया कर आ गई मेरी कुटी में,
तो जिज्ञासु मनु के प्रश्न का
उत्तर तो दिये जाओ।

यह बता दो
रास्ते जिस आ रही हो,
जिन्दगी कैसी मिली उसके किनारे?
स्वार्थ के तेजाब ने घायल किया मन?
विषम दु:ख से व्यथित जीवन ने पुकारा क्या तुम्हें?
विकृत फफोलों भरे मुख में,
आईने में परछाइयाँ
घातक हृदय की क्या दिखाई पड़ी?
उन जुलूसों को नहीं?
जिनमें अपने बीच के सर्वश्रेष्ठ बुद्धिमान गन्दर्भ को
नेता बनाकर
नारे लगाते क्षण-प्रतिक्षण
अलंकारों चमत्कृत दुर्लभ, पुष्पों की माला से
सुसज्जित
शहर के विद्वान नागर उमड़ते आ रहे थे।

रास्ते में वह मिली शाहजादी औरंगजेब की?
कान में उसने कहा कुछ?
क्या बताया बादशाह ने मौत की अन्तिम घड़ी में
जब खड़ी थी तुम पसारे हाथ उनके कदम पर
मृत्यु! गर
तो दर्द मानवता का और धरा पर
तब धरा के अनगिनत मेलों के निरन्तर उठ रही
आहों, सिसकियों की अनभिज्ञ पीड़ा को
समझ और समझा पाती
मृत्यु गर तुम धरती का दर्द समझ पाती।

मृत्यु निवेदन एक है
लौटती में देखती जाना उन महल को
द्वार जिनके सुर्ख खूँ के लाल रंगों से रँगे हैं।
दर्द विह्वल चरणों पर घायल पड़ी वे झोंपड़ियाँ
जो साँस अन्तिम ले रही हैं।
इन झोंपड़ियों की चिता पर ही
ये गगनचुम्बी ऐश के प्रासाद निर्मित हो रहे हैं।

खून दे अपना इन्होंने
माँग में इन महल के सिन्दूर डाली है।
और जोड़े हाथ जो युगों से
त्रास में गाती रही है।
हर कुँवारे भार में जो ओस बन,
हर दूब पर रोती रही है।
हर जवानी रात में नथिया पहन
उनको रिझाने,
बन सँवरकर, नाचती, गाती रही है।

काँच के वातायनों से झाँककर देखा
तो क्या पाया?
ट्विस्ट, रॉक-एन-रोल की चीत्कार से
स्वेद-कण, आँसू में भीगी पैंजनी घायल पड़ी है
कमर में दे हाथ, सुन्दरी सुरा से कह रही
जिन्दगी-जीवन यही है।
प्यार का सागर यही है।

उफनते यौवन की साँसें गर्म,
राहें रोक,
मृत्यु! तुमसे प्रश्न पूछेगी
और तुम!
बेसुध खड़ी हो भूल जाओगी
उर्वशी के नृत्य,
देवों के थिरकते चरण
सोमरस की धार,
रूप और शृंगार
स्वर्ग से मोहक अधिक जो
धरणि का सौन्दर्य।
निर्वसन, सहमी जवानी,
बिल्वफल-से झाँकते
उन्नत उभरते दो कमल,
आँखें टँगी रह जाती हैं,
बरबस जहाँ पर देवगण की।

दोषी अहल्या थी?
कि या था दोषी इन्द्र आश्रम?
जो मुखौटे डाल धरती पर उतर आया।
शापित बना तब ग्रस्त तेरा था।
आज भी क्यों कर
विचरता है वन नीलाकाश में
क्योंकि वह मानव नहीं देवता है।
और तेरे कुल का चरण चूमने चुम्बित अधिपति।

संस्कृति रंगीन भारत देश की,
कैसी लगी हे मृत्यु
पंचतारों से विभूषित अकबर अंश का और कनिष्क में
उनको नमन कर आ रही हो?
देश के शासक, प्रशासक,
नेता, प्रणेता,
सेठ-साहूकार,
अर्द्धनग्नता क्षण और क्षीण वसना
सत्य सूरज के तपिश से जो दूर रहते हैं
नंगी कटि आभा की धार में
बन भिखारी
निशा से माँगकर चुनरी उधार पर
आपाद मस्तक छिपा-छिपाकर
अशोक हाल में,
जो मिल रहे हर रात।

समझौते रहें या गूढ़ दस्तावेज,
देश के परदेश के,
भर रंग अपने स्वार्थ का
थरथराते हाथ से मोहर लगाते हैं,
उन मानवों की भाग्य रेखा पर,
दिन-रात मेहनत कर
जगत का जो पेट भरते हैं
पर वही अपनी भी भूख मिटा नहीं पाते
सारी दुनिया चैन से जब सो रही होती

उस समय भी थकावट से ग्रसित उनके हाथ चल रहे होते
मृत्यु क्या यही है, न्याय तेरे स्वर्ग का
कि जो सारे विश्व की सेवा करे दिन-रात
उनकी ही जुबानें बन्द हों।

रात के उन अट्टहासों में
ढल रही मदहोश भीगी रातों में
अरमान की नूतन नवेली सिहर उठती है।
शिष्टाचार की बातें हुईं उनसे,
पूछा कि उन लिफाफों में
तकदीर किसी 'सील' कर रक्खी गई है?
कर नहीं पाई वहाँ हिम्मत जरा भी,
आ गई पर छमछमाती,
स्वाभिमानी एक मानव को डराने।
क्यों?
क्योंकि उसने द्रोह औ' विद्रोह का झंडा उठाया है
उन आततायी कपूतों के खिलाफ
दिन-दहाड़े न्याय को देकर दुहाई,
भूख से सटकर हुए हैं एक जिनके पेट पांजर
ऐसे अनेकों मानवी कंगाल के
आँसू-पसीने की कमाई
एक मुट्ठी पत्थरों से तौलते हैं।
और लक्ष्मी साधकों को
स्वर्ण आसन पर बिठाकर
न्याय का नूतन कहानी गढ़ते हैं।

अब समझ में आ रहा न्याय तुला का एक पलड़ा
क्यों झुका रहता निरन्तर पक्ष में धनवान के
और तुला का दूसरा पलड़ा भयातुर हर घड़ी कहना
कहानी दीन, हीन इनसान की।
पर अब धरा के भोले निवासी भी यह जानते हैं
कि हथेली की टूटी-फूटी लकीरें, लाख चाहे मुहब्बत करें
किसी की किस्मत नहीं बदल सकती।

जाओ देवी,
देर काफी हो गई है,
प्रश्न तो कितने खड़े हैं,
लौटती में देखती जाना उन्हें भी,
पाप-पुण्यों के झमेले से,
जो विवश हों,
राह में बेसुध पड़े हैं।

विश्व भ्रमण कर चलीं आप अब अपने निशा को चीखते
पर जाने के पूर्व सुनती जाओ अपने ही कानों से ईमान को
भरा पूरा विश्वास समर्थित उन कुँआरों संकल्पों को
नई पीढ़ी ने जिसे पूर्ण करने का शपथ लिया है।

वे उद्घोषणा और वे कसमें
धरा के हर भू-भाग में फैल गई है
जो चीख-चीखकर रहता है
मैं स्वयं ही अपने भाग्य का निर्माता रहा हूँ
न किसी का दास और न दासत्व को स्वीकारता हूँ
लड़ रहा हूँ उन शिकारी द्विपदों से
श्याम मन और श्वेत तन पर अस्त्र लादे
टोह में दिन-रात हैं उनको बनाये साध्य है।

कामधेनु उर्वशी और कल्पतरु की
धरणि के सम्मान शाली कामना करते नहीं हैं
ये लगते बाग अपने कर्म जन से सींचकर
जिसमें विहँसते नित्य नूतन पुष्प
जिसकी सुरभि से दंशित भ्रमर
छूते हैं, चूमते हैं
प्राण देकर विश्व की नश्वर नदी में
नाव खेते हैं उस पार जाने को
जहाँ से तुम पधारी हो।
प्रजातंत्र के नये पुजारी
भूल गए हैं मंत्र प्रजा के हित का
तारा मंडल के मध्य अवस्थित अपने निशा भवन में

जब एक-एक कर मृत्यु लोक की घटनाएँ याद करेंगी
तो क्या कहेंगी? जब दबी सत्य की वाणी चीख उठेगी
पूछेगी क्यों रहे मौन धरती के भीषण महा समर में
लड़ रहे जिसमें धरा के स्वाभिमानी पुत्र
उन कलयुगी, दुर्दान्त, दुर्जन माफिया से
जो शक्तिशाली राजनैतिक हस्तियों को कैद कर
आयातित सुन्दरी सुरा और स्वर्ग के आगोश में,
धरणि के चल, अचल सम्पत्ति पर
वन खनिज और सरिता धार पर
महोदधि के अनामित, अनगिनत, अनमोल रत्नागार पर
अपना प्रमुख स्थापित कर धरा सम्राट बनना चाहते हैं।
मृत्यु रुककर देख तो लो
ये कौन है जो धरा के परिश्रमी इनसान के
खेत और खलिहान को बाहुबली बन लूटते हैं।

मृत्यु लोक में ऐसे भी हैं लोग
जो सब साधन सम्पन्न होकर भी
राष्ट्रों के निवासी को
मात्र क्रय-विक्रय का सामान घोषित कर
उनके पीठ पर 'सिर्फ सेल' का मुहर लगाकर
समाज में घृणा का बीज बोते हैं,
निर्धन, निर्बल, साधन हीन राष्ट्र को
अमीर बनने का सपना दिखाते हैं
इन स्वप्नों को साकार करने नित्यप्रति
उदारवादी नीतियों की आड़ में
विश्व के साधनहीन राष्ट्रों के खिलाफ
वैश्वीकरण, उदारवादी नीतियों के नाम पर
विश्व संसद, विश्व संस्कृति, विश्व व्यापार संगठन जैसे
रंग-बिरंगे मंच से विश्व हित की दे दुहाई
अपने स्वार्थ का नगाड़े पीटते हैं।

पर यह मात्र षड्यंत्र है धरा के पूँजीवादी राष्ट्र का
जो उदारता के रेशमी परिधान में, अपनी वास्तविकता छिपाकर
भूख के बाजार की बोली लगाते रहते हैं

खोय उपनिवेशों की चिता को ठंड राख को स्वार्थ से पुनः प्रज्वलित कर
गुलामों की नई बस्ती बसाना चाहते हैं
उनका सौदा पटाना चाहते हैं
इस स्वप्न को साकार करने उदारवादी नीति की आड़ में
विश्व के साधनहीन राष्ट्रों के खिलाफ
विश्व के नाम पर उनके ही खिलाफ दिन-प्रतिदिन नये-नये कानून बनाते हैं
वैश्वीकरण, उदारवादी नाम पर
विश्व संसद, विश्व संस्कृति व्यापार के
रंगमंच से अपने स्वार्थ के नगाड़े पीटते हैं।

मैं उपकृत हूँ कि आईं आप मेरे द्वार
स्मरण आया मैं रुका मंजिल समझकर जिस जगह को
वह मात्र एक पड़ाव है गमनागमन के मार्ग पर
मोक्ष की मंजिल अभी भी दूर है
मनुज जन्म पाकर हँसता है
मनुज जन्म खोकर रोता है
जीवन पाना ही खोना है
जन्म-मरण का है आमंत्रण

मैं बहुत व्याकुल हूँ
वर्तमान योनि से निवृत्ति पाकर
सम्मिलित होऊँ
उस अद्‌भुत मेले में
जिसमें कोटि-कोटि आत्माएँ मिलती हैं
अनजाने तट पर
अनगिनत योनियों के
अनन्त काल से।

हो मृत्यु मुझे भी जाना होगा
उन प्रश्नों का उत्तर लेकर
जो मुझे मिला था
वर्तमान योनि के प्रारम्भ काल में।

अब जब-जब आप आएँगी मानव की इस जन्मभूमि में परिवर्तन
अपूर्व और सम्भावनाएँ अपूर्ण देखेंगी।
कोटि-कोटि आत्माएँ एक हाथ में परिचय पत्र
और दूसरे में अपने धर्म की गीता लेकर
स्वागत में खड़ी मिलेंगी।
अब जब-जब आप आएँगी मानव की पहली जन्मभूमि में
परिवर्तन अपूर्व और सम्भावनाएँ अपूर्ण पाएँगी।
कोटि-कोटि आत्माएँ एक हाथ में परिचय पत्र
और दूसरे में अपने धर्म-कर्म की गीता लेकर
स्वागत की आग्रह में खड़ी मिलेगी

डोली सजी तैयार होगी
कफन कहारों युक्त होगी
ढोल, मजीरा, झाल और मृदंग बजेंगे।

स्वर्गलोक से आए बाजे-गाजे सुर-में-सुर मिलाए
संगीत की मधुरिमा बढ़ाएँगे
ब्रह्मांड के अनेक भागों से
स्वर्ग में आए तरह-तरह के विद्वान
बाजे-गाजे के साथ
आपकी यात्रा को सफल करेंगे।

प्रजातंत्र आवाज दे रहा गली-गली में
संविधान में संशोधन या परिवर्तन का
चुनाव के भ्रष्ट भाग को खारिज करो
और ये भ्रष्ट अधिकारी...शासन के
दागदार सिफारिश के रंगीन धरोहर
छापे में चुनाव का मखौल उड़ते
भूख-प्यास की ज्वाला से पीड़ित
प्रजातंत्र में आवाज दे रहा है
संविधान में परिवर्तन या संशोधन
फलस्वरूप होंगे समय-समय पर उपचुनाव
या भविष्य में कभी अचानक अन्य चुनाव
प्रजातंत्र के रूप गुणों में पूर्ण परिवर्तन

इस चुनाव में निष्पक्ष चुनाव पर जोर
जिसे कराने हाकिम और हुक्काम अस्त्रों से सजे
नेता और प्रणेता उनके चेले चाहिए
बूथ लूट लें अपने में वे उसे बाँट लेंगे
प्रजातंत्र का रूप नया सम्मुख आएगा विकसित रूप
प्रजातंत्र जीवित है जहाँ कहीं
वह उसके द्वारा किए गए सत्कर्मों और स्वधर्मों से जीवित है
किसी काल को धर्म-कर्म को प्रजाहितों में ढाल सारे
प्रजातंत्र को शक्ति पूर्ण बनाने में
प्रजातंत्र सक्षम है पर अभी प्रजातंत्र की
रूप स्वरूप घायल एवं दर्द विभोर है
चारों तरफ से हर तरफ प्रश्न-उत्तर
संशय समाधान के प्रश्न पूछे जा रहे

गर रुका नहीं यह क्रम
तो क्रोध का तूफान आएगा
मृत्यु पलायन की राहें सभी तुम बन्द पाओगी
विज्ञान के उबलते प्रश्न पूछेंगे हजारों आपसे वे।
पर धरा के स्वाभिमानी मानव नहीं चाहते
सृष्टि के सन्देश वाहक से धरती पर कैद हों
और उनके भाल पर विद्रोह के टीके लगे
हे मृत्यु गर आई पकड़ में आप
तो वसुन्धरा पर युगों की बसी दृष्टि
छिन्न-भिन्न हो जाएगी।

अन्तहीन प्रश्नों का सिलसिला खुलेगा
और परीक्षण के कुहासे में
तुम्हें वे कैद कर देंगे
फिर अनेकों शंकाएँ उठाईं जाएँगी
व्यंग में बुझे हुए वे तीर कितने दिन सहेंगी
दर्द के रिसते चुभन लेकर जीएँगी
फिर किसके पास जाएँगी
किससे कहेंगी?

सभी राजतंत्रों में
सबसे कोमल है प्रजातंत्र
लचीला और प्रजाहित में सबसे लाभदायक
कुरुक्षेत्र के पावन तट पर
दूर-दूर से प्रजातंत्र के
औ' छोटे-बड़े राजे-महराजे
अस्त्र-शस्त्र औ' फौजी
ताकत का त्योहार मनाने आएँ
सभी चाहते हस्तिनापुर का मुकुट
उनके सर पर हो इन्द्रप्रस्थ का मुकुट।
औ' नहीं तो इन्द्रप्रस्थ लुट जाए,

इन्द्रप्रस्थ के पाक स्थान, न्यूयार्क मास्को जैसे शक्तिशाली बना रहा
सभी राजधानियों में फौजी ताकत बार-बार अपने को
हथियारों से लैश दूर देश के प्रजातंत्र से
लोभ-लालसा का शुमार-बेशुमार
घातक हथियार छिपाए
नित प्रतिदिन बढ़ जाते हैं वे
लोभ लालसा सीमा विस्तार
का प्रण लेकर सम्राट हस्तिनापुर के
तरह-तरह के अस्त्र
मुँह पर मीठी मुस्कान लिये
प्रजा के विशाल सम्पत्ति की रक्षा करने का प्रण लेकर
करोड़ों-करोड़ों विनाश का सर्वनाश
का विनाश कर रहे हैं
नयन ज्योति से हीन सम्राट
ज्योतिहीन सम्राज्ञी
शासन के मद में वे अन्धा राजकुमार
धन और धन बचाने जंगल-जंगल मारे फिरते।
घने वन में पत्नी लिये धर्म को बचाने
प्रजा नि:सहाय देखती
उसके महादेश की गौरव औ' सौन्दर्य
प्रतिदिन लूटता, अस्त्र-शस्त्र से औ'

प्रजा गाँव-गाँव में खोजती
राम-कृष्ण को।

चौपाइयाँ चौपाल पर
गाकर हैं जीते अंश तेरे
पर मिलते कहाँ हो तुम
कुरुक्षेत्र के विजेता
"अश्वत्थामा हतो नरो व कुंजरो"
कहते हैं, विवश सिहर उठते हैं
गुरुद्रोण के मृत्यु-वरण का,
"मैं कारण चिल्ला उठते हैं"
द्रोणाचार्य चिता-शैया पर,
बार-बार करवट लेते हैं।
धर्मराज का सत्य जयी हो,
बार-बार जीते-मरते हैं।
मृत्य तुम्हारा सत्य कहा हैं?

ये हैं मनु के पुत्र सयाने
अपनी इच्छा जीते-मरते,
स्वर्ग-द्वार खुलते जब चाहे।
पैगम्बरों की फौज बढ़ती जा रही है
नित नये भगवान बनते जा रहे हैं
देकर दुहाई संविधानों की
स्वार्थ के हित नये-नये
गर हो सके
तो साथ उनको भी लिये जाना
सागर, नदी, नाले
सभी को देखती जाना।

4

मृत्यु का उत्तर

मृत्यु ठहरी
ठिठककर,
डूबी व्यथा में,
अश्रुपूरित नयन से
शोक में बोली मनु से—
क्या कहा रे पुत्र मनु के
फिर कहो तो
श्याम से है प्रेम जितना
प्रेम मुझसे भी वही है
तो तुम्हीं हो वह महामानव
कि जिसके द्वार आकर लौटती मैं।

कीर्ति की जिसकी पताका,
भू, गगन, पाताल में
लहरा रही है।
ध्वज सँभाले
गर्व से ऊँचा किए सर,
मुस्कराकर कह रहे जिनके प्रशंसक
देव! भू पर स्वाभिगानी दीप्त है।

श्याम की मुरली अहर्निश बज रही है
श्याम जो घट में, अघट में
श्याम जो आकाश है।
प्राण-प्रच्छलन सलिल जो

वायु, अग्नि में उपस्थित
वह धरणि का ही नहीं
आकाश का भी हास है।

मोहक ध्वनि जिससे कि कण-कण भीगता है।
नाद वह जिसमें कि अग-जग गूँजता है।
शब्द का सरगम सदा जो झूमता है
यह सभी उस श्याम की अन्तर्कथा है।

ज्ञानमंडित पुत्र धरती का सदा ही
गुन रहा पद-चाप उसकी अतल मन में
और सुनता है चिरन्तन सत्य को भी
आत्मा की बीन में, बजती हुई संगीत-ध्वनि में
वह अमरता गाँव गुट्ठी में
गाता, विहँसता, मुस्कुराता है।

चक्र लेकर काल का मैं
जब जहाँ पर घूमती हूँ
देखती हूँ फर्क कितना
एक तुममें और उसमें
तुम मुझे ललकारते हो मुक्त मन से
किन्तु वह जो दूसरा है
नाम मेरा सुन भयातुर छटपटाता है।

एक है संसार उन संसारियों का
जो सदा ही मृत्यु भय से काँपते हैं
और यह अनुमान कर मैं आ रही हूँ
लोग जो कमजोर, निर्जीव हैं
माँगते हैं भीख मुझसे जिन्दगी की
और बेहद गिड़गिड़ाते हैं।

याद है वह वृद्ध
श्रम से लथपथ जो विकल हो

एक जंगल में पड़ा था।
वर्ष, घंटे और क्षणों की
झुर्रियाँ माथे पर धारे,
याद की बाँध गठरियाँ,
बोझ से दुहरा हुआ था।

दर्द नयनों में बसाए
दृष्टि से समझौता किया था।
थरथराते गात
मूर्च्छित से चरण,
व्यथित मन,
हरि हृदय से,
'मृत्यु भी आती नहीं'
कहकर पुकारा था।

वृद्ध के दुःख से द्रवित हो
भागकर, झटपट वहाँ थी मैं
और पूछा था
'मृत्यु हूँ मैं
बोल धरती के
ढले, बिखरे सुमन,
क्या चाहता है?'

भय से सिहर आपाद मस्तक
काँपता तन, काँपता मन,
थरथराहट से नमी आवाज में,
विस्मय समेटे
अश्रु के दो बूँद बोले थे—
'लड़कियों का बोझ यह
सर पर उठा दो।'

तुमने दिलाई याद जिन जुलूसों की
उनसे गुजरकर आ रही हूँ।

सब नमूनों को परखकर आ रही हूँ।
चमचमाते रंग-रंगों से बनी पोशाक में,
शहर के जो नागरिक चलते, उमड़ते आ रहे थे,
नारे लगाते जा रहे थे जोर से, पुरजोर।
किन्तु कुछ के भिन्न थे व्यवहार उनमें
कुटिल थे मुस्कान
तिरछी थीं निगाहें
कह रहे थे आँख बाईं मीचकर

कौन हैं ये जानता हूँ
पर समय की माँग है
इमली नहीं यह आग है।
कायर, विलासी हैं
पर देश के जनतंत्र में
राज ऋषि के मंत्र से
ये बदलकर,
सूरमा, सात्त्विक कहाते हैं।

और यह भी जानती हूँ—
ये वहीं हैं—
ट्विस्ट, रॉक-एन-रोल की थिरकन
जिन्हें मदहोश करती हैं।
सुन्दरी, सुरा की गर्म साँसें भी,
जिन्हें बेहोश करती हैं।
कीमत लगा मीना बाजारों में
तौलते रहते सदा ईमान औ' इनसान को।

गठरियाँ बाँध कभी जो दीखते उस पार में,
सम्भ्रान्त, शालीन बन वही
इस पार में नारे लगाते हैं
राष्ट्र की सीमा इन्हें कब बाँधती है।
फूल की माला सँभाले
हाथ जोड़े,

सिद्ध शिल्पी की सहज मुस्कान साधे
चल रहे हैं और ये चलते रहेंगे,
सफलता पाते रहेंगे

स्वर्णहारों से विभूषित और सज्जित
रँगते हैं, भौंकते हैं,
सब जुलूसों में सदा ही
यह समझकर और समझकर
कि जैसे आज की इस सभ्यता के मार्ग में
बस मील के पत्थर वही हैं
पथ-प्रदर्शक, धर्म-रक्षक भी वही हैं।

ये समाज के कर्ता-धर्ता
राजनीति के नेता भी हैं।
जोग, भोग की गीता बाँचें
रखते भिन्न-भिन्न हैं साँच।
कितने रूप, कहाँ से ओढ़े
किस-किससे ये नाता जोड़े।
रंग-रूप बदले चलते हैं
कभी शिकारी, कभी शिकार स्वयं बनते हैं।

मृग शावक से अमल नयन से घायल ये हैं...
पुष्प गुम्पिला, लता नवल-सी देहयष्टि पर ये मरते हैं।
स्वर्ण गात्र, कोमल कुसुमांगी, जिनके साथ सुधा में डूबे
दिव्य स्वरूपा भ्रमर गुंज-सी वाणी जिनकी
साथ उन्हीं के रस में भीगे।
ऐसे राजपुरुष
जिनके इंगित पर,
मौसम भी करवट लेता है
कौन भला न जाने इनको
मैं भी तो पहचान रही हूँ।

राजपुरुष जिनके सिर पर था
राजमुकुट इस महादेश में

जिसको लौह पुरुष ने तोड़ा
और मिलाया समय धूल में।
नये सितारे उगे क्षितिज पर
नई प्रभा फैलाई जिनने
वे थे राजपुरुष भारत के
खंड-खंड को जोड़ा जिनने
और आज के राजपुरुष ये
इनको भी पहचान रही हूँ।

भूखी, नंगी प्रजा देश की,
भूख, व्याधि पीड़ित रोती है।
ग्राम-ग्राम में, डगर-डगर में
आहें चीत्कारें उठती हैं।
यहाँ लगा करती हाटे हैं
खुले भाव में, खुली जगह पर
खुले-खुले बिकता है यौवन।
शैशव यहाँ धूलि-धूसरित है,
आँसू से लिपटा है यौवन
उनके भाग्य लिखा क्रन्दन भर
दुःख से रिसता बिकता जीवन।

ऐसे जीवन के समीप ही
खड़े हुए कुछ राजपुरुष वे
दृढ़ता जिनके मुखमंडल पर
एक अलौकिक दीप्ति दृगों में।
लेकिन जाने क्यों लगता है
ये सबके सब हार चुके हैं।
आज पुरातन महादेश में
नई संस्कृति पनप रही है
जिसकी रंग-बिरंगी मूरत,
नये सुरों पर नाच रही है।

सूत्रधार नेपथ्य बना है
कलाकार भागे-फिरते हैं।

संस्कृति नई उगानेवाले,
शोर-शराबों में पलते हैं।
तपस, त्याग की कथा पुरानी
जिससे नई फसल अनजानी।
मन पर बरबस थोपी जाती,
मणि, कांचन की भ्रमित कहानी।

राजधानी देश की मुझको दिखाओ मत
पंचतारों की जवानी में भुलाओ मत।
सेठ, साहूकार, नेता औ' प्रणेता को
मैं इन्हें नजदीक से पहचानती हूँ।
घात औ' प्रतिघात में डूबे हुए
इनके विषैले दंश को मैं जानती हूँ
खाल ओढ़े शेर की जो स्यार चलते
इन सबों की असलियत भी जानती हूँ।

सर झुकाए,
वे प्रतिदिन द्वार पकड़े
बाँस के घर झुंड में देते दिखाई।
पैर पर सम्मान डाले
ढोंग चेहरे पर सजाए
मान का बलिदान देकर
देश के ये अद्‌भुत नेता
दाँव पर सब कुछ लगाते हैं।

तंत्र से औ' मंत्र से है प्रेम इनको,
पेड़, पत्थर पूजते हैं,
मंत्र, जप-तप चीखते हैं।
आहुति के द्रव्य गिनते
और फिर भगवान से सौदा पटाते हैं॥
राम इनके कंठ में औ'
श्याम इनके कर सुमरनी
रामनामी ओढ़कर भक्ति दिखाते हैं।

स्वार्थ ही है धर्म इनका
स्वार्थ ही है कर्म इनका
और अपनी पीढ़ियों के भाग्य को मजबूत करने
सब किसी को तोड़ते हैं,
और अपना जोड़ते हैं
देश के परिवार का जो भाग्य इनके हाथ है
भूलकर वह धर्म अपना
स्वार्थ का करते परायण पाठ हैं।

और तेरे गोत्र के
इन हिम धवल से मित्र को मैं
सब तरह पहचानती हूँ।
रूप वह कितने रचाता
देश औ' परदेश को कितना भुनाता
भेद इनका जानती हूँ।
है बड़ा बहुरुपिया वह
और खुद को हर समय
समाज-सेवा में लगा
व्यस्त, फुरसत है नहीं,
कर पूर्ति कहता।

मत करो मनुप्रश्न मुझसे
पंक्तियों में जो खड़े, मैं गोत्र उनके जानती हूँ
चमचमाते रंगमय अद्भुत खिलौने दूर से पहचानती हूँ।
पहचानती हूँ—
पेड़, मोहर, औ' लिफाफे को,
जानती हूँ
'सील' में कितनी जुबानें बन्द हैं।

और वह भी मिल गई थी
मोड़, पर शहजादी औरंगजेब की।
उससे भला मैं पूछती क्या?
ठीक तो तुमने कहा है

मैं खड़ी थी द्वार शहंशाह के
उस वक्त जब उसने कहा—
'मैं जा रहा हूँ
मौत का पैगाम आया है।'

लो सँभालो सी भोजर
यह बादशाहत और दौलत
इन जमीं का सच यही है।
ये महल नायाब धरती पर
धूप, ठंडक या भरी बरसात से
तुमको बचाएगी।
सी भोजर तेरी जरूरत
जो जमीं पर चाहिए इनसान को
हर घड़ी हर फिल्म की फौरन मिटाएगी।

पर वह नहीं सच
दोस्त बनकर
दोस्ती का स्वाँग भरकर
मुस्कराकर,
जब कोई आए तुम्हारे द्वार
तो सँभलकर, जाँच करवाना कि उसके
खूबसूरत, खुशनुमा लम्बे काबाओं में
घात का खंजर तड़पता तो नहीं है?

आज जब तुमने दिलाई याद मुझको
देखती हूँ मैं कि मेरे स्मृति पटल पर
चित्र कितने हैं उभरते।
सोचती हूँ
कब कहाँ, कैसा
मुझे स्वागत मिला था?

कुछ स्वयं चलकर
हमारे पास आए थे।

राह के भटकाव से व्याकुल,
दुखित हो, पूछते थे—
युग-युगों से मैं भुलाया पंथ अपना,
कौन है वह पथ-प्रदर्शक
जो मुझे ले जाए मेरी पूर्णता के श्रेष्ठकुल में
बिछड़कर आया जहाँ से धरा पर।

धरणि के जो पुत्र
आते पास मेरे
कुछ दुखी हैं, कुछ सुखी भी
कुछ युवा हैं और भोले भी
प्रौढ़ कितने और कितने वृद्ध भी हैं।
मैं सदा इस पार से उस पार
पहुँचाती रही हूँ और पहुँचाती रहूँगी,
और कितने युग-युगों तक
कार्य यह करती रहूँगी।

सोचती हूँ कष्टदायी कर्म यह है
भावना से हीन कितना।
तोड़ना परिवार एक प्रियजन चुराकर
कष्टमय है, क्रूर कितना।
ये पुजारी और साधक
भाषा, भाव, प्रेम के भूखे
बचपन, युवा, प्रौढ़ता ओढ़े
कालचक्र से सम्मोहित हो
जीवन विविध भाँति से जीते।

मान के, सम्मान के
यश, कीर्ति और अपमान के,
ये सृजनहार शिल्पी धरती के
कुछ लांछन, कुछ सम्मानों का
अंश धरा को दे जाते हैं।
फिर भी स्नेह-स्थित आँचल से
वर्षा, धूप, कड़ी ठंडक में

बार-बार उसके आने की
माँ धारित्री आशा रखती है।

इस मनोरम विश्व में
आती रही मैं युगों से।
हर गुलिस्ताँ में खिले जो फूल,
उनको तोड़ ले जाती रही अनगिनत समय से।
दुःखद है यह कार्य, करती आ रही हूँ
आदेश जो पाया जनक से
गान कर कर्तव्य, पालन कर रही हूँ।

शस्य, श्यामल हरि भू पर
सृष्टि का अवतरण
कितना दिव्य होगा?
घाट-घाट, जंगल, गाँवों में,
प्रथम सृजन के उषाकाल में
अल्हड़ औ' स्वच्छन्द घूमते
आदिसृष्टि के मानव भू पर
धरा कोख में और गोद में
धन-वैभव बिखरा अनन्त था
आवश्यकताएँ स्वल्प-अल्प थीं
चौरवृत्ति का नाम नहीं था।
प्राण, प्रेम सबका निश्चय था
द्वेष, घृणा से रहित अभय था।

था युग सतयुग
सच का ही था राज मही पर।
सबसे सुखी, निडर, आनन्दित
आधि-व्याधि का पता नहीं था।
न राजा था, न थी फौजें
न था दंड, नहीं था शासक।
स्वयं प्रजा पालनकर्ता थी,
और स्वयं रक्षक भी अपनी।

कालान्तर में काल-दोष से
लोभ-मोह औ' काम-क्रोध की
विषम बेलि जब लगी पनपने
पृथ्वी काँप उठी व्याकुल हो
लोप हो चला वैदिक जीवन
मर्यादाएँ मिटीं धरा से
धर्म संकुचित होकर जग में
सम्प्रदाय बन लगा पनपने।

बढ़ता गया प्रजा-कुल जितना
उतना ही षड्यंत्र बढ़ा जब,
दुष्टजनों के घृणित कर्म से
पृथ्वी सहमी, सहमा जन-मन।
मनु पुत्रों के द्वेष-कलह से
हाहाकार मचा धरती पर।
किया पुकार धरणि ने ज्योंही
सृजनहार चौड़े थे भू पर।

स्वर बदला
बदला था तेवर
ब्रह्मा कुछ हुए थे
और उसी क्षण धरती पर लहराया पूर्ण प्रलय था।
उसी प्रलय, संशय के क्षण में
मुझको जन्म मिला था
ब्रह्मा मेरे जनक, पिता भी वही धरा के
अस्तु सहोदरा भू के हित में
मेरा कर निर्माण, मुझे आदेश दिया था—

दूर धरा कम्पित अपने ही
मानव के कुत्सित कर्मों से
जाओ, शीघ्र धरा पर जाकर
उसका भार उतारो।
काम क्रूरतम, बहुत कठिन था,

भय से सिहर उठी थी।
आशा मानूँ या न मानूँ।
मन में द्विधा बड़ी थी।

बहुत विनय की
क्षमा करें,
यह कार्य न कर पाऊँगी।
किन्तु कठोर बन
मुझे डराकर
और पुनः समझाकर
शुभाशीष दे
भार यही सौंपा था।

तब से अब तक घूम रही हूँ
लोक और परलोक बीच अनवरत रूप से
अनगिनत लोगों ने की मुझसे मुक्ति याचना
याद नहीं किसने की मुझसे कौन कामना
कुछ थे उद्यत जग से बहुत दूर जाने को
कुछ थे उत्सुक बहुत दूर से जग में फिर आने को
कुछ कुलों को छोड़ और कुछ कुलों पर जाने को
व्यथित, भ्रमित से घूम रहे थे जग-जग को पाने को।

कुछ धरती पर आकर फिर से
घाट-बाट पर विचरण करते
कभी रेत में जलकर ऊबे
कहीं सलिल में चलकर डूबे
आत्मलीन होने की धुन में
कभी गगन तक के मंसूबे
आत्मसात् होने को व्याकुल
कोऽहं को ढूँढ़ा करते वे।

जीवन के अनन्त सागर में
प्रकृतिजन्य गिरि, वन-प्रान्तर में

पृथ्वी और प्राण दोनों ही
आनन्दित होते अन्तर में।
किन्तु हाय ही भाग्य विडम्बना,
मनु का पुत्र हो गया वंचित
ऐसे शाश्वत सुख के फल से,
गिरकर निकल नहीं पाया वह
स्वार्थी के विषाक्त दलदल से।

पर जगत के दलदल में ही है नीलकमल भी
जैसे शिव के साथ अमृत है और गरल भी
इसी धरा पर हैं मनुष्य बहुतेरे ऐसे
जो कठोर हैं और बहुत ही सहज सरल भी।
ऐसे विरल महामानव कुछ जग में
मेरी सत्ता को ठुकराकर
मुट्ठी जकड़े महाकाल को
मैं कितना भी चाहूँ फिर भी रोक न सकती
कालजयी पुत्रों के ऐसे
मुक्त और स्वच्छन्द चाल को।

देख रही हूँ मैं प्रतिफल ही
ध्वंस, पतन और सर्वनाश में,
लिप्त हुआ पश्चिम का मानव
दैहिक भोगवाद में डूबा
पग-पग पर मुझसे डरता है।
लेकिन दैविक शक्ति उपासिका
कर्म-योग की नत आराधिका
पूर्व सभ्यता मुझे खोजती
अपने चिन्तन और मनन में।

पूरब का अनन्त पथवाही
सिर्फ अमरता का हामी है
उसके लिए मृत्यु तो केवल
जीवन का ही अनुगामी है

यही पूर्ण मनु का जीवन है
यही पूर्ण है जीवन-दर्शन।

पाश्चात्य सभ्यता के जीवन में
मैं दुष्टा हूँ, क्रूर दानवी
भय-दोहन कर, उन्हें डराकर
प्राणहरण उनका करती हूँ।
किन्तु पूर्व की महासभ्यता
मुझको अपना अंग जानती
जग पड़ाव के कार्य पूर्ण कर
नये गेह की विकल खोज में
राह-प्रदर्शक मुझे मानती।
मैं सम्पूर्ण लोक सृष्टि में
जीवन का मध्यान्तर केवल।
वह असीम, अक्षय, समग्र जो
चेतन बनकर व्याप्त भुवन में
मात्र एक छाया मैं उसकी
जो प्रतिबिम्बित होता जग के
कण-कण और पाताल-गगन में।

यह तो केवल तट परिवर्तन
कर्म-नदी की उतराई में
शहंशाह, प्रजा, अधिकारी
वस्त्र पुराने फेंक तटों पर
नया वस्त्र धारण करते हैं
अर्जित पुण्य-पाप के फल पर
नई योनि में फिर जाते हैं।

जाती हूँ मैं फिर आऊँगी
जब चाहोगे तब आऊँगी
इस पड़ाव का लेखा-जोखा,
जब हो जाए, तब आऊँगी।
पूर्ण करो लक्ष्य जीवन के

जप-तप, संयम, तन औ' मन के
ऐसे ही तो पुरुष अमरता को हैं प्यारे
मैं मृत्यु हूँ, पर मेरे भी वही दुलारे।

जाती हूँ पुत्र धरा के विदा-अलविदा।
धर्म-कर्म में लगे रहो तुम सदा-सर्वदा॥